나는 행복한 얼룩말입니다

나는 행복한 얼룩말입니다

고은결, 이서희 외

대산청소년문학상
수상 작품집

30

민음사

작품집을 펴내며

올해에도 어김없이 서른 번째 대산청소년문학상 수상 작품집 『나는 행복한 얼룩말입니다』를 세상에 내놓습니다. 지난하게 이어지는 코로나19의 삭막함이 무색하게, 우리 청소년들이 문학에 대한 열정으로 꾸준히 읽고 쓰며 탄생시킨 이 작품들은 어려운 시대에 생명을 불어넣는 선물처럼 느껴집니다. 여러 청소년들의 이야기들은 지쳐 있는 많은 사람들에게 따뜻한 위로가 되어 줄 것입니다.

아직까지 조심스러운 팬데믹 상황 속에서, 대산청소년문학상의 오랜 전통인 청소년 문예캠프는 작년과 마찬가지로 온라인으로 진행되었습니다. 코로나로 인해 우리 청소년 문사들이 한데 모이지 못해 아쉬웠지만, 온라인으로 연결되어 목소리를 나눌 수 있다는 사실이 한 줄기 희망과 같았습니다. 함께 있지 않았지만 같이할 수 있었던 그 시간은 문학의 가치가 반짝이는 귀한 시간이었습니다. 멀리 떨어져 있는 와중에도 대산청소년문학상에 성원을 보내 주신 여러분께 고마운 마음을 전합니다.

　청소년 작가들의 시와 소설이 한 권의 작품집으로 엮여 이곳에서 만났습니다. 학교생활이나 인터넷 문화를 청소년의 시선으로 그려 낸 작품부터, 그리움이나 노동과 같이 진지한 소재를 어른 못지않은 통찰로 옮겨 낸 작품까지, 이 책에서 지금의 청소년들이 지닌 놀랍도록 확장된 세계관과 그들이 그리는 미래를 확인할 수 있습니다. 급변하는 세상 속에서 오래된 세계와 새로운 세대를 이어 줄 교두보 역할을 하게 될 우리 청소년과 그들의 문학에 많은 응원을 보내 주시기 바랍니다.

　대산문화재단 역시 그 가능성에 화답하고자 청소년 육성과 문화 교육을 지속적으로 지원하고 있습니다. 서울시립청소년문화교류센터를 통해 '진로여행의 밤'과 '저는 예비전문가예요'와 같은 프로그램으로 청소년들의 미래를 함께 그려 나가고 있습니다. 더 나아가, 우리 청소년들이 우리나라를 넘어 보다 넓은 세상을 경험할 수 있도록 '세계와의 만남', '미지희망원정대' 등의 프로그램을 통해 해외 청소년들과의 교류와 세계 여러 나라의 문화에 대한 이해도 돕고 있습니다. 재단에서 시행하는 '교보인문학석강'이나 '교보인문기행'과 같은 인문학 프로그램 역시 청소년들이 바깥세상에 한 발짝 더 다가갈 수 있는 창구를 제공합니다. 대산문화재단은 이를 바탕으로 성장한 청년들과 '절정문학회', '대산대학문학상', '대학생아시아대장정' 등의 자리에서 다시 만나며 청소년들과의 동행을 매년 되새깁니다. 대산문화재단과 청소년이 함께 성장하는 모습에 지속적인 관심을 부탁드립니다.

　마지막으로, 이처럼 소중한 기회가 가능하도록 학생들의 작품을 정성스럽게 심사해 주시고 문학 수업을 진행해 주신 일곱 분의 심사위원 선생님들께 감사를 드립니다. 아울러 독자들의 손에 가 닿을 작품집을 세심하게 살펴 출간해 주신 민음사와 관계자 여러 분께도 감사의 말씀을 드립니다.

대산문화재단 이사장

신창재

차례

작품집을 펴내며 **5**

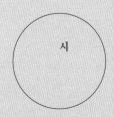

시

시 부문 심사평   장철문 · 이영주 · 이병일   **13**

고등부

금상   웃음은 내가 깨트린 화병 · 고은결   **17**   지구돌이지역대의 마지막 캠프 · 고은결(백일장)   **20**

은상   곡선의 바깥 · 김서현   **24**   준비만 하는 담임선생님 · 김연서   **27**   돌 수집 클럽 · 김정운   **30**

동상   고양이 투발루 · 김단야   **34**   나의 해파리 여자 친구 · 김민솔   **37**

해파리 · 김시원   **40**   청개구리의 표본 · 김평강   **43**

나의 돌쩌귀, 나의 세탁기 · 주소이   **46**   공사장 닭 · 김정하   **49**

중등부

금상   귀퉁이가 무뎌졌어 · 윤채영   **52**

남의 심장에서 스미는 것 · 윤채영(백일장)   **54**

은상   늦잠 · 양지민   **57**

동상   고열 · 송은채   **59**

소설

소설 부문 심사평　김성중 · 이승우 · 정용준 · 표명희　**63**

고등부

금상　　청소년 생활 보고서 · 이서희　**67**　　드레스 코드는 검정 · 이서희(백일장)　**83**

은상　　확진자 일기 · 이예린　**87**　　나는 행복한 얼룩말입니다 · 마린　**105**

　　　　윤할머니 · 홍수인　**119**

동상　　#당신의_그림자는_어떤_모습인가요 · 김민승　**132**

　　　　정량의 노동자 · 이수민　**146**

　　　　민들레 · 이하솜　**162**　　각자의 젤리 · 정윤희　**176**　　Wiki · 태수인　**196**

중등부

금상　　도화지 양 · 구혜인　**211**　　검은 모자 씨 · 구혜인(백일장)　**228**

은상　　새빛의 졸업식 · 김윤서　**231**

동상　　환상 렌털 숍 · 손은혜　**249**

시

웃음은 내가 깨트린 화병 · 고은결   지구돌이지역대의 마지막 캠프 · 고은결(백일장)

곡선의 바깥 · 김서현   준비만 하는 담임선생님 · 김연서

돌 수집 클럽 · 김정운   고양이 투발루 · 김단야

나의 해파리 여자 친구 · 김민솔   해파리 · 김시원

청개구리의 표본 · 김평강   나의 돌쩌귀, 나의 세탁기 · 주소이

공사장 닭 · 김정하   귀퉁이가 무뎌졌어 · 윤채영

남의 심장에서 스미는 것 · 윤채영(백일장)   늦잠 · 양지민   고열 · 송은채

시 부문 심사평

2022년 대산청소년문학상이 올해로 30회를 맞았습니다. 청소년문학상 중에서 가장 전통과 역사가 깊은 상입니다. 잘 알다시피 대산청소년문학상은 예심을 통과한 학생들이 모여 백일장을 치릅니다. 그러고 나서 응모 작품과 백일장 작품을 종합해 수상작을 결정합니다. 문예캠프는 백일장에 참가하는 학생들을 축하하는 자리이면서 격려하는 자리이기도 합니다. 이번 백일장은 코로나19로 인해 온라인 줌으로 학생들과 소통했습니다. 학생 개개인의 작품에 대한 피드백과 질문이 오가는 문학 축제였습니다.

"어떤 시가 좋은 시인가요?" "시에서 이야기를 잘 풀어 가려면 어떻게 해야 하나요?" "시에서 왜 이미지가 중요한가요?" 등등 다채로운 질문들이 이어진 덕에 심사위원들은 시적 고투와 독창적인 사유에 대해 학생들과 오래 이야기하는 시간을 가졌습니다.

고등부 24명, 중등부 8명의 학생들에게 주어진 시제는 "엎드리다, 스미다, 차오르다, 가늠하다 중에서 2개의 동사를 사용하여 시를 창작하시오. 제목도 자유롭게 정하시오."였습니다. 심사위원들은 동사를 사용하여 일상에 생기를 불어넣어 주는 상상력과 말을 구부릴 줄 아는 언어 감각을 심사의 척도로 세워 놓고, 백일장 작품을 읽기 시작했습니다. 응모작과 백일장에서 대등한 시적 완성도를 보여 준 학생들을 수상권에 모아 놓고 집중적으로 논의했습니다.

특히 중·고등부 금상 수상작들은 때 묻지 않은 시선, 자연스러운 시적 전개와 탁월한 언어 감각을 보여 주었습니다. 세 명의 심사위원은 큰 이견 없이 수상작에 동의했습니다. 먼저 중등부 금상 수상작 「남의 심장에서 스미는 것」은 '엎드리다'라는 동사를 시의 리듬으로 가져와 자신만의 시적 사유를 담아내려는 개성과 열정이 돋보였습니다. "눅눅해진 종이 뭉치가 으스러지는 소리를 내는 그 심장"이라는 구절이 빛났습니다. 축하합니다.

고등부 금상 수상작 「지구돌이지역대의 마지막 캠프」는 삶을 진지하고 성실하게 바라보는 시적 태도가 좋았고 개인적 운명과 대면하는 시적 해석이 세밀하게 표현된 점도 좋았습니다. "꽃이 피고 흙이 부스러지고 지붕 아래 자는 사람"이 "지구를 표류하고 싶은 마음"을 어떻게 갖게 되는지 그 과정을 묘파한 시였습니다. 일상적인 시적 오브제를 비범하게 직조하고 형상화하는 솜씨가 신뢰를 갖게 했습니다. 이 학생의 응모작 "연못에 둘러앉은 누군가 말한다 이 정도 깊이면 빠져도 죽지 않을 거 같아 누군가 답한다 왜 못 죽어, 빠질 수 있는 건, 다 죽어"(「웃음은 내가 깨트린 화병」)라는 구절도 빼어난 통찰력 없이는 쓸 수가 없는 것이었습니다. 수상을 축하합니다.

중·고등부의 은상과 동상을 수상한 작품들도 상상력과 언어 감각을 다루는 태도가 좋았습니다. 시적 공간에서 뛰어놀 줄 아는 화자를 활용한 점도 신선했습니다. 힘찬 격려와 응원의 마음을 전합니다.

　줌으로 진행된 대산청소년문학캠프는 문학을 사랑하고 시를 좋아하는 학생들의 축제였습니다. 심사위원들은 문학 수업(합평) 시간을 잊을 수가 없을 것 같습니다. 진지하면서도 열정적인 학생들의 눈빛이 화면을 뚫고 나올 것 같았기 때문입니다. 심사위원들은 우리 시의 가능성이자 시의 미래를 밝혀 줄 학생들의 작품을 읽으면서 삶에서 어떻게 감동할 것인가를 오래 생각해 봤습니다. 작고 하찮은 것에 감동을 잘하는 사람이 쓴 시는 그걸 읽는 사람을 감동시키는 경우가 많았습니다. 시는 멀리 있는 것이 아니라 나의 주변에 가장 가까이 붙어 있습니다. 사물을 관찰하면서 그 속에 숨은 '이야기'를 발견해 세상 밖으로 호출하는 사람을 '시인'이라고 부릅니다. 코로나19가 만연한 상황에서 최선을 다한 우리 모두에게 박수를 보냅니다.

　　　　　　　　　　　　　심사위원 장철문·이영주·이병일

웃음은 내가 깨트린 화병

안양예술고등학교 3
고은결

수국이 숨기고 있는 건 씨앗만이 아닐 거야 누군가의 뒷모습처럼 가늠할 수 없는 얼굴, 구름처럼 둥실 피었지 바깥으로 두른 톱니는 누구를 할퀴는 걸까 꽃을 다루는 건 아픈 일이야

나는 꽃을 산다 누군가 죽어 가는 것에 울지 않으려고 매일 물을 갈아 준다 고인 눈물은 썩어 버리고 눈꺼풀은 시들어 간다

연못에 둘러앉은 누군가 말한다 이 정도 깊이면 빠져도 죽지 않을 거 같아 누군가 답한다 왜 못 죽어, 빠질 수 있는 건, 다 죽어

너도 아직 빠져나오지 못했지
깊은 후회처럼 발목을 잡고 놓아주지 않으니까

언젠가 걸려 넘어진 팔꿈치마다 맺히지 않는 울음이 있었다 넘어지면 웃고 일어나도 슬픈 달리기였다

자꾸 떨어진다 부치지 못한 꽃잎엔 이렇게 썼다
'빈 병은 아름다웠어, 가끔 나도 네 생각을 해'

누가 엿볼까 문을 닫았다 아직 혼자였으므로

돌멩이는 쥘수록 잃어버리지 않았다 물결은 일렁이고 나는 오
후를 놓치고 있었다

놓친 것을 볼 때면 주먹을 쥐었다 때때로 오래 보아도 의미
없는 꽃이 있었다 하늘에 풍선이 날고 있다, 잡아 줄 손을 찾는
여정

하늘색, 이라고 하면 하늘색이 좋았다
수국색, 너는 저녁 하늘을 그렇게 불렀다

누군가 하늘을 가리키며 말한다 어쩐지 오늘은 웅크린 모양이

었다 걸어온 만큼 돌아가야 하는 건 어려운 일이다 던질 돌을 줍
는 것보다 던진 돌을 줍는 게 더 힘든 것처럼

지구돌이지역대*의 마지막 캠프

안양예술고등학교 3
고은결

모닥불이 꺼지면 우리는 흩어지기로 했다

나침반이 돌아간다 북쪽으로 아무도 다녀가지 않은 숲속으로
구겨진 지도를 보며 걸었다 여름의 초입에서 우는 매미 텐트를 매
고 나이테를 따라 바람이 멀어진다 북쪽으로

항건을 매고 은빛 휘장을 달고 세 손가락을 펴 선서를 하고 노
래를 불렀지 묶어 둔 견장은 풀 일 없었지만 휘파람을 흘리다가

준비,
우리는 무엇을 기다리며 경례를 할까

첫째, 하나님과 나의 나라를 위하여 돕겠습니다
둘째, 항상 남을 도와주겠습니다
셋째, 스카우트 규율을 잘 따르겠습니다

---

* 한국스카우트연맹 수원 지역대.

> 그러나
바닥에 찌그러진 캔을 주우면 찌그러진 캔을 주운 사람
앉은 자리를 누군가에게 내주면 앉아 있다가 서 있는 사람

그림자가 희미해지는 밤, 북극성이 또렷해진다 장작에 불을 피
우고 털썩 둘러앉아 불길에 젖어 가는 눈동자 한때 뜨거웠던 주먹
이 그믐처럼 식어 가고 각자 표정을 태운다 멍하니 보면 멍든 곳
이 지워질 줄 알았지만

내년에는 새로운 대원이 들어오지 않을 거래
우리가 이끌 애들은 없는 거야
지구를 돌다 보면 또 다른 지역대를 만날 거라지만
가 본 적 없는 나라에는 늘 들어 본 소문이 있고

누군가 왼손을 내밀면 울지도 몰라
왼손을 믿는 사람이 밖에는 없으니까

> 선두에서 땀 흘리던 뒤통수 넘어진 적 없는
대장님의 얼굴은 어떤 부목으로도 붙잡히지 않았고
우리는 입속에 차오른 고요를 삼켰다

계속 대장님이라 불러도 괜찮을까
이제 넥타이를 맨 사람일 뿐이잖아

정상에 올랐을 때 울창한 아파트 단지를 봤어 시들지 않는 꽃
이 피고 흙이 부스러지고 지붕 아래 자는 사람들만 모여 있지

우리는 축축한 하늘을 덮고 누웠지만

교실에서도 배운 매듭법을 쓸 수 없었어 나는 입을 다물었다
촌놈이라 불렸지 지구촌에 사는 시대인 걸 매듭을 묶어 보지만 꼬
인 밧줄

침낭 위에 새벽이 방울로 맺힌다 눈을 비비며
얼굴 속에 스며든 마지막 밤을 말아 배낭에 넣었다

지구를 표류하고 싶은 마음
어느 곳에서도 동서남북을 가늠할 수 있기에
눈금을 따라 기울어지는 N극 멀어지는 S극
손바닥 위에 올려 둔 앞길

누군가의 지침이 누군가의 행방이 되어 줄 거라던 대장님

불씨에 지도를 던지고
우리는 각자 발걸음을 챙겼다

곡선의 바깥

당곡고등학교 1
김서현

생이 끝나 버린 폐기 김밥의 바코드를 찍어 댈 때
수놓아진 직선의 연속을 걷고 싶다 생각해요
거기가 감옥처럼 보이는데도 말이죠
나는 지겹도록 둥근 쳇바퀴를 매일 돌고요
그럴수록 구부러지지 않는 것들을 동경해요

나의 쳇바퀴는 시계 모양입니다
똑딱 소리가 아침을 가득 채우고
흐린 날씨보다 초라한 나의 출근길을 채우고
편의점 속에서 하루가 녹아 가죠

엄마가 말하길 나는 그렇게 자라 왔대요
값비싼 바비 인형이 없어
버려진 축구공에게 이름을 붙여 주던
그런 아이였으니까요

이대로 가다 보면 끝이 없을 거 같아요
이런 곡선의 시간들이요
사각 편의점에서 벗어나기 위해
초라한 것의 정직한 바코드를 찍어 대는 건
모순 덩어리의 일이고요
여기 위로 휘어진 눈을 한 점장 아저씨는
내가 그저 그런 시간을 보냈기에
쓸데없는 생각을 하는 거래요

띡띡 찍혀지는 곧은 선들이
내 몸에 새겨진다면 참 좋을 텐데요
오늘따라 더 직선으로 강해지는 기분이 들고
저기 컵라면이 날 비웃어요
결국 그 라면도 둥근데 말이죠

곡선이라는 게 더 벗어나기 힘들게

제 몸을 힘껏 웅크리고
나는 그럴수록 텅 빈 눈으로 바코드를 찍어요
띡띡 소리 내며 말이죠
그럼 벗어날 수 있지 않을까요
빙빙 도는 시간 밖으로요

그렇게 도달한 곳에
당신이 기다리고 있었으면 좋겠어요

준비만 하는 담임선생님

청주대성고등학교 3
김연서

시험을 본다 했는데 아무도 학교에 오지 않았다
교실에 들어가면
책상에 엎드려 계신 담임선생님
얼굴에 연필 자국이 사진처럼 찍혀 있다

초침이 거꾸로 흘러가고 있었다
나는 자리에 앉아 가방을 열었다
귀가 한쪽밖에 없는 토끼
끝없이 자라는 화분
탐험가 모자
책상 위에 가지런히 올려 두었다

선생님, 벗어 둔 외투처럼 축 처져 있네요
교실에서 길을 잃은 사람 같네요

벽에 걸린 달력에서

숫자들이 쏟아져 나왔다

의자에 앉아 시험문제를 풀다가
고개를 높이 들었다
발자국이 지겹다면
두루마리 휴지를 안고 교실을 돌아다녀 보세요
누군가 칠판에 적어 놓은 글씨가 급훈처럼 남아 있었다

한 문제를 오래 볼수록 글자는 점점 흐릿해졌다
내 연필심은 자꾸만 구부러지고
등 뒤에서
사물함이 열렸다

활짝 열린 문 밖으로
새가 종이처럼 쏟아져 나왔다
의자 아래 놓아둔 실내화가

복도를 향해 터벅터벅 걸어가고 있었다

새는 자꾸 창문에 머리를 박고 떨어졌다
나는 문제를 푸느라 보지 못했다
담임선생님을 바라보고 있었다

선생님은
업무 전화를 받는 사람처럼 성실하게
엎드리고 있었다
아직이라고 했다

돌 수집 클럽

고양예술고등학교 3
김정운

사람들과 둘러앉는다
실험쥐들처럼

누구부터 시작할까요
저부터 할게요
머리를 하나로 묶은 여자가 손을 들고 말했다

언젠가 모르는 사람이
당신이 흘린 거라며 내 등을 두드린 적 있었는데

그것이 돌
한손에 딱 들어오는 까만 돌이었을 때

어떤 주머니에서 나온 것인지 알 수가 없어
도망치고 말았습니다

우리는 박수를 쳐 주었다
그러려고 모인 사람들이어서

사람들은 한 이야기가 끝날 때마다 돌을 꺼내 바닥으로 떨어뜨
렸다

다음은 꽃무늬 셔츠 남자였다

저는 해가 질 때까지 계속
걷기만 했는데요

모르는 길이 없어서
계속 계속 아는 길이어서

울면서
아는 길로만

아는 사람들만 만나며 돌아왔습니다

그 후로 산책은 하지 않게 되었습니다

사람들은 또다시 박수를 쳐 주었다
나는 가만히 손을 모으고
고개만 끄덕거렸다

다행스럽게도
내 차례는 오지 않는다

모임이 끝나면 사람들은
안도하면서
가슴을 쓸어내리면서

주머니에 손을 넣고 흩어진다

남처럼 간다

나는 끝까지
이 안에 남아
떨어진 돌을 모두 줍고 있었다

품에 안고
빛이 날 때까지 문질렀다

울지 않고도

고양이 투발루

고양예술고등학교 2
김단야

나에게는 두 개의 투발루가 있다

1
언젠가부터
아침에 눈을 뜨면 모래사장이 반으로 줄어 있고
한 번도 본 적 없는 과일들이
집 앞 해변으로 떠밀려 왔다

집의 입장에서
물이 턱 끝까지 차오르는 꿈을 자주 꿨다

2
네 발로 모래 속을 파고드는 투발루의 모습
나는 마루에 앉아 발을 흔들다가
귀가 먹먹해졌다

우리는 몰래 배를 타고 나갔다
처음으로 물고기를 잡았던 기억을 떠올리며
긴 꼬리가 젖기 전에 돌아왔다

작은 숲에도 물이 찼다는 소식을 듣고
우리는 야자나무 숲 가장자리로 달려갔다
서로 마주 보고 누워 발을 맞댔다
커다란 이파리 사이로 햇빛을 맞으며
그릉거리는 소리를
가만히 들었다

3
투발루는 무엇에도 잠기지 않아

바닷물이 강둑을 부수고 올라오자
옆집과 앞집은 인사도 없이 떠나 버렸다

비행기에서 투발루를 내려다보는
울음소리를 머금고 떠나는 상상을 했다
높은 곳에서 떨어지는 것처럼
눈앞이 아찔해졌다

마당까지 고개를 들이미는 바닷물에
투발루는 발톱으로 어깨에 매달리기 시작했다
우리 가족은 계속 살기로 했다
투발루와 함께
마루에서 투발루의 따뜻한 몸을 안고 잠들었다
뒤의 일은 기억나지 않는다

나의 해파리 여자 친구

고양예술고등학교 2
김민솔

물의 표면이 뜨겁게 익어 가는 날
심해에서는 눈이 내린다
플랑크톤의 사체에 엉겨 붙은 찌꺼기들이 정좌한 신의 정수리
위로 쌓인다 죄다 돌팔이뿐인 동네에서 구멍이 가득한 뼈로 자라
나던 해파리가 너였지 구시대적 모순으로 숨 쉬는……

기록되지 않은 종족
수몰해 가는 장서각의 한가운데에서 표류하는 낱말

뻐끔대는 네가 보이고 멀건 눈빛이 무서워, 도수가 맞지 않는
안경을 쓰면 멀리로 떠나는 듯하다 쉬지 않고 덜컹대는 심장과 끈
질긴 멀미
손을 잡으면 꼭 달려야 할 것 같다 침체한 두 다리와 거센 맥박
의 괴리가 우리의 거리, 나는 엄지 반 마디의 눈동자에 전부 담기
는데 너는 너무 거대하다 웅대하고 장대하고

너의 손끝을 쥔다
톡 쏘는 독소를 정전기라고
우리 사이의 파장이라고 부르고 싶었다

너는 지상에서 물속의 중력으로 살지 그건 짓눌리기 또는 떠다
니기와 연결되었는데, 내가 알기로는 분명

슬픈 일이다

희미한 꼬리를 상상하느라 밤을 새운다
멸종한 해양 생물 도감집을 뒤지면서 네 핏줄을 더듬는다 오래
된 책들에 산산이 부서진 네가 있을 거라고 확신한다 한 권으로
말하기에는 지난하다

개정되지 않은 사전의 한 페이지가 흠뻑 젖어 있는 것을 본다
나는 전속력 달리기를 마친 사람처럼 헛구역질을 한다

너의 이름을 현미경으로 읽어야겠다고 생각한다

해파리

고양예술고등학교 2
김시원

바닷속으로 꺼질 것처럼 숨을 내쉬는 할머니
기어 나온 홍해파리가 촉수를 내민다
할머니는 일곱 살이 된 듯 양손으로 쓰다듬었다

웅얼거리는 단어로 해, 파, 리라 발음하고
해녀복으로 갈아입으면
나는 담 뒤에서 손을 흔들 수밖에 없었다

스무 번째의 돌은
내 속눈썹 앞까지 쌓여 있었고

육십 세 할머니의 애인은
커튼처럼 속이 다 비치는 어린 홍해파리

태아처럼 몸을 움츠리고
부끄러워하는 걸 알 때쯤

할머니는 애인의 손을 잡는다

어떻게 독 있는 해파리를 잡냐며 궁금했지만
할머니의 손가락은 선명했다

독도 오래 닿으면 약처럼 달아진단다

커튼 안쪽에서는 할머니와 애인이
비린내 나던 서로의 몸을 끌어안았고
나는 바닷속을 유영하며
옅어지는 주름들을 바라보았다

수면 위에 떠도는 할머니의 주름과
점점 할머니에게 스며드는 홍해파리

둘은 서로를 하나의 섬처럼 닮아 간다

> 물질은 언제쯤 끝날 수 있을까
  멀리서부터 흘러 들어오는 촉수를 맞잡았다

청개구리의 표본

안양예술고등학교 3
김평강

선생님이 잠든 개구리를 보고
보고 느낀 점을 하나씩 말해 보라고 한다

개구리는 작고 귀엽다
개구리는 앞다리보다 뒷다리가 길다
뒷다리가 길어서 잘 뛰어오른다

해부판 위에 누워 있는 개구리

네 다리가 묶여 있고 꼭짓점처럼 유성 매직으로 점이 찍혀 있
다 점을 따라 자르면 된다 누군가는 좋아하는 것에는 이름을 붙여
주어야 한다고 말한다

코끝을 눌러 머리를 구부러트리고 머릿골과 제1척추골 사이를
바늘로 찌르고 좌우로 흔들어 기절시킨다 십자가를 긋듯 가로로
한 번 세로로 한 번

염상섭의 '표본실의 청개구리'에는 개구리 해부 장면이 나온다
배를 째니 김이 모락모락 피어올랐다는 이야기

여우야 여우야 뭐하니
밥 먹는다
무슨 반찬

개구리 반찬을 젓가락으로 뒤적이는 아이들
정석으로 배워 섬세하고 정확한 젓가락질

누군가 의사가 되고 싶다고 말한다
누군가 아이들이 되고 싶다고 말한다
누군가 개구리가 되고 싶다고 말하지 않는다

개구리는 음식물 쓰레기봉투에 담긴다
해부판은 말끔하게 닦이고

마지막으로 선생님이 과학실 불을 끈다

우리는 개구리 배를 째도 김이 모락모락 나지 않는다는 사실과
자연주의 소설의 특징에 대해 배우고
개구리는 여전히
개굴개굴
울고 있다 울 것이다

나의 돌쩌귀, 나의 세탁기

초월고등학교 3
주소이

만성이 된 계절성 중이염처럼,
나는 오늘도 새벽을 배웅하는 중

반지하 월세방의 공용 세탁실 문고리가 가볍게 돌아갔다

한 번쯤은 지저분한 방을 세탁기에 넣고 싶었지
물에 축축해진 방을 꺼내어 널어 두고
물기를 닦으며 내일을 널어 둘 것이다

계절이 바뀌고
바닥보다 낮은 천장을 향해서 벌레들이 들어오고 있다

식초를 엎지르고 닦지 않은 것처럼
깨진 타일과 장판이 미끈거렸다
불투명 유리가 내성 발톱처럼 억지로 끼워 맞춰진 채 흔들린다

낡은 타일에 발자국이 가득 묻은 세탁실의 어귀에서
날개가 달려서는 안 되는 벌레들이 알을 까고 있다
따뜻하지 않은 벌레 알들은 쉽게 식지 않고
다세대주택 주변을 떠돌 것이다

차가운 바람이 익숙하게 먼지 쌓인 창틀을 넘었다
엉성한 창틀 아래로 물이 샐 때마다
한 계절 내내 우리는 비 오는 날을 세었다

불안만큼 창문에 박스테이프를 붙이다가
나는 이제 창문으로 밖을 잘 내다보지 않는다

공용 세탁기의 낡은 소리만큼 발치에 엉성한 가난이 쌓인다

옷에 있는 얼룩을 지우듯이,
뭐든 문지르고 지울 수 있다면 좋겠다

금 간 창문도 돌아다니는 쥐도
세제를 묻히고 소다를 뿌려서
문지르고 없애 버릴 수 있다면 좋을 텐데

세탁기에서 베갯잇을 꺼냈다
갈색으로 색이 변한 얼룩은 아무리 문질러도 지워지질 않았다
나는 몇 번이고 얼룩을 문질렀다
아무것도 바라지 않는 마음 몇 벌이
장마처럼 빨래 건조대에 어색하게 세워져 있다

공사장 닭

덕소고등학교 3
김정하

소문이 빠른 좁은 동네에서
높은 가림막 앞만 지나면
소문이 돌림노래처럼 들리고
망치 소리, 드릴 소리, 인부들의 발소리가
화음을 맞췄다

인부들은 얇은 티 한 장조차 벗고
땀에 녹은 나시만 걸친 채 담배를 태우고
그들의 땀방울이 새로 깐 타일 위에
유난히 화려하게 무늬를 남기던 어느 날
건물은 뒤늦게 두꺼운 가림막을 벗었다

공사장의 인부들 사이로
닭 두 마리가 공사장을 이리저리 누빈다
빨간 왕관을 쓴 큰 수탉과
온몸에 검은 털을 두른 암탉

고개를 들어 하늘을
올려다보는 닭들
건물이 높아질수록
울음소리는 점점 작은 울림을 가진다

떨림을 가지고 있는 것은
사람이 아니라 건물의 벽이었다
금이 간 타일은 큰 떨림을 가졌지만
닭의 떨림을 이해하는 사람은 존재할 수 없다
닭들이 배회하는 이유를
우리는 모를 것
알아채려 하지 말 것

건물 옆 느티나무 그늘 아래에서
야쿠르트 아주머니와 슈퍼마켓 아주머니가
부채를 휘휘 힘없이 내저으며

공사장 닭들을 멍하니 보다가
초복 때도 저것들이 살아 있으려나, 내기를 건다

초복 날, 완공된 건물의 인부들이 떠나고
공교롭게도 닭의 생사를 아는 이는 아무도 남지 않았다
하늘을 나는 것들을 흉내 내려는 것처럼
건물 하나만 우뚝 서 있을 뿐이었다

귀퉁이가 무뎌졌어

동패중학교 3
윤채영

세상이 한 귀퉁이만 남았다고 믿는 걸 좋아했어 편협했거든 내가 읽고 싶은 목차만 남은 책 같다고 생각했어 원 없이 아끼는 단어들만 가졌다가 다 닳아 없어졌으면 했어 내가 원하는 대로 기억하고 싶어서야 아니 발 디딜 데 없이 미끄러지고 싶어서라 해도 좋겠다 끝을 알 수 없는 게 좋았거든

책의 끝 쪽 귀퉁이를 접는 걸 싫어했어 이야기에 자국을 남길 수 없었거든 차라리 쪽수를 외우는 게 좋았어 잊더라도 원하는 부분의 귀퉁이만 닳도록 읽을 수 있었으니까 책장이 부드럽게 닳은 감각을 좋아했어 아니 그저 손가락을 베이는 감각이 싫었다고 해도 좋아 상처 입지 않는 게 좋았거든

오래된 책상의 끄트머리에 앉는 걸 좋아했어 지루했거든 차가 지나가지 않는 정류장 같다고 생각했어 다리를 흔들며 앉아 있는 시간이 도무지 끝나지 않을 것 같으면 했어 그런 침체된 마음이 좋아서야 아니 누구를 이해할 소음이 나지 않아서라 해도 좋을까

오래된 기분은 그저 넘겨도 좋았거든

　팔꿈치나 손끝을 귀퉁이라 부를 수 없는 걸 싫어했어 몸의 끝
이라 믿었거든 혼자 귀퉁이라 부르는 게 좋았어 어찌 되든 나는
귀퉁이라 생각하고 있었으니까 몸의 끝들을 모서리라 여기는 마
음을 좋아했어 아니 그저 모서리가 아닌 감각을 싫어했다 해도 좋
겠다 모서리나 귀퉁이는 부딪히기 좋았거든

　네 모서리 모두 닳은 책은 뭐라 설명해야 좋을까
　귀퉁이가 무뎌졌어

남의 심장에서 스미는 것

동패중학교 3
윤채영

네 심장 위로 엎드리곤 해

오래된 여름의 파도 소리가 여전히 웅얼대는 그 심장 말이야
네 심장은 지나간 것들을 오래 기억하는구나 이유를 묻지 않은 것
은 너는 그 소리를 알지 못하기 때문 소라고둥은 자신의 파도 소
리를 듣지 못하는 법이라고 온전히 차오르는 바다는 관찰하는 사
람만이 안다고 그러므로 네가 심장에 담아 둔 파도는 나만 들을
수 있다는 뜻이었지

내가 너를 이해한다는 뜻은 아니었단 거야

내가 그 파도의 의미를 이해한단 뜻도 아니었고

네 심장 위로 엎드리곤 해

고전적인 슬픔을 오래도록 중얼대는 그 심장 말이야 네 심장은
극적으로 불안하구나 네게 알려 주지 않은 것은 그 소리가 네가
잠들 때에만 들리기 때문 그 어떤 비극도 누군가가 읽지 않으면
무의미한 법이라고 온전히 이루어지는 이야기는 모두 타인에 의
하여 발생하는 법이라고 그러므로 네가 심장에 꽂아 둔 책갈피는

나만 펼칠 수 있다는 뜻이었어
　내가 네게 공감한다는 뜻은 아니었단 거지
　내가 그 비극의 내용에 공감한다는 뜻도 아니었고

　네 심장 위로 엎드리곤 해
　잔뜩 눅눅해진 종이 뭉치가 으스러지는 소리를 내는 그 심장 말이야 결국 온갖 것들이 넘쳐 버린 거니 정확히 정의하지 않은 것은 네 슬픔을 이해할 수 없기 때문 젖어 버린 종이의 글은 온전히 읽어 낼 수 없을 거라고 정확하지 않게 아는 마음은 판단하기 적절하지 않다고
　아니 실은 더는 타인일 수 없을 거라고
　내가 너를 이해하려 했단 뜻인 거야

　그러므로
　물어도 될까 분명 마음은 심장에서 있지 않을 텐데 네 모든 것은 어째서 심장에서 차오르는지 안으로 스미는 것들이 어째서 심

장으로 모조리 넘쳐 드는지 그리하여 네가 알 수 없이 가늠할 수
도 없이 공명한 심장이 나에게까지 차올랐어 네 심장 소리를 듣고
있으면 귀 안으로 물이 차오르는 것 같아 나는 네가 아닌데도 지
극히 타인인데도 네 심장을 이해하지 못하는데도 가늠할 수 없는
정의할 수 없는 남의 마음을 안다고 믿는 것만큼 우스운 일이 없
을 텐데도
　이해하고 싶을 만큼 불가해했어,

　도무지 네 심장에서 스미는 것에 차오르지 않을 자신이 없었
거든
　나는,
　네 심장 위에 엎드리곤 했어

늦잠

인천여자중학교 1
양지민

"야!"
부엌에서 들려오는 어머니의 부름에
미처 정리 못 해 널브러진 교복들과 함께
잠자던 나는 그만 육지에 버려진 물고기같이
몸부림을 쳤다

감겨 오는 눈을
있는 힘껏 떠 봐도
물기가 아직 마르지 않은
빨래같이
힘없이 추욱, 늘어졌고

푸르고 맑으면서도 거센
한 마리 물고기의 헤엄같이
덮쳐 오는 파도에도

온 동네 날파리들이
소리에 놀라 휘청거릴 듯
크게 목구멍이 보일 때까지 하품을 해도

깨지 않았던 그 졸음이
지금이 8시 40분이라는
어머니의 말에
와장창,
거센 물줄기에 맞은 듯이
깨져 버렸다.

고열

동암중학교 1
송은채

하나둘씩 밤거리에 불이 켜졌다
나는 두통이라고 믿었지만 너는 열병이라고 했다
기분 나쁜 습기가 내 피부를 휘감고
너는 알지 못하는 어떤 습성 같은 것
그것들이 모두 그 방 안에 갇혀 있었다
뜨거운 보라색 물기로 범벅이 된 방에
그곳에 놓치고 온 것이 무엇인지 찾아보다가
네가 한 말을 자꾸만 다시 돌려 들었다
내가 상상할 수 없을 정도의 고온이 되어
사라져 버렸으면 한다는 말을
사실 그 말이 지닌 의미 때문에 듣는다기보다는
그저 너의 가라앉은 목소리가 듣고 싶어서 들었다
땀방울로 네 이름을 적는 일은 그만둬야겠다고 생각했다
꿉꿉함으로 범벅이 된 기억을 꺼내 보듯이
너에게 주려던 해열제를 물에 풀어 하수구에 버렸다
거짓말인 걸까 역시 날은 밝아 오지 않았고

너는 세면대에 잠겨 있는데 열은 내릴 줄을 몰랐다
점차 밤거리에 불이 꺼졌다

소설

청소년 생활 보고서 · 이서희   드레스 코드는 검정 · 이서희(백일장)

확진자 일기 · 이예린   나는 행복한 얼룩말입니다 · 마린

윤할머니 · 홍수인

#당신의_그림자는_어떤_모습인가요 · 김민승   정량의 노동자 · 이수민

민들레 · 이하솜   각자의 젤리 · 정윤희   Wiki · 태수인

도화지 양 · 구혜인   검은 모자 씨 · 구혜인(백일장)

새빛의 졸업식 · 김윤서

환상 렌털 숍 · 손은혜

소설 부문 심사평

2022년 대산청소년문학상 소설 부문 응모작은 491편(중등부 96편, 고등부 395편)이었다. 그중 예심을 통과한 학생들이 백일장에 참여했다. 시제는 "파티에서 생긴 일"이었고 "내가 호스트가 되어 파티를 주최하고 그 안에서 벌어진 일을 상상하시오."라는 의견을 덧붙였다. 수많은 파티가 열렸고 파티에는 온갖 종류의 인물들이 각기 다른 사연으로 참석했다. 파티장을 독특하게 수놓는 미장센과 미술, 흐르는 음악은 제각각이었다. 또한 파티의 목적과 미장센도 글마다 달랐다. 짧은 글 속에서 여러 파티를 만나게 되어 즐거웠고 글을 쓰고 있는 작가의 시선과 생각을 엿볼 수 있어 좋았다.

아쉬웠던 점은 예심에서 읽은 작품과 백일장에 제출한 작품 사이의 간극이었다. 편차가 느껴진 것도 있고 문체와 스타일이 전혀 달라 보이는 작품도 있었다. 문장은 무슨 일이 일어났고 그것이 무엇인지를 설명하고 묘사하는 정보적 역할만 수행하는 것이 아니라 작가의 시선과 인식, 감정과 감각도 함께 보여 줘야 한다. 때문에 글에는 문장을 쓰고 있는 작가의 호흡과 목소리, 지문이 묻기 마련이다. 독자들은 그것을 통해 작가만의 고유한 문체와 스타일을 발견할 수 있게 된다. 어쩌면 문장과 문체는 그 자체로 작가의 얼굴일지 모른다. 학생들이 자신만의 얼굴이 무엇인지를 알고 잘 가꾸어 나가면 좋겠다. 글의 소재와 주제에 따라 표정은 다를 수 있다. 하지만 얼굴은 달라질 수 없는 법이고 달라져서도 안 된다.

글은 주제와 소재, 이야기의 구성과 전개를 통해 새로워질 수 있다. 하지만 더 중요한 것은 그것들을 바라보는 작가의 새로운 시각과 시선일 것이다. 많은 글 속에서 요즘의 경향과 주제를 발견할 수 있었다. 또한 독특한 소재와 아이디어가 서로 경쟁하듯 돋보였다. 하지만 글을 쓰는 작가의 것이라고 할 수 있는 구체적인 경험의 내용이나 마음이나 감정 같은 사적인 감각을 발견하기 어려웠다. 물론 백일장이 경쟁이라는 형식을 통해 더 나은 글을 겨루는 자리이기에 글쓴이가 자신의 글을 다른 글보다 돋보이게 써야 한다는 마음을 갖는 건 당연하다. 하지만 궁극적으로 글은 오직 작가만의 것이다. 창의성 역시 남과의 경쟁을 통해 증명 받는 것이 아니라 그동안 써 왔던 글의 여정 속에서 스스로 판단하고 배우고 알아 갈 수밖에 없다. 어떤 글을 쓰더라도 학생들은 다른 무엇보다 '나만의 글'을 쓴다는 마음으로 생각하고 표현했으면 좋겠다.

중등부 금상은 「검은 모자 씨」를 쓴 구혜인 학생이 수상했다. 짧은 분량 속에 선명한 결이 느껴지는 인물을 만들었고 캐릭터에 어울리는 인상적인 장면을 만들어 냈다. 간결한 진술 속에서 단순하지 않은 이야기가 적절하게 전개되고 있었다. 특히 글 마지막에 이르러 인물들의 특성을 모두 활용하는 대사와 디테일한 묘사는 매우 훌륭했다. 중학생이 이 정도 쓸 수 있구나, 감탄했고 내일과 미래에 쓰는 글에 더 많은 기대를 하게 했다.

고등부 금상은 「드레스 코드는 검정」을 쓴 이서희 학생이 수상했다. 파티라는 주제에서 벗어나지 않으면서 식상하지 않은 내용을 극적으로 써 내려간 수작이었다. 파티의 목적과 그 목적에 어울리는 캐릭터들이 좋았고 대사와 장면은 생생하고 사실적이었다. 학생들의 글들은 모두 달랐지만 어째서인지 상상력과 분위기는 비슷한 특정한 경향성이 보였는데 이서희 학생의 글은 그 영향력의 바깥에서 써진 글처럼 보였다. 개성 속에 작가만의 비판적인 시선이 있었고 냉정하고 건조한 문장 속엔 정확함이 스며 있었다.

수상한 모든 분들께 축하와 감사의 말을 전한다. 학창 시절에 쓴 글은 잘 쓰고 못 쓰고를 떠나 그 자체로 작가에게는 소중한 원석이다. 소중한 경험과 솔직한 감정과 감각을 문장을 통해 써 나가고 있는 것이다. 아는 것을 쓰는 것도 있지만 글쓰기 자체를 통해 알아 가는 것이기도 하다. 아이러니하게도 작가가 글을 쓰는 것이지만 동시에 글이 작가를 쓰는 것이기도 하니까. 글을 써 나가면서 점점 작가가 되어 가고 스스로를 발견해 나가는 시절을 살았으면 좋겠다. 작가는 다른 무엇보다 쓰는 것을 좋아하고 누군가의 글을 읽는 것의 가치를 아는 사람이다. 마음과 생각 속에 있는 것을 언어를 통해 쓰고 표현하는 것. 그것만으로도 1차적으로 기쁨을 느끼는 날들을 보냈으면 좋겠다. 열심히 쓰고 읽으면 언젠가는 서로 만나게 되는 문학의 세계. 언젠가 만나게 되는 그날을 기

다리며 각자의 시간과 리듬에 따라 읽고 쓰는 삶을 계속 살아갔으
면 좋겠다.

심사위원 김성중·이승우·정용준·표명희

청소년 생활 보고서

비재학생
이서희

그런 시도들은 무례하다.

산책하는 강아지의 관심을 끌려고 일부러 쿵쾅대며 뛰어가는 어린아이는 무례하다. 강아지는 뒤로 물러나며 내게 엉덩이를 붙여 온다. 나는 아이들의 부모로 추정되는 사람들을 노려본다. 캡 모자를 쓰고 있어서 내 시선이 그들에게 닿았는지는 알 수 없다. 강아지는 여전히 내 무릎에 엉덩이를 붙이고 있다. 나는 아까 강아지가 똥을 쌌다는 사실을 떠올린다. 불쾌해져서는 얼른 강아지를 내게서 떼어 낸다. 불쌍한 강아지는 아랑곳하지 않고 직진한다. 리드줄이 팽팽해진다. 강아지는 무식해서 내가 걷는 속도에 맞춰서 걸을 생각을 하지 못한다. 목줄 때문에 캑캑대면서도 빨리 앞으로 가려고 안간힘을 쓴다. 나는 일부러 목줄을 더 잡아끈다. 강아지가 컹컹댄다. 웩웩대는 강아지는 무례하다. 나는 집에 돌아와서, '우리 집 강아지 알파뭐시기인가요? (내공 500)' 이런 제목으로 지식인에 질문을 올린다. 우리 집 강쥐 줄 당김 너무 심하고 뭐만 하면 자꾸 짖어서 곤란하게 해요. 질문을 올려놓고 씻고 오니까 답변이 달려 있다.

―강아지 입양은 신중해야 합니다!

첫 문장부터 김이 확 빠진다. 속는 셈 치고 스크롤을 더 내려 본다.

―……따라서, 강아지를 무작정 예뻐하는 것은 좋지 않은 행동입니다. 여기서부터! 다음 내용이 궁금하시다면『강아지 훈련, 어떻게 해야 할까?』책 내용을 참고하시길 바랍니다.

나는 답변 신고 버튼을 누른다. 그리고 언제부터 지식인이 인터넷 광고의 장이 된 건지 개탄한다. 광고 글답지 않게 섬세하고 자세한 게, 뉴스 기사를 볼 때 옆에서 알짱거리는 성인 웹툰 배너 광고보다 무례하다는 생각을 한다.

특전만 미개봉으로 갖고 싶은데,

강아지는 책상 밑에서 웅크리고 있다. 내가 다리를 덜덜덜 떨어도 꼼짝 않고 가만히 있다. 나는 웹 서핑을 하면서 혼잣말을 하는 버릇이 있다. 쓰읍…… 없네, 없어. 하염없이 스크롤을 내렸다. 아무리 찾아도 원하는 조건의 물건을 판다는 사람이 없었다. 그때 컴퓨터 화면 좌측 하단에서 알림창이 떠올랐다. 아까 올린 양도를 구하는 글에 답변이 온 것이다. 아이디 무제.

―미친. 그거 저한테 있는데. 타이밍 쩌네요. 제가 드릴게용!!

얼마 전에 SNS에서 '갑작스레 말을 놓는 사람은 얼마나 무례한가'에 대해서 이야기하다가 친해진 사람이었다. 반말을 멀리할 것. 은연중에 정해진 우리의 규칙이었다. 문이 벌컥 열렸다. 방이 컴컴했기 때문에 엄마의 얼굴도 깜깜했다.

자라고.

마치 내게 잘 것을 여러 번 호소한 사람처럼 말했다. 하지만 엄마는 오늘 그 말을 처음 하는 거였다. 어제 하기는 했다. 그제도. 엊그제도. 학교를 그만둔 후부터 계속했다. 나는 그 말을 듣고도 구십구 퍼센트의 확률로 잠들지 않았다. 남은 일 퍼센트는 양심에서 우러나온 잠깐 동안의 고민. 그것도 그리 오래가지 못했다. 다시 마우스에 손을 올렸다. 알림창이 또 한 번 떠올랐다.

—서울에 올래요?

서울. 서울에 가고 싶었다. 엄마에게 서울에 가자고 몇 번이나 말했는데 다 무시당했다. 지겨워. 여기는 정말 지겹다고. 그렇게 말하면 엄마는 질질 짜지 마, 라고 대답한다. 공부도 못하는 게, 라고도 한다. 엄마는 여전히 방문 앞에 서 있었다. 내가 전국을 주름잡는 천재였다면 지금의 시간은 그저 천재의 방황으로 여겨질 것이다. 그러나 나는 천재가 아니었다. 방구석 히키코모리일 뿐이었다. 나는 계속해서 마우스를 움직였다. 엄마는 나를 노려보다가 문을 닫고 나갔다.

—한강 님한테는 공짜로 드릴게용. 서울로 오시면요!

한강 님. 인터넷에서 만난 사람들은 나를 그렇게 불렀다. 내가 사는 곳에는 한강은 없고 천변만 있었다. 무성한 수풀과 탁한 강물이 전부인 곳이었다. 편의점도 없고 따릉이도 없고 라면 끓여 먹는 기계도 없고 사람들도 없었다. 예전에 혼자 한강에 간 적이 있었는데, 그때는 한강이 얼마나 큰지, 다리가 몇 개나 걸쳐 있는지, 왕복하려면 몇 시간이 걸리는지를 몰라서 뱅글뱅글 돌다가 길을 잃어버렸다. 여섯 시간이나 자전거를 타고 헤맸다. 그날 밤엔 근육이 부어서 너무 아팠다. 뒤척거리느라 잠도 못 잤다. 그래도 천변보다는 한강이 좋았다. 거기에는 편의점도 있고 따릉이도 있고 라면 끓여 먹는 기계도 있고 무엇보다, 사람이 있으니까. 벤치에 누워 하늘을 쳐다봤다. 개미들이 맨다리 사이로 지나다녔다.

'서울에 올래요?'

손깍지를 껴서 머리를 받쳤다. 뭐라고 답해야 할지 생각했다. 서울에 가고 싶지만 두려웠다. 생각을 오래 안 하려고 뇌에 힘을 줬다. 그렇게 한참을 누워 있다가 일어났다. 눈을 뜨면 지겨울 정도로 똑같은 풍경이 펼쳐졌다. 산책하는 개, 걷기 운동하는 노인들, 그저 천변을 지나치는 사람들, 직장인들. 간간이 내 또래로 보이는 사람이 지나갈 때가 있긴 했다. 그런 사람들은 대개 교복을 입고 있거나, 책가방을 메고 있거나, 다른 사람과 함께였다. 그럴 때마다 나는 부끄러워졌다. 뭐가 부끄러웠냐면, 바지에 잔뜩 붙은 강아지 털이 부끄러웠다. 아무도 그 사실을 신경 쓰지 않을 것이고 눈치채지 못할 테지만. 그것을 모두 알고 있어서 털을 떼어 낼 생각도 하지 않았지만. 숨을 곳 하나 없는 천변에서 숨고 싶어졌다. 평일 대낮의 천변은 너무, 부끄러웠다.

꾸물거리는 하늘만 쳐다보고 걷다 보면 중심을 잘 못 잡아 몸이 휘청댔다. 그러면 그걸 할아버지나 할머니들이 보고 한소리씩 해 대는 것이다.

애,

벤치에 앉아 있던 할머니가 나를 불렀다.

너 학생이냐.

나는 할머니 쪽으로 고개를 돌렸다.

학교에 안 가는구먼.

나는 고개를 끄덕였다.

학교를 댕겨라. 학교에 안 가믄 바보 된다.

나는 걸음을 옮겼다. 바보처럼 걸었다. 바보 병신처럼 비틀비틀

걸었다. 할머니가 혀를 쯧쯧 찼다.

평일 낮의 천변에는 노인들밖에 없다. 당연하다. 직장인들은 회사에 갔고 학생들은 학교에 갔고 어린이들은 어린이집이나 유치원에 갔을 테니까. 나는 '백수는 어디 있을까?' 같은 시답잖은 생각이나 하면서 또 걸었다. 천변을 걸으면 상가에 있는 가게 이름들이 하나둘씩 눈에 들어온다. 롯데리아, 임실치즈피자, 엔젤리너스 커피…… 그런 것들을 입으로 읊으면서 걸으면 시간이 꽤 빨리 갔다. 핸드폰을 가지고 나오지 않아서 시간을 확인할 수 없었다. 상호 하나를 읊을 때마다 5초, 건물 하나를 지나칠 때마다 2분…… 그런 식으로 시간을 가늠했다. 밤이 오는 것보다 세상의 종말이 오는 게 더 빠를 것 같다는 생각을 주로 하면서 걸었다.

해가 머리 위까지 올라오면 천변을 벗어났다. 도로로 올라와서 또 한참을 걸었다. 시내 도로를 걷다 보면 늘 이상한 가게를 마주쳤다. 창문은 없고, 간판 가득 큰 글씨로 개미, 라고 쓰여 있는 가게였다. 낮에는 닫혀 있지만 밤이 되면 문이 열렸고 문에는 짧은 커튼이 달려 있었다. 어느 날은, 커튼 사이로 어떤 여자랑 눈이 마주쳤다. 미지의 공간 너머에는 여자가 있었다. 남자도 있었다. 엄마는 거기가 방석집이라고 했다. 서울에는 이제 이런 거 없다던데, 나는 지방에 살아서 여자와 눈이 마주친 걸까. 아니면 학교에 안 다녀서 그런 걸까. 아니면 둘 다? 여자는 분명 가게 안에 있었는데 왠지 바깥에 있는 것 같았다. 나도 바깥에 있었고, 여자도 바깥에 있었다. 바깥에 있는 우리는 서로를 오랫동안 쳐다봤다. 먼저 눈을 피한 것은 여자였다. 여자에게 가까이 가 보고 싶었지만 멀리서 지켜보기만 했다. 돌이키지 못할 선택은 충분히 유혹적이었지만 나는 겁이 많았다.

대충 해가 질 때까지 걷다가 롯데리아로 들어갔다. 콜라 하나를 시켰다. 자리에 앉아 콜라를 빨았다. 마감 시간까지 마시려면 양 조절을 잘 해야 했다. 마감 시간이 될 때까지 앉아서 콜라만 빨았다. 그렇게 시간을 죽이는 게 일상이었다.

　햄버거 포장지와 트레이를 함께 일반쓰레기통에 넣는 사람을 보면서 햄버거 가게에서 알바 했던 때를 떠올렸다. 홀을 돌 때마다 쓰레기 봉지를 뒤지면서 누가 트레이를 넣지는 않았는지, 감자 튀김을 담는 바구니를 넣지는 않았는지 일일이 확인해야 했다. 내가 쓰레기 봉지를 뒤지게 만든 사람들은 누구일까. 누군진 몰라도 분명 알파뭐시기를 앓고 있을 것 같았다.

　눈두덩이가 무거웠다. 이른 아침의 공기에 손발이 차져 있었다. 노트북 화면을 조심스럽게 닫았다. 문밖에서 엄마가 출근 준비를 하는 소리가 들렸다. 나도 자리에서 일어나 나갈 준비를 하기 시작했다. 옷을 갈아입는데 엄마가 예고 없이 방문을 열었다. 나를 한번 쳐다보고 내 책상을 한번 쳐다봤다. 그러더니 웬일이야? 하고 물었다. 나는 그냥, 하고 대답했다. 엄마는 내가 아침 일찍 일어나서 준비하는 걸 보고 내심 기대하는 눈초리였다. 자라고, 그렇게 말하던 어젯밤과는 확연히 다른 표정이었다. 밤새 웹 소설 봤는데. 그걸 몰랐다, 엄마는. 책상 위에 문제집 몇 개 펴 놓으면 되는데. 펜 몇 개랑. 엄마는 그거 보고 내가 밤새 공부한 줄 알았다. 어딜 가냐고 묻기에 독서실, 하고 대답했다. 엄마가 지갑을 꺼냈다. 지갑에서 카드를 꺼내 내게 건넸다. 이걸로 맛있는 거 사 먹어. 나는 사양하지 않았다.

　─한강 님 오늘 2시, 잊지 않으셨죠?

　대충 답하고 메시지 창을 닫았다. 고속버스를 타고 터미널에서 내려서 지하철을 타고 다시 버스를 타야 했다. 아침을 먹지 않아서 출출했다. 터미널 안에 있는 매점에서 물이랑 젤리 같은 것들을 골라 계산대에 올려놓았다. 매점 아주머니가 졸다가 일어나서 계산을 해 주었다. 버스를 기다리면서 승차홈을 서성거렸더니 버스 기사로 보이는 아저씨가 말을 걸어왔다. 왜, 버스를 못 찾겠어? 이리 와 봐. 표 보여 줘 봐. 그놈의 반말. 지겨운 반말. 나는 아저씨의 말은 안 듣고 아저씨가 반말로 떠드는 동안 승차홈을 나가고 들어오는 버스들을 쳐다봤다. 작년에 이곳에서 드라마를 찍었다고 했다. 왜 서울 놔두고 이렇게 먼 지방까지 와서 드라마를 찍은 건지 이해가 안 됐다. 그 드라마 학원물이었는데. 씨발, 학교가 뭐길래. 오늘 아침에 본 웹 소설도 학원물이었다. 버스는 예정된 시간보다 7분 일찍 도착해서 승객들을 기다리고 있었다. 나는 버스가 떠나는 시간을 5분 남겨 두고 버스에 올라탔다.

서울 터미널에는 승차홈이 스무 개가 넘게 있었다. 편의점도 여러 개였고 식당도 많았다. 대기 줄이 긴 식당도 있었다. 대기 줄이 없는 식당도 있었다. 대기 줄이 없는 우동집에 들어가서 우동이나 먹고 갈까 하다가 관두었다. 천장에 붙어 있는 표지판을 보았다. 표지판을 따라 무작정 걸었다. 경부선, 영동선, 호남선……3호선, 7호선, 9호선…… 아무래도 배가 고파 프레첼을 사 들고 걸어가는데 뒤에서 모르는 꼬마가 졸졸 따라왔다.

애, 따라오지 마.

아이는 계속해서 따라왔다.

저기요, 따라오지 말아 주세요. 프레첼 드릴게요.

나는 아이에게 프레첼을 하나 쥐여 주었다. 아이를 피해서 막 걷다 보니 터미널 안에 있는 백화점에 들어와 있었다. 고소한 냄새가 나는 프레첼은 손에 계속 들고 있었다. 얼떨결에 에스컬레이터에 올라탔다. 앞에 선 사람이 들고 있는 케널 안에 강아지가 있었다. 강아지와 눈이 마주쳤다. 케널 지퍼를 슬쩍 열었다. 그 안으로 프레첼 냄새를 슬쩍 흘렸다. 강아지가 막 짖었다. 왕왕! 왕왕! 주인이 당황해서 어쩔 줄 몰라했다. 들여오면 안 될 걸 들여온 듯이 눈치를 살폈다. 나는 인자한 미소를 지었다.

괜찮아요. 아이가 몇 살이에요?

주인은 두 살이요, 라고 대꾸했다.

우리 애랑 친구네. 너도 알파뭐시기니? 아, 아니지 그쪽도 알파뭐시기예요?

아무튼 잘생기셨네요. 근데, 우리 애가 더, 다리가 더 길어요. 강아지는 여전히 짖어 댔다. 나는 강아지를 피해서 에스컬레이터에서 내렸다. 얼떨결에 내린 곳이 명품관이 모여 있는 층이었다. 인파에 몰려서 걸어 다니는데 샤넬이 보였다. 샤넬이 보이니까 지디 생각이 나고 지디 생각이 나니까 무제 생각이 났다. 약속한 시간까지 30분밖에 안 남아 있었다. 지하철을 타고 버스도 타면 한 시간은 더 걸릴 텐데. 약속에 늦는 사람은 무례하다. 약속에 늦는 사람은 범죄자다. 남의 시간을 훔치니까. 거기까지 생각이 미치자 그냥 가지 말까, 하는 생각이 들었다. 무슨 핑계를 대야 할지 머리를 굴리면서 다시 걷기 시작했다. 한 손에 프레첼을 들고 샤넬 매장을 기웃거렸다. 전광판에서 지디의 컬렉션 영상이 흘러나오고 있었다.

혹시 실례가 안 된다면, 아이디 뜻을 알 수 있을까요? 나는 그렇게 물었다. 별 뜻 아니에요. 제가 지디를 좋아하거든요. 그래서 지디 노래 제목으로 한 거예요. 무제는 그렇게 답해 왔다.

―지디가 서울에서 태어났잖아요. 그것도 강남.

지디는 여덟 살 때부터 연습생으로 시작했다고 했으니까 그럼 강남에서 나고 자라서 강남에서 연습생 생활을 하고 강남에서 데 뷔하고 강남에서 일생을 살아온 걸까. 그게 뭐가 그렇게 중요할까 싶다가도 중요하지, 라는 생각이 들었다. 나는 서울을 좋아하니 까. 강남은 서울에서도 제일 서울 같으니까.

한 발짝씩 걸을수록 약속 시간에 3초씩 가까워졌다. 나는 똑같 은 곳을 헤매고 남은 시간은 줄어들고 서둘러 움직여야겠다는 생 각은 안 들고 약속 시간에 늦는 사람은 어떤 사람일지만 궁금했 다. 나는 천변을 걷듯이 계속 걸었다. 천변을 걷듯이 걷다가 햄버 거 가게에 들어갔다. 이번에는 콜라만 시키지 않고 콜라와 햄버거 를 같이 시켰다. 키오스크에서 영수증이 나오는 순간 세트를 시 킬걸, 하는 생각이 들었다. 멍청하게 서 있었더니 뒤에 있는 사람 이 저기요, 끝나신 거예요? 하고 물어왔다. 나는 아니요, 라고 답 했다. 감자튀김이 먹고 싶었다. 세트로 바꾸고 싶은데 키오스크로 는 못 할 것 같아서 카운터로 걸음을 옮겼다. 몇 발자국 다가가지 도 않았는데 직원이 카드 결제세요, 현금 결제세요? 하고 물어 왔 다. 카드 결제요, 라고 답했더니 그럼 키오스크 이용해 주세요, 라 고 말하고 132번 손님을 불렀다. 나는 아무것도 묻지 못하고 다시 키오스크 줄을 섰다. 맨 앞에 있는 할머니가 키오스크 화면을 몇 번 누르고 한참을 쳐다보더니 뒤를 돌아봤다. 핸드폰을 보면서 기 다리는 뒷사람에게 써요, 라고 말하고 카운터로 다가갔다. 할머니 가 저기, 하고 말을 꺼내려는데 직원이 또 카드 결제세요, 현금 결 제세요? 하고 물어왔다. 할머니가 카드지요, 요즘 누가 현금을 써, 촌스럽게, 라고 하자마자 직원은 그럼 키오스크 이용해 주세요,

라고 말했다. 키오스크보다는 직원이 더 기계 같다는 생각이 들었다. 나는 할머니를 계속 쳐다봤다. 할머니는 다시 직원을 부를까 망설이는 듯싶었다. 하지만 곧바로 언제 이런 가게를 거들떠보기라도 했냐는 듯 가게 내부를 훑었다. 할머니는 밖으로 나갔다. 바깥으로 나간 할머니는 바깥에 있는 의자에 앉아서 숨을 바깥으로 내쉬었다. 나는 바깥으로 나간 할머니를 계속해서 지켜보고 있었다.

　─그렇게 안 봤는데 한강 님 정말 무례하시네요. 남들이랑 똑같애.

　내가 햄버거 세트가 아닌 햄버거 단품이랑 콜라랑 감자튀김을 먹는 동안 약속 시간은 이미 지나 있었다. 약속된 시간이 지나도 내가 약속 장소에 나타나지 않자 무제는 내게 전화를 걸었다. 전화를 받지 않자 다이렉트 메시지를 보냈다. 잠금화면에 길게 늘어진 메시지 알림을 하나하나 훑었다. 알림을 눌러서 읽는 짓은 하지 않았다. 무제는 내가 메시지를 보지도 않는 줄 알고 화를 냈다. 나는 무제가 나한테 무례하다는 거짓말까지 할 정도로 화가 났나, 그런 생각을 했다. 남들이랑 똑같이 무례하다는 건 뭘까. 키오스크 이용해 주세요, 라고 기계처럼 말하는 햄버거 가게 직원 같다는 걸까. 아니면 나도 알파뭐시기인 것 같다는 소리인가. 나는 그런 생각들을 하면서 터미널을 걸었다. 걷다가 계단식으로 만들어진 의자가 있기에 거기에 앉았다. 앉아서 콜라를 쪽쪽 빨았다. 그러고 있으니까 도쟁이가 나타나서 말을 걸었다.

　학생이세요?

　네.

　대학생?

아니요.

그럼 고등학생?

아니요.

중학생이세요?

아닌데요.

네에…… 그렇군요…… 제 말 듣고 계시는 거죠?

듣고 있죠.

도쟁이는 안경을 추켜올렸다.

제가 무례한가요?

내가 물었다.

어느 정도.

도쟁이가 대답했다.

내가 무례하다니.

나는 콜라를 쪽쪽 빨면서 말했다. 믿을 수가 없었다. 내가 무례하다니. 도쟁이 주제에 무례했다.

학교에서 힘든 일이 있었나 봐요?

도쟁이가 물었다.

무례라니, 지랄하지 마세요. 콜라나 하나 사 드릴게요. 가세요.

내가 대답했다.

그런 선택들 앞에서 간혹 나는 무례하다.

처음 아이를 데려오겠다고 했을 때, 나는 함께 도망칠 친구가 필요하다고 말했다. 그만 도망을 좀 치라고 엄마가 말했다. 그로부터 한 달 후, 아이가 우리 집에 발을 디뎠다. 아이는 현관에서부터 오줌을 지리고 말았다. 가족들의 눈초리를 한 몸에 받았다. 하루가 지나고, 일주일이 지나도 아이는 계속 울었다. 아오오오올 하고. 그걸 하울링이라고 부르는 건 줄은 최근에서야 알았다. 아이가 죽을 때까지 울어 대면 어떡하지, 나는 불안했다. 죽을 때도 아오오오올, 하고 죽으면. 그러면 어떡하지.

걱정과는 다르게 아이는 어느 순간부터 울지 않았다. 쥐 죽은 듯 조용했다. 아이랑 둘이 집에 있으면 마치 나 혼자 있는 것 같은 착각이 들었다. 아이는 밥을 먹지 않았다. 아이는 나가자고 조르지 않았다. 아이는 누워 있었다. 누워만 있었다. 몸을 잔뜩 웅크리고 애벌레같이. 내가 푹 찌르면 반짝 눈을 떴지만 이내 다시 감아버렸다. 아이는 초파리를 먹었다. 초파리만 먹은 건 아니고 모기도 먹고 거미도 먹었다. 덕분에 나는 벌레 없는 여름을 보낼 수 있었다. 아이는 그렇게 자라났다. 벌레를 먹으면서.

내 책상 밑에서 웅크려 있던 아이. 아이는 푹신한 곳을 좋아했다. 침대, 수건, 매트리스. 나는 그것을 기억하고 터미널에서 강아지용 방석을 샀다. 서울 터미널에는 안 파는 게 없었다. 핸드폰은 배터리가 다 돼서 꺼져 있었다. 아침에 타고 온 버스와 저녁에 탄 버스는 많은 게 달랐다. 아침에 탄 버스는 한적했다. 집에 갈 때 탄 버스는 사람이 꽉 차 있었다. 내 옆자리에는 교복을 입은 여자가 탔다. 진짜 학생인지 롯데월드를 다녀온 성인인지 코스프레를 한 오타쿠인지는 알 바가 아니었다. 여자는 한 손에는 핸드폰을, 다른 한 손에는 초코우유를 들고 있었다. 여자는 통화를 하다가, 초코우유를 한입 마시다가 했다. 여자는 안전벨트를 매지 않았다. 나는 방석을 소중히 안고 있었다. 버스가 출발했다. 여자는 흔들흔들거렸다. 초코우유는 찰랑찰랑거렸다. 여자는 핸드폰을 떨어뜨렸는지 자리를 뒤지기 시작했다. 초코우유는 아슬아슬하더니 결국 방석 위로 쏟아지고 말았다.

에잇 씨발,

개 같네. 여자는 손에 흘린 초코우유를 빨아먹었다. 후루룹, 하는 소리가 버스에 울려 퍼졌다.

나는 여자를 쳐다봤다. 여자는 방석을 바라봤다.

개 키우실래요?

내가 물었다.

여자는 대답하지 않았다.

준비 없이 선택의 기로에 서야 했던 순간들을 떠올렸다. 예를 들면, 초코우유를 한입 나눠 줄지 말지, 안 좋아하는 친구와 지나칠 때 인사를 할지 말지, 그런 순간들. 나의 정당한 분노를 눌러 낼지 말지, 그런 순간들 말이다.

나 초코우유 한입만.

거울을 보던 짝꿍이 손을 내밀며 달라는 제스처를 취해 왔다. 시선은 여전히 거울에 고정한 채였다. 손에는 확신이 배어 있었다. 초코우유 따위, 쉽게 얻을 수 있다는 확신.

싫어.

내가 말했다.

짝꿍은 그제야 나를 쳐다봤다. 왜애. 말꼬리를 늘리며 웃었다. 한쪽 입꼬리가 올라가 있었다. 치아가 유독 하얀 아이였다. 내가 빌려 준 립밤을 바를 때도 그렇게 웃었고, (립밤은 잔뜩 뭉개져서 돌아왔다.) 내 머리를 땋아 준답시고 새치를 뽑아 버릴 때도 그렇게 웃었고, (유독 '새치'라는 단어를 큰 목소리로 발음했다.) 너 왠지 레즈일 듯, 이라는 말을 할 때도 그렇게 웃었다. 그런 생각을 하는 동안 내 손에 들려져 있던 초코우유가 사라졌다. 짝꿍이 내게서 초코우유를 빼앗아 갔다. 짝꿍은 또 그렇게 웃고 있었다, 초코우유를 입에 머금은 채로.

남의 걸 왜 뺏어. 도둑년도 아니고.

내가 그 말을 내뱉자마자, 거울을 보던 다른 아이들이 일제히 내게 시선을 옮겼다. 반에 하나뿐이었던 절친도 나를 쳐다봤다. 나는 어깨를 폈다. 허리도 폈다. 주먹을 꽉 쥐었다. 내게로 몰려드는 시선을 거부하지 않았다. 온몸으로 받아 냈다.

절친은 점심시간에 내게 다가와서 아까 세진이한테 그렇게까지 말해야 했어? 하고 물었다. 나는 그치만 걔가 먼저 내 초코우유를, 까지 말하다가 내가 너무 심했나, 하고 말을 바꿨다. 두 번 다시 초코우유를 입에 대지 않았다. 초코우유를 파는 매점에도 가지 않았다. 초코우유를 파는 매점이 있는 학교에도 가지 않았다.

학교를 그만둔 이유를 물어올 때면 나는 초코우유 때문에, 라고 답을 했다. 초코우유가 왜? 하고 물으면 그냥 너무 무례해, 라고 대답했다. 그즈음 내 꿈은 언어의 마술사였고 애써 설명하지 않아도 모두가 내 말을 알아들었으면 했다. 초코우유, 라고 말하면 아, 하고 이해했으면 했다. 알아서. 알아서 잘.

나는 아이가 말을 할 수 있기를 바랐다. 하지만 무례하게도, 아이는 말은커녕 앉아, 손, 기다려, 같은 단순한 말도 못 알아들었다. 아이는 내가 쓰다듬는 걸 싫어했다. 아이는 달랐다. 다른 강아지들과는 달랐다. 그렇다고 해서 아이가 다른 강아지들처럼 행동할 때가 없는 건 아니었다. 자리를 잡기 전에 뱅글뱅글 돈다거나 밥그릇을 묻으려고 하기도 했다.

너는 강아지가 아닌 줄 알았어.

그렇게 말하면 아이는 평소의 의심 많은 눈으로 나를 쳐다보왔다.

그렇지만, 넌. 고유해.

그렇게 말하면 아이는 못 들은 척했다.

아이는 맨날 짖기만 해서 가족들이 싫어했다. 그럴 때마다 나는 속으로 손바닥을 핥아, 머리를 갖다 대, 다가가 애교를 부려, 그렇게 중얼댔다. 사랑받으려고 애쓰란 말이야. 아이는 더욱 힘차게 짖었다.

쫓겨나고 싶어?

엄마가 물었다.

이게 죽으려고,

아빠가 지껄였다.

아이야,

그렇게 불러도 아이는 알아듣지 못했으므로.

나는 아이가 사랑받을 만한 아이는 아니라고 생각했다.

파양해 버려.

아이에게 물릴 뻔한 오빠가 속삭였다.

집에 돌아왔을 때 아이는 여전히 내 책상 밑에서 웅크리고 있었다. 방석 포장지를 벗기고 아이 앞에 들이밀었지만 아이는 움직이지 않았다. 아이는 눈을 감고 가만히 누워 있었다. 아이를 들어서 방석 위에 올려놓았다. 사이즈 미스였다. 아이 몸의 절반이 방석에서 삐져나왔다. 바깥으로 튕겨 나온 다리가 차가웠다. 아이는 다리가 유난히 가늘었다. 몸은 점점 커지는데 다리는 점점 가늘어져서 걸어 다니는 게 신기할 정도였다. 아이와 마지막으로 산책했을 때를 떠올렸다. 천변을 함께 걸으면서 아이는 무식하게 앞서 나가지 않았다. 리드 줄을 팽팽하게 만들지 않았고 캑캑대지 않았다. 그저 내 옆을 천천히 걸었다. 날이 더운지 헉헉대기만 했다. 나는 벤치에 앉았다. 늘 그랬듯 머리에 손깍지를 받치고 누웠다. 아이는 벤치 옆에 앉아서 헉헉댔다. 아이는 바닥으로 가라앉았다. 점점 녹아내리는 아이를 내버려 두었다. 아이의 가는 다리를 타고 개미들이 기어 다녔다. 웬일인지 아이는 개미를 먹지 않았다.

나는 끝까지 무제와의 대화 창에 들어가지 않았다. 무제는 메시지로 새벽까지 화를 내더니 어느 순간부터 조용해졌다. 문밖에서 엄마가 출근 준비를 하는 소리가 들려왔다. 노트북 화면을 조심스럽게 닫았다. 커튼을 치고, 새벽 동안 차가워진 몸을 이불 속으로 숨겼다. 침대에 누워서 아이를 바라봤다. 아이는 어젯밤의 모습 그대로 누워 있었다. 방석에서 삐져나온 하반신도 그대로였다. 아이는 움직이지 않았다. 아이는 더 이상 자라지 않았는데, 방석은 여전히 작았다. 나는 그즈음, 꽤 많은 것을 후회하고 있었다.

드레스 코드는 검정

비재학생
이서희

파티가 있기 며칠 전 엄마는 폐경을 맞았다. 나는 엄마의 폐경을 맞아 파티를 열기로 했다. 친척들은 물론 엄마가 가장 최근까지 일하던 직장의 동료들, 그 전 직장의 동료들, 전전 직장의 동료들, 심지어 같은 성당에 다니던 자매님들, 형제님들, 신부님까지 모두 불렀다. 그들은 모두 내 초대에 응해 주었다. 나는 그들에게 문자메시지를 보냈다.

'드레스 코드는 검정. 왜냐하면 생리혈은 붉다기보다는 검거든요. 그러니까, 검정입니다.'

답장은 없었다. 하지만 그들은 모두 검은색 옷을 입고 나타났다. 검은색 바지, 검은색 치마, 검은색 양말, 검은색 넥타이, 검은색 모자, 검은색 재킷, 검은색 셔츠. 막상 그들을 한데 모아 놓고 나니 이상하다는 느낌을 지울 수가 없었다. 무지개색이라고 할걸 그랬나, 후회해도 이미 늦은 것은 어쩔 수 없었다.

엄마의 폐경이 있기 며칠 전이었다. 내가 집에 돌아왔을 때 엄마는 핸드폰을 잃어버렸다고 했다. 그리고 핸드폰을 주운 사람과 통화를 하려면 내 핸드폰이 필요하다고도 했다. 엄마는 내가 쓰는 핸드폰을 다룰 줄 몰랐다. 나는 핸드폰을 건네는 대신에 벗은 지 5분도 채 되지 않은 양말을 다시 신었다. 땀으로 축축한 양말 속으로 에어컨 바람에 금세 마른 발을 욱여넣었다.

잃어버린 적 없다. 누가 훔쳐 간 거지.

엄마는 버스 창밖에 시선을 고정하고 그렇게 말했다.

그게 무슨 소리야. 아까는 잃어버렸다며. 그게 무슨 뚱딴지같은 소리야. 그게 무슨,

엄마는 대답하지 않았다. 굳게 닫은 입이 고집스럽게 처져 있었다. 버스는 엄마가 핸드폰을 잃어버린 정류장으로 거슬러 올라가고 있었다.

버스가 전복됐으면 좋겠네.

내가 말했다.

나도 가끔 그런 상상을 해.

엄마가 대답했다.

우리는 정류장에 내려서 핸드폰을 돌려받았다. 답례로 박카스 열 개입 상자를 내밀었다. 그 일이 있고 나흘 후쯤 엄마는 폐경을 맞았다. 엄마는 폐경을 맞고 얼마 안 돼서 죽었다. 퇴근길 버스에 타고 있다가 죽었다. 나는 왜 내가 안 죽고 우리가 안 죽고 엄마만 죽은 건지 이해가 되질 않았다.

나는 머리에 하얀 리본을 달고 내가 초대한 손님들을 맞았다. 파티장 한편에는 나름 구색을 갖춘 파티 음식들을 준비해 놓은 상태였다. 엄마가 좋아했던 김밥, 엄마가 좋아했던 칼국수, 내가 좋아하는 라면, 초밥, 수박, 엄마가 싫어했던 오리고기, 엄마가 잘했던 계란말이, 엄마가 못했던 김치볶음밥. 사람들이 그것들을 맛있게 먹어 주기를 기대했는데 사람들은 그것들을 보고도 본 척하지

않았다. 오늘은 엄마의 폐경 기념 파티인데. 외할머니는 음식들을 발견하고는 상을 엎어 버릴 기세로 나를 노려봤다. 나는 국수가 담긴 그릇을 들었다. 손으로 면을 한 움큼 집어 후루룩 삼켰다. 할머니는 국수를 먹는 나를 노려보았다.

인생이 이렇게 후루룩 삼켜진다면 얼마나 좋겠어요. 하지만 후루룩은커녕 호로록, 꿀꺽꿀꺽도 안 된단 말이에요.

나는 할머니를 똑바로 쳐다보면서 말했다.

딸이라는 년이, 이게.

할머니는 엄마의 폐경을 축하해 줄 생각이 조금도 없어 보였다. 나는 할머니에게 국수를 권했다. 할머니는 국수가 담긴 그릇을 받아 들지 않았다.

차라리 제가 죽었으면 좋았을 텐데요.

할머니는 정말로 상을 엎을 기세였다. 나는 말을 멈추지 않고 계속 이어 나갔다.

달리는 차들 사이로 뛰어들고 싶다거나, 버스나 지하철이 전복됐으면 좋겠다거나, 그것들은 꽤 오래전부터 계속되었던 충동인데 말이에요.

그쯤 가서는 나의 눈이 벼락이라도 맞은 것처럼 뜨거워졌다.

제가 죽었으면 좋았을 거란 말이에요. 오래전부터 그런 충동을 느껴 왔으니까요.

금방 뒤집힐 것처럼 경련하던 할머니의 눈알이 잠잠해지고 순식간에 눈꺼풀이 푹 꺼졌다. 왜인지 할머니의 눈에서 안광이 사라졌다.

나는 파티장을 빠져나왔다. 도로에는 차들이 가득 달리고 있었다. 엄마가 살아 있었다면 분명 파티를 즐겼을 거라는 생각이 들었다. 차도에 뛰어들고 싶은 충동이 일었지만 나는 차도에 뛰어들지 않고 육교를 올랐다. 맞은편 도로로 내려오면서 나는 무언가 끝나 버렸다는 확신이 들었다. 엄마의 생리도 끝이 난 것처럼. 분명 무언가가 끝나 가고 있다고…… 그렇게 믿고 싶었다.

확진자 일기

세종예술고등학교 3
이예린

2021년 11월 15일

우리 가족은 다섯 개의 섬이 되었다.

주인의 허가 없이는 출입할 수 없는 각자의 방. 설령 허가가 떨어지더라도 쉽게 다가갈 수 없는, 험난한 고행이 기다리는 섬이었다. 바이러스의 공포가 덮친 뒤부터 우리는 이 작은 27평 집을 알뜰하게도 나눠 가졌다. 안방은 엄마의 차지였고 내 방은 할머니가 썼다. 아빠는 베란다에 작은 텐트를 쳤고 수험생인 오빠는 자기 방에서 나오지 않았다. 마지막으로 나는 거실에 칸막이를 설치해 둥지를 틀었다. 센터에 있다 보니 배나 우주선의 사령관이 된 느낌이었다. 거실에 있다 보면 가족들이 내는 크고 작은 소리가 모두 들린다. 수학 문제가 잘 안 풀리는지 짜증 내는 오빠의 한숨, 온라인 미팅을 하는 아빠 노트북의 지직거리는 잡음, 의미를 모르겠는 할머니의 중얼거림 따위와 격리 중임에도 수업 교구를 만드는 엄마의 사각거리는 가위질 소리까지…….

그렇다. 우리 가족은 나를 제외하고 전부 확진되었다. 하지만 전염병에 걸려도 산업 역군의 후예답게 각자의 위치에서 제 일을

하고 있다. 간혹 힘겹게 앓는 소리가 들려오기도 하지만 그뿐이었
다. 그들의 수발을 드느라 나는 몇 배로 더 힘들었다. 그나마 좋은
건 접촉자로 분류돼 학교에 가지 않아도 된다는 것. 며칠 겪어 보
니 고립된 생활이 아주 나쁘지는 않다. 성적표를 꺼낼 필요도 없
고 청소를 안 해도 혼내는 사람이 없으니까. 거실은 조금씩 엉망
이 돼 가고 있지만 지금 난 어느 때보다도 행복하다. 누구도 얼굴
을 들고 나를 나무라지 않는다. 밥을 달라고 문을 두드리며 소리
치는 가족들의 목소리가 들리지만 반응하고 말고는 내 자유다. 나
는 잠시나마 우리에 갇힌 동물들에게 밥을 주는 사육사가 된 기분
을 느낀다. 며칠 전의 나는 어땠더라. 일기장을 천천히 앞으로 넘
겨 본다.

2021년 11월 9일

엄마가 확진됐다. 일하는 어린이집의 원장이 확진되었다고 말
한 지 하루 만이었다. 엄마는 안방에 격리되기 전 "괜히 나서서 원
장 도와 교구 준비한다고 설치지 말걸."이라는 마지막 한마디를
남겼다. 졸지에 방을 잃은 아빠는 거실에서 지내게 되었다. 몰랐
는데, 이제는 확진자를 격리할 병실이 부족해서 자기 집에서 치료
를 받아야 한단다. 엄마가 병원에 가져갈 짐을 싸던 나와 아빠에
게 오빠가 알려 주고 갔다. 어떻게 알았냐고 했더니, 시험 비문학
지문에서 보았다고 했다. 당연히 우리는 가족 중에서 엄마가 첫
확진자라 알 턱이 없었다. 솔직히 말하자면 이 전염병 사태가 남
의 일처럼만 느껴져 아무리 뉴스에서 아나운서가 속보랍시고 떠
들어 대도 신경을 쓰지 않은 것도 있다. 아빠는 이제 뉴스를 자세
히 봐야겠다면서, 우리도 검사를 받아 봐야 한다고 했다. 그 말에

저절로 눈살이 찌푸려졌다. 검사라면 많이 받아 봐서 안다. 평소에는 쓰지 않는 코 안 깊숙이까지 헤집어 내는 면봉의 움직임은 생각하기만 해도 소름이 끼친다. 이때 아니면 언제 콧속 끝을 건드려 보겠냐고 과하게 긍정적으로 사고하던 친구의 말이 떠오른다. 그래 놓고 생경한 감각에 결국 눈물 한 방울 떨어트리던 모습 또한 떠올라 작게 웃음이 났다. 검사의 좋은 점은 딱 하나였다. 학교를 합법적으로 빠질 수 있다는 것, 그 이하도 이상도 아니었다.

오빠는 수능 공부할 시간도 모자라는데 무슨 검사냐며 투덜거렸다. 게다가 지금 확진되면 큰일이라고, 수능을 못 볼 수도 있다고 떠들어 댔다. 심지어는 아무도 모르는 새에 잡혀 갈지도 모른다고 이야기했다. 오빠의 얼굴은 점점 벌겋게 달아올랐고 간간이 침을 튀겼다. 그런 얼토당토않은 말을 어디서 들었느냐 하니, 오빠는 스마트폰의 작은 화면을 내밀며 영상을 보여 주었다. 화면 군데군데 튀긴 침이 반짝였다. 잘 봐. 요즘, 이 유튜버가 대세란 말이야. 이 전염병 바이러스가 실은 일부러 누가 만든 거라는 거지. 오빠가 보여 준 영상 속의 사람은 붉은 가면을 써서 얼굴을 가린 채 열정적으로 여러 말들을 늘어놓고 있었다. '또 다른 바이러스가 나올 거다', '이 바이러스는 고의로 퍼트려진 거다' 등의 증거 없는 허황한 내용뿐이었다. 이걸 정말 실제로 믿는 사람이 있는지 의심하며 댓글을 확인해 보는데 심지어 그 수가 꽤 많아 놀라지 않을 수 없었다. 댓글의 사람들은 유튜버의 말을 정부와 언론보다도 더 맹신하고 있었고, 오빠 또한 그 사람 중 하나였다. 안쓰러운 고등학교 3학년, 입시생에게서 인터넷을 단절시켜야 하는 것이 아닌가 하는 고민이 들었다. 그나마 백신에는 의문을 품고 있지 않아 다행일까. 요즘 백신에 관한 루머가 일파만파 퍼지고 있다는 소식을 들은 적이 있었다. 그리고 이 생각을 하기 무섭게, 오빠가 말을 덧붙였다.

"백신도 마찬가지야. 백신 맞으면 몸에 무선 인식 칩이 삽입된 대. 이게 다 정부가 우리를 통제하려는 계략이라고. 어쩐지 1차 맞고 나서 몸이 안 좋더라니……. 너도 2차 백신은 맞지 마. 알았지? 절대로!"

아무래도 오빠의 스마트폰을 뺏거나 와이파이를 끊는 게 좋을 것 같다.

혼자 안방에 들어간 엄마는 30분에 한 번씩 문자를 보냈다. '뭐 하냐', '뭘 보냐', '숙제는 했냐', '밥은 먹었냐' 등 일상적인 내용들이었다. 밥 먹을 때가 되면 엄마의 손놀림은 더 빨라졌다. 메뉴 질문부터 음식의 양까지 건수 하나 잡은 형사처럼 모든 걸 꼬치꼬치 깨물었다. 또, 우리는 엄마에게 식사를 건넬 때 안방 앞에 음식을 놓고 문을 두드렸는데, 엄마는 그걸 무척 싫어했다. 감옥에 갇힌 죄수가 된 기분이라는 것이다. 평생 범법 한번 저지르지 않고 올바르게 살아온 자신에게는 억울하게 느껴진다고 했다. 그래서 엄마는 안방 문을 열고 밥을 가져다 달라고 부탁했다. 마스크도 쓰고 비닐장갑도 끼고 있겠다면서 안심해도 된다고 했지만, 오빠와 나 그리고 아빠 모두 엄마의 제안을 흔쾌히 승낙하지 못했다. 어쩔 수 없었다. 병에 걸리고 싶은 사람은 없었으니까. 각자 감염되면 안 되는 모종의 이유가 존재했다. 엄마는 무척 속상해했지만 우린 계속 교도관이 되어 엄마에게 식사를 전해 주었다.

2021년 11월 10일

　저녁에 내 방에서 쫓겨났다. 전적으로 아빠의 의견이 반영된 결과였다. 오전 가족 모두 음성이라는 진단을 받고서 안심하고 있었던 때에, 아빠는 내 작은 방을 할머니에게 넘겨 주자고 했다. 어제 엄마가 처음으로 확진된 이후, 줄곧 할머니의 건강을 염려하던 아빠의 모습이 떠오른다. 아빠는 가족들이 확진될 때마다 할머니가 감염되었을까 두려움에 떠는 것보다 아예 처음부터 할머니를 따로 격리하는 게 안전하다고 생각한 모양이었다, 그리고 그 대상은 당연하게도 내 방이었다. 왜 오빠 방이 아니냐며 항의도 해 보았지만, '고 3'이라는 한 단어에 전부 기각되고 말았다. 오빠는 '고 3이 벼슬'이라며 우쭐댔다. 나도 바로 거실로 나온 것은 아니고, 먼저 좁지만 오빠 방에서 같이 지내기로 했었다. 그런데 인터넷 강의를 배속으로 돌려 들으며 어려운 용어들을 중얼거리는 오빠 때문에 한 시간도 못 있고 뛰쳐나왔다. 어떻게든 버텨 보려 했지만, 조금만 몸을 뒤척여도 오빠가 시끄럽다며 화를 내 포기했다. 그래서 아빠와 나는 거실에서 이불을 깔고 노숙자 신세가 되었다.

　방에 홀로 남은 할머니를 돌보기란 무척 어려웠다. 할머니는 최근 들어 치매 증세를 보였으므로 다른 이의 도움이 불가항력적이었다. 그래서 아빠와 내가 돌아가며 할머니를 살폈다. 아빠는 오후 출근을 했기 때문에 낮에는 아빠가, 밤에는 아빠 대신 온라인 수업을 끝마친 내가 할머니를 담당했다. 절대 쉬운 일은 아니었다. 내 방문 앞 작은 통로에 상주하며 문에 귀를 붙여 할머니의 작은 숨소리 하나까지 신경을 써야 했다. 이제 1일 차인데도 우리는 상당히 지쳤다. 밖으로 내보내 달라는 할머니를 한 시간에 수십 번도 더 달래며 말동무를 해 드리고, 식사 때가 되면 마스크와

장갑으로 중무장을 한 채 먹여 드려야 했으니 당연한 결과였다. 이날 밤 잠들기 전, 아빠는 내게 '많이 힘들었겠지만 조금만 힘내보자.'라는 내용의 문자를 보내왔다. 조금만이라. 어제부터 틀어두기 시작한 뉴스에서 떠드는 아나운서의 목소리가 조용한 거실에 울려 퍼졌다.

— 오늘 또 최고 일일 확진자 수를 경신했습니다. 역대 최다 기록인 38만 명에서 약 6만 명가량 늘어난 44만 명입니다. 전문가들은 전염병 사태가 쉽게 끝나지 않을 것이라고 보고 있습니다. 국민들의 주의 깊은 관심이 필요한 때……'

아빠는 잠깐만 고생하면 된다고 했지만, 실상은 그렇지 않아 보인다. 벌써 내일을 상상하니 진이 빠진다. 어쩌면 나는 벌써 지친 건지도 모르겠다. 결승선이 없는 마라톤 경기에 참여 신청서를 낸 기분이다.

2021년 11월 12일

격리가 끝나고 등교를 할 수 있게 되었다. 언제나 해도 힘든 수업을 끝마치고 집에 왔는데, 무슨 일인지 현관에 오빠의 신발이 있었다. 학교 수업을 마치고 야자며 과외를 다 끝낸 뒤 새벽이 다 되어서야 귀가하던 오빠였기에 적잖이 놀랐다. 현관문 바로 옆에 위치한 오빠의 방문은 굳게 닫혀 있었는데, 그 단단한 나무 문을 뚫고 욕이 적나라하게 들려왔다. 친구와 통화를 하는지 오빠의 표현은 거침없었다.

"그 새끼 때문에 우리 수능 못 보는 거 아냐? 빡치네."

무슨 일인지 묻기 위해 문을 두드리려는 순간, 안방에서 엄마의 목소리가 날아왔다. 연조야! 늘 문자로만 대화하다가 오랜만에 듣는 엄마의 말소리라 잠시 놀랐지만, 티를 내지 않고 안방으로 다가갔다. 엄마는 가까이 와 보라며 문틈 사이로 작게 속삭였다. 안방 문에 귀를 붙이고 왜, 물으니 엄마가 오빠의 상황을 조심스럽게 설명해 주었다. 같은 반에 확진자가 나와서 검사 받고 격리 중이라는 것이다. 담임에게서 아이들이 아주 혼란스러워할 수 있으니 잘 지도해 주라고 문자가 왔다는데, 정작 엄마도 묶인 신세이니 도울 바가 없어 곤란해하고 있던 차라고 했다.

"다음 주가 수능이잖아. 지금 확진되면 수능도 별도 교실에서 응시해야 하고, 아파서 집중도 잘 안 될 거고. 아무튼 상황이 안 좋아. 오빠 심기 건드리지 말고 시키는 대로 좀 다 들어줘. 알았지? 너도 조심하고……."

나는 알겠다고, 마스크 잘 끼고 다니니 걱정 붙들어 매라며 엄마를 안심시켰다. 하지만 속내는 조금 달랐다. 사실 조금 쌤통이었다. 그놈의 수능 때문에 오빠가 날 곯려 먹은 게 한두 번이던가. 나에게 못되게 굴던 것을 전부 돌려받은 것이 분명했다. 곧이어 물 한 잔을 떠다 달라는 오빠의 간절한 외침이 들렸지만 못 들은 척하며 TV의 볼륨을 높였다.

나도 모르게 잠깐 잠이 든 것 같았다. 정신을 차려 보니 퇴근한 아빠가 나를 흔들어 깨우고 있었다. 순간 벌써 아침이 된 줄 알고 놀라 시계를 보았는데 다행히 저녁이었다. 한데 그렇다고 해도 이상했다. 본래 아빠의 퇴근은 새벽 6시였는데, 무슨 일이 생긴 것이 분명하다. 게다가 아빠는 귀가했는데도 마스크를 두 겹이나 착용하고 있었다. 내가 어떻게 된 거냐고 묻자, 아빠는 미열이 있고 목이 칼칼해서 반차를 내고 검사 받고 왔다고 설명했다. 정말로 마스크 뒤 아빠의 볼이 벌겋게 달아올라 있었다. 말하는 내내 몇 번 헛기침하는 것이 진짜 전염병의 증세와 같았다. 나는 나도 모르게 몸을 뒤로 쭉 빼 아빠와 거리를 두었다. 아빠는 잠시 놀라다가 씁쓸한 미소를 지으며 혹시 감염되었을 수도 있으니 따로 지내겠다고 베란다에 텐트를 쳤다. 베란다를 확장하지 않고 놓아 둔 게 이런 땐 얼마나 다행한 일인가.

작년에 구입했던 대형 텐트에 딸려 온 사은품 미니 텐트였다. 전염병이 우리를 덮치지 않았더라면 계곡에 놀러 가 신나는 여행을 즐겼을 텐데 전부 무용지물이 되어 버린 안타까운 전염병의 잔해였다. 아빠는 그 작은 텐트에 이불을 깔고 큰 덩치를 들이밀었다. 처음으로 아빠가 안쓰럽다고 생각한 순간이었다. 언젠가 폐지 줍는 할아버지를 보았을 때 느꼈던 감정과 같았다. 이내 아빠가 잠이 들었는지 코 고는 소리가 옅게 울렸다. 이제 거실에는 나 혼자였다. 나를 주축으로 가족들이 둘러싸고 있지만, 서로 닿을 수 없고 만날 수도 없다. 한 공간에 있음에도 외톨이가 된 기분이었다. 평소라면 두렵지 않았을 창밖 검은 어둠의 유혹에 빠져들 것만 같았다. 나는 소파 구석에 몸을 최대한 웅크리고 고개를 파묻었다. 기분이 이상했다. 정말 열일곱의 내가 비로소 나타난 모양이었다. 그동안의 나는 사실 어른 행세를 하며 살아왔던 걸까? 어둠 같은 건 어린아이들이나 무서워하는 것이라고 생각해 왔는데.

"물 좀 떠 와! 진짜 목마르다고."

그때 쨍한 오빠의 목소리가 귀를 찔렀다. 덕분에 무서움이 한순간에 날아갔지만, 묘하게 짜증이 났다. 아빠는 우리를 위해서 덩치를 구기고 있는데 따뜻한 방 안에서 명령하는 꼴이 싫어, 물을 새로 떠 오는 대신 마시던 물컵을 방문 앞에 내려놓았다. 그런

다음에는 할머니께 밥을 먹여 드리기 위해 마스크를 낄 준비를
했다.

2021년 11월 13일

　소년 가장이 된 것처럼 집안일을 도맡다 보니 학교에 가면 잠
이 쏟아졌다. 이러다 나까지 전염병에 걸린다면 어떻게 되는 걸
까. 두려웠다. 내가 없으면 우리 가족에게 큰일이 벌어질 것만 같
았다. 가장이 없는 가족은 풍비박산 나기 마련이다. 더군다나 현
재 엄마의 일자리도 위태로웠다. 엄마가 일하는 어린이집 원아의
부모가 민원을 넣은 것이다. 병약한 어린아이들을 가르치는 교사
가 전염병에 걸리는 게 말이 되냐면서, 내 자식이 옮아 죽으면 책
임질 거냐고 난리를 쳤다. 당연히 처음에는 엄마도 무시했지만,
그 부모라는 여자가 맘 카페에 여론을 모는 글을 올리고 시청에도
민원을 넣고 있어 골치 아픈 모양이었다. 밥을 갖다주러 갈 때면
엄마가 쩔쩔매며 원장과 통화하는 것을 들을 수 있었다. 듣자 하
니 극성 부모에게 지친 원장이 엄마에게 일을 그만둘 것을 권유하
는 듯했다. 그럴 때마다 엄마는 나이도 한참 어린 원장에게 살살
웃으며 무슨 말씀이시냐고 회유를 했는데, 통화가 끝나고 나서 엄
마가 내쉬던 깊은 한숨의 의미를 나는 안다.

　아빠의 상황도 별반 다를 것은 없었다. 오빠가 쓰던 구형 노트
북을 꺼내 와 좁은 텐트에서 몸을 고쳐 앉고, 상체에만 겨우 정장
을 입은 채 온라인 회의에 참석하는 아빠의 모습은 정말 힘들어
보였다. 아무리 쉬라고 말을 해도 아빠는 곧 승진 시즌이 올 텐데
아픈 모습을 보일 수 없다고 했다. 하지만 온라인 미팅의 낮은 음
질을 뚫고 들려오던 상사의 꾸짖음을 나는 안다. 이러다간 전염병

이 사라진 후에 내가 이 집의 가장이 될지도 모르는 일이었다. 책임감이 열일곱 어린 마음에 굳게 자리 잡았다. 나는 얇은 일회용 마스크 대신 KF94 마스크를 끼고 학교에도 의료용 장갑을 끼고 다녔다. 유난 떨지 말라며 놀리는 친구도 있었지만, 나는 그만큼 절실했다. 이 세상에 나보다 병에 안 걸리고 싶은 사람이 또 있을까? 차라리 전염병에 걸려 학교에 나오고 싶지 않다는 친구들의 한심한 말을 흘려들으며 다시 다짐했다. 절대 병에 걸리지 않겠다고. 그런 뒤 가족을 멋지게 지켜 낼 거라고.

"이대로라면 너, 더는 학원에 못 다녀."

학원으로 들어서자 기다렸다는 듯 나를 불러 세운 원장이 뱉었다. 말속에 숨은 의도를 알 수 없었기에 겨우 정신을 차리고 무슨 말이냐고 물었다. 원장은 한숨을 쉬며 성적 차트를 가리켰다. 우리 학원, 일일 테스트 일주일 연속 꼴등이면 잘리는 거 알지. 너 벌써 4일째야. 원장의 손가락 끝에는 "11월 1주 차 총원 31명 중 31등, 이연조"라는 글씨가 선명히 박혀 있었다. 공부를 잘하는 편은 아니었지만 그래도 항상 평균은 넘겼던 나였다. 부끄러운 마음에 얼굴이 뜨겁게 달아올랐다. 미열이 피어오르고, 콧물도 나는 것 같고…… 설마 걸린 건가. 이 상황에서도 혹시 전염병에 걸린 것은 아닌지 두려워하는 내가 우스웠다.

"지금까지 그렇게 잘린 애 한 명도 없었다. 네가 그 출발선을 끊지 않아 줬으면 좋겠어, 학원 위상이 있잖니."

그건 나도 마찬가지였다. 학교의 친구들이 전부 이 학원에 다니고 있었기 때문에, 만약 그만두게 된다면 무리에서 자연스럽게 제외될 것이 분명했다. 나와 친구들의 관계는 이런 간단한 사유로도 갈라질 만큼 얄팍했다. 마스크를 쓴 탓에 입 모양도 잘 보이지 않고, 학교 밖에서 놀 수도 없어 유일하게 만날 수 있는 공간이 학원이었다. 상대방이 내 말에 미소를 짓고 있는지 아닌지 모르는 채로 대화를 나누는 건 너무나도 힘든 일이다. 안 그래도 소심하고 낯가리는 성격인 나는 전염병 사태가 시작되면서 친구들에게 더 다가가지 못하게 되었다. 그중 유일하게 친한 아이들이 같은 학원 친구들이었다. 그것조차 숙제를 알려 주며 겨우겨우 친해진 사이였다.

"너 혹시 무슨 일 있는 거니?"

원장이 물었다. 나는 황급히 마스크를 고쳐 쓰며 대답했다.

"아, 아니요……."

"곧 학원 전체 평가가 있어. 그때만 잘해 주면 나가지 않아도 되니까, 열심히 해 봐."

나는 고개를 열심히 끄덕였다. 절대 전염병에 걸리면 안 되는 이유가 또 하나 늘었다.

2021년 11월 17일

며칠밖에 안 되는 짧은 시간 동안 많은 일들이 있었다. 다들 슈퍼맨을 꿈꾸었지만, 이변은 없었고 오빠와 아빠 모두 확진 판정을 받았다. 엄마는 결국 일을 그만두었다. 해고 통보를 받은 것은 아니었다. 방에 갇혀 아무것도 하지 못한 채 각종 민원과 인신공격에 시달린 엄마는 그 일로 큰 스트레스를 받은 모양이었다. 엄마는 자진해서 일을 그만두겠다고 했고, 그날 엄마는 종일 아무것도 먹지 않았다. 언뜻 엄마가 어린이집 교사가 되기 위해 야간 대학을 다녔다는 이야기가 떠올라 마음이 아팠다.

오빠는 확진 문자를 받은 이후부터 예민이 극에 달했다. 수능 당일까지 격리가 해제되지 않아 특수 환경에서 시험을 본다는 점에 혼란을 겪고 있는 듯했다. 오빠의 심정이 이해가 안 가는 것은 아니다. 하지만 오빠는 왕이라도 된 양 심하게 굴었다. 밥을 담아 온 식기가 마음에 들지 않는다는 둥, 옷에서 늘 쓰던 섬유 유연제 향이 나지 않는다는 둥 온갖 불평불만을 쏟아 냈다. 같이 집안일을 돕던 아빠마저 몸져누운 상황이었으므로 그 모든 요구를 일일이 내가 들어줘야 했는데, 여간 힘든 일이 아니었다. 뭐랄까, 가부장적인 남편을 둔 아내가 된 기분이었다. 아니, 아무리 가부장적인 사람이라고 해도 샤프심의 종류 가지고 화를 내지는 않을 거다. 샤프심을 사 달라고 해서 하굣길에 사다 줬더니, 오빠는 자신이 늘 쓰던 진한 2B 샤프심이 아니라며 짜증을 냈다. 그러면서 수능을 망친다면 다 내 탓이라고 악담을 퍼붓는 것이 아닌가.

"이럴 거면 오빠 맘대로 해!"

지친 나는 계속 당하지 않겠다는 마음으로 쏘아붙였다. 정말, 속된 말로 '멘탈이 나간다.'라는 게 이런 것이 아닐까 싶었다. 나도 곧 기말고사를 치러야 하는데 시험공부는커녕 집안일에 치여 학교생활 하나 제대로 하기도 힘들었다. 엄마, 아빠, 오빠, 할머니의 밥을 각각 챙겨 주고, 설거지도 하고, 옷도 빨아서 개야 했다. 중간중간 가족들이 물을 갖다 달라거나 원하는 걸 말하면 들어줘야 했고 할머니는 시도 때도 없이 문을 쾅쾅 두드렸다. 바깥으로 나가고 싶다는 것이다. 처음에는 일일이 달래 드렸지만, 이제는 그냥 무시했다. 나중에는 할머니가 문고리를 열고 나오려고 하시기에 밖에서 문을 잠가 두었다. 아빠나 엄마는 모른다. 알면 화를 내실지도 몰랐지만, 지금의 나는 할머니를 가둬 둘 정도로 힘들었다.

이제는 거실에 앉아 있으면 환청을 듣는다. 방문이 바람에 덜컥거리기만 해도 얼른 일어나 가족들의 동태를 살피는 게 일상이 되었다. 뭐랄까, 조금 한계에 다다른 기분이다. 팔자에도 없던 가장 노릇을 하며, 외부 접촉을 최대한 피하느라 학교, 학원, 집만을 다니고 있으니 불행해지는 것 같았다. 할 일은 산더미처럼 쌓여 있는데, 두려워 시작도 못하는 지경까지 되었다. 차라리 시작조차 하지 않았으면 도전을 안 했으니 그럴 수 있다며 정신 승리라도 할 수 있지만, 시작을 하면 해내지 못했다는 자괴감에 빠질 것 같았다. 그래서 나는 조금씩 일들을 미루기 시작했다. 처음에는 학교 과제를 포기했고 그다음에는 시험공부를 놓았다. 그다음에는 가족들의 요구를 불이행했다. 엄마와 아빠는 내 상태를 눈치채신 듯 부탁의 빈도수가 현저히 줄었지만, 오빠는 끊임없이 나를 불러 댔다. 홀로 확진되지 않고 살아남은 나에게 무슨 억하심정이라도 있었나 보다. 이연조, 커피 좀 사 와. 이연조, 충전기 좀 갖고 와. 야, 내 검은 양말 빨았어? 이연조, 이연조, 야, 이연조…….

제발 그만 좀 해! 거실에서 큰 목소리가 울려 퍼졌다. 잠시 졸고 있던 나는 화들짝 놀라 몸을 일으켰다. 안 그래도 삭막한 집에 적막이 내려앉았다. 누가 소리를 낸 것일까, 근원지를 찾으려 주위를 두리번거리던 나는, 소파 건너 티브이의 까만 스크린에 비친 내 얼굴을 보고 행동을 멈추었다. 잔뜩 일그러진 눈썹과 눈동자, 앙다물린 입술 그리고 볼을 타고 흐르는 눈물. 소리를 지른 건 다름 아닌 나였다. 모두 내 외침을 들었을까. 조마조마한 마음에 분위기를 살폈다. 그때 베란다 텐트 속 램프 하나가 툭 하고 꺼졌다. 안방도 오빠 방도 마찬가지였다. 스위치를 딸칵 누르는 소리가 차

레대로 났다. 전부, 들은 모양이었다. 깨질 듯이 몰려오는 두통에 머리를 부여잡고 있는데 문자 하나가 왔다. 오빠였다.

'그래도 나 내일 수능인데, 그렇게까지 말해야겠냐.'

나는 그대로 스마트폰의 전원을 꺼 집어 던졌다.

2021년 11월 18일

느낌이 좋지 않다. 할머니가 조용하다. 쿵쿵 들썩이던 문도 침묵을 유지하고, 이따금 들려오던 할머니의 두런거리는 말소리도 그친 지 오래였다. 오빠는 아침 일찍 보건소 직원의 동행하에 수능을 치르러 나갔고 격리 해제가 된 엄마는 일자리를 구하겠다고 나갔다. 아빠는 어젯밤 열이 올라 앓고 있었다. 그러니까, 집에 거의 나 혼자나 다름없었단 소리다.

지금 할머니를 책임질 사람은 나뿐이었다. 나는 두려운 마음에 천천히 방에 다가가 문에 귀를 붙였다. 불규칙한 숨소리와 함께 잔기침이 섞여 들려왔다. 순간 머리가 새하얘졌다. 나는 서둘러 마스크와 장갑을 낀 채 방문을 열었다. 열쇠가 구멍에 들어가지 않고 미끄러져 꽤 고생했다. 그렇게 열어 낸 방 안에는 할머니가 침대에 누운 채 식은땀을 잔뜩 흘리고 있었다. 고열인지 온몸에서 열기가 뿜어져 나왔고 할머니는 정신을 차리지 못했다. 침대가 땀에 듬뿍 젖어 있었다. 언제부터 이렇게 앓으셨던 건지 감도 오지 않았다. 또 이상하게 할머니가 한 손에 젓가락을 꼭 쥐고 있기에 위험하다 판단되어 재빨리 뺐다. 119를 부르기 위해 방을 나가려는데 할머니가 작은 목소리로 헐떡이며 물었다.

거기…… 연조냐?"

분명 어제까지도 내 이름 하나 기억 못하던 할머니였다. 처음에는 놀란 마음에, 그다음에는 죄스러운 마음에 입을 꾹 다물었다가 겨우 소리를 냈다.

"아니요."

2021년 11월 20일

　시간이 야속하게도 할머니의 병세는 급격히 악화되었다. 고령에 평소 기저 질환을 앓고 있던 할머니는 폐렴이 심해졌다며 바로 중환자실로 들어갔고, 입원하던 날 연락을 받고 헐레벌떡 달려왔던 엄마는 마음의 준비를 하고 있는 듯했다. 엄마의 표정은 어쩐지 허무해 보였다. 엄마는 면회가 금지되었기에 병실에 들어가지도 못하고 병원 의자에 앉아 내가 어떻게 살아왔는데, 하며 신세타령을 중얼거렸다. 아빠도 그다음 날 격리 해제를 받자마자 병원으로 달려왔다. 아빠는 아는 사람 한 명 없는 곳에서 얼마나 외로우시겠냐며 할머니 걱정을 했다, 그 속에서 나는 몰래 이곳이나 집이나 별반 다를 바가 없을 거란 생각을 했다. 집에서도 할머니는 늘 홀로 지냈으니까 말이다. 조심한다고 했는데도 막아지지 못한 것 같았다. 매몰차게 할머니 방문을 잠그고 '연조냐' 묻는 할머니의 말에 아니라고 답했던 내 모습이 떠올랐다. 내가 도대체 무슨 짓을 한 걸까. 어둠의 구렁텅이로 빠지려는 순간 의료진이 중환자실을 다급하게 뛰쳐나왔다. 의료진의 심각한 표정만 보아도 그가 무슨 말을 할지 알았다. 엄마와 아빠는 주저앉았고 그제야 도착한 오빠는 옅은 한숨을 내쉬었다. 그리고 나는……

2021년 11월 22일

　할머니의 장례는 빠르게 치러졌다. 할머니는 감염된 상태였기 때문에, 모든 옷과 짐을 불태우고 시신마저 화장을 해야 했다. 그렇게 우리는 할머니의 마지막 얼굴도 제대로 보지 못한 채 떠나보냈다. 엄마와 아빠는 의외로 담담해 보였지만 그날 저녁 곡소리를 낼 때는 어린아이처럼 울었다. 부모님이 우는 건 처음 봤는데, 기분이 썩 좋지는 않았다. 매사에 짜증만 가득하던 오빠도 눈물을 조금 흘렸다. 수능을 망쳐서 재수를 해야겠다더니, 여러 가지 감정이 복합적으로 겹친 모양이었다. 또 그 예민했던 성격이 정말 수능 때문이었는지 최근 며칠은 잠잠했다. 나도 물론 눈물은 났다. 태어날 때부터 동고동락해 오던 할머니가 이제 계시지 않다는 데 슬프지 않을 수가 없었다. 그런데, 정말 이상하게 들리겠지만, 미약한 해방감이 내 울음을 집어삼켰다. 이 감정을 어떻게 설명해야 할지 모르겠다. 할머니가 돌아가셔서 슬픈 것도 있었지만 '드디어 끝났다'라는 안도감이 더 컸다. 이런 감정이 들면 나는 나쁜 아이인 걸까. 지난 몇 주간의 삶이 빠르게 스쳐 지나간다. 누구에게라도 털어놓고 싶지만 차마 그럴 수 없어 홀로 꼭꼭 주워 담으며 감정을 복기했다.

할머니는 작은 무덤에 묻혔다. 아빠는 급히 찾느라 그리 좋은 자리가 아니라며 아쉬워하셨지만, 이게 최선이었을 거다. 막 옮겨 심어 황갈색을 띠는 잔디가 할머니를 부드럽게 감쌌다. 우리는 그 앞에서 절을 하고 엄마는 무덤에 술을 뿌렸다. 진한 알코올 냄새가 코를 찌르고 하늘의 파란 햇빛이 온몸을 내리쬐면서, "에취!" 하고 크게 재채기를 했다. 그 소리가 꽤 커 엄마도 아빠도 놀라 나를 돌아봤다. 오빠는 두 눈을 동그랗게 뜨고 있었다. 재채기가 신호탄이라도 되었는지 곧이어 머리가 지끈거리기 시작하고 얼굴이 뜨거워지고 목이 간질거렸다. 무엇보다 방금까지 풍기던 알코올

향이 맡아지지 않았다. 인터넷에서 자신이 전염병에 걸리면 본능적으로 알게 된다는 글을 본 적이 있다. 지금이 딱 그 상황이었다. 검사를 받아 보지는 않았지만 걸린 것이 맞을 거라는 확신이 들었다. 그렇다면 나는 지금 당장 격리되어 더 이상 할머니가 없는 내 방에 갇혀야 했고, 며칠 전부터 꾸준히 준비해 오던 학원 테스트를 치르지 못하게 될 터였다. 하지만 과거에 예상했던 것처럼 세상이 무너질 것 같다거나 인생이 끝날 것 같은 기분은 들지 않았다. 그저 크게 아프지 않기만을 바랄 뿐이다.

2021년, 11월의 언젠가

방으로 들어온 지 벌써 며칠이 지났다. 사실, 정확히 얼마나 지났는지를 모른다. 방에 들어오기 전 스마트폰이며 뭐며 날짜를 확인할 수 있는 것들은 전부 두고 들어왔기 때문이다. 또 굳이 가져다 달라고 요청하지도 않았다. 가족 모두가 격리되어 바삐 돌아다녔던 때에는 상상도 할 수 없을 만큼 평화로운 나날이었다. 햇볕을 맞으며 책을 읽다가 엄마가 건네주는 밥을 먹고, 간혹 아빠가 사다 주는 아이스크림을 먹으며 노래를 들었다. 밤이 되면 용돈을 모아 산 작은 빔 프로젝터를 천장에 쏘아 영화를 보았다. 나는 불과 일주일 전까지도 할머니가 누워 있던 작은 침대에 몸을 맞추고 천장을 향해 시선을 올렸다. 프로젝터에서는 영화 「델마와 루이스」의 마지막 장면이 흘러나오고 있었다. 자신들을 들들 볶던 고난과 역경을 뿌리치고 함께 절벽으로 뛰어드는 델마와 루이스의 모습이 내 눈에 생생하게 담겼다. 정말이지 그렇게 아름다운 장면은 본 적이 없었다.

나는 한참 화면을 눈에 담다가 벽에 올린 손가락에서 생경한 감각이 느껴지는 것을 발견하고 고개를 돌렸다. 새하얀 벽지에 눌린 자국이 나 있었다. 나는 순간 숨 쉬는 법을 잊은 채 그것을 눈으로 손으로 훑었다. '최영선, 이덕병, 이건우, 이연조.' 삐뚤삐뚤한 글씨였지만 그것은 분명히 우리 가족의 이름이었다. 마지막으로 본 할머니의 손에 젓가락 한 짝이 꼭 쥐어져 있던 것이 떠올랐다. 젓가락으로 벽지를 꾹꾹 눌러 글씨를 새긴 모양이었다. 나를 턱 잡고 이름을 불러 주셨던 것도 떠오른다. 나는 밀려오는 죄책감과 죄송함, 스스로에 대한 환멸 등 여러 복합적인 감정에 얽히다가 침대에서 벌떡 튀어나왔다. 내가 누워 있어서는 안 되는 공간이었다. 문을 잠갔던 열쇠를 서랍에서 꺼냈다. 종종 공부가 되지 않을 때 가족에게 나를 방에 가둬 달라고 부탁하기 위해 샀던 거였다. 정말 왜 그렇게까지 해야 했을까. 나는 작은 열쇠를 꼭 쥐었다. 땀으로 젖은 손에서 열쇠는 따끈하게 달궈졌다. 그 온기가 도는 열쇠를 나는 창 밖으로 던져 버렸다. 열쇠를 세게 쥐었던 손에서 쇳내가 풍겼다.

나는 행복한 얼룩말입니다

인천원당고등학교 2
마린

—얼룩말 무리가 물을 마시기에 안전한 웅덩이를 찾았습니다. 하지만 어디에 위험이 도사릴지 모릅니다. 다부진 체격의 얼룩말은 뒷다리가 매우 강하여 야생의…….

TV 화면에서 따분한 목소리가 흘러나왔다. 감정 한 스푼 가미되지 않은 내레이션에 친구들은 하나둘 눈을 감았다. 절반이 전멸했고, 나머지 절반은 각자의 공부를 했다. 이건 우리 잘못이 아니라 생물 선생님의 업보였다. 선생님은 수업이 끝나기 15분 전마다 더 쉬운 이해를 명분으로 다큐 채널을 틀어 주었다. 그래 봤자 일주일에 고작 두 번 있는 수업을 빼먹으려는 핑계일 게 분명했다. 아니면 스스로 강의력이 부족하다는 사실을 인정하기는 싫은 걸지도 모른다. 오늘도 예외 따윈 없었다. 선생님은 약육강식의 개념을 정리해 보라며 영상을 틀어 놓고선 꿈나라로 떠났다. 꾸벅거리는 선생님의 모습을 보며 주객전도가 아닌가 싶었다. 그래도 너그러운 내가 참기로 했다. 월요일 1교시 수업은 누구에게나 고역이었으니깐.

105

어, 얼룩말이다! 누군가 소리쳤다.

졸음과의 싸움에서 패배한 아이들이 흐느적거리며 고개를 들었다. 동지를 발견한 기쁨 때문이었을지도 모르겠다. 영상의 결말은 정해져 있다는 것을 누구 하나 말하지 않아도 알았지만 끝에 동족이라고 사자와 열심히 싸우고 있는 얼룩말을 응원했다. 일부는 자신의 몸 구석구석에 있는 줄무늬 개수를 새며 화면 속의 얼룩말과 비교했다. 그리고 개수를 새던 아이들 중 서너 명은 얼룩말과 줄무늬 개수가 비슷하다고 떠들며 우월감을 느꼈고, 나머지는 자존심이 상한 듯 입을 꾹 다물었다. 참으로 기괴한 상황이었다. 친구들이, 아니 대한민국의 모든 학생들이 보잘것없는 줄무늬 하나에 일희일비한 지가 벌써 반년이 지났다.

사람들은 몸에 줄무늬가 생기는 증상을 '지브라 신드롬'이라고 불렀다. 피로가 쌓이면 쥐도 새도 모르게 눈 밑에 다크서클이 생기듯이 사람들의 전신 곳곳에는 얼룩말 같은 줄무늬가 생기기 시작했다. 모기에 물린 것처럼 미친 듯이 간지러운 부위를 긁으면 줄무늬가 서서히 올라왔고, 그 후에는 서서히 이성을 잃기 시작했다. 사람들은 분노가 끓어오를 때마다 무의식적으로 주체할 수 없는 뒷발길질을 하곤 했다. 그 위력이 얼마나 센지 동네 곳곳에는 신발 수리점이 들어섰고 교내 매점에는 물파스가 인기 아이템으로 자리 잡았다. 그리고 끝내 인간의 언어를 잃었다. 웃거나 울때, 입에서는 모국어가 아닌 히이잉, 히잉 하는 맹수의 울부짖음이 새어 나왔다. 일각에선 신드롬의 증상이 사람에게 해를 가한다는 점에서 줄무늬 소유자를 철저하게 고립시켜야 한다는 목소리가 커졌다. 그러나 대다수를 위한 소수의 희생을 모두가 당연하게 여겼다. 때문에 정부에서는 지브라 신드롬의 발발을 기점으로 1미터 거리 유지 방안을 유지하겠다는 회유책을 내놓았다. 이는 터무니없는 정책이었지만 어쩔 수 없었다. 무슨 의견을 내놓아도 작은 목소리는 가볍게 묵살될 게 뻔했다. 그렇게 너도나도 얼룩말이 되어 갔고, 학교는 이제 얼룩말의 새로운 서식지가 되었다.

학교 밖 인간 세상에서도 별의별 말이 쏟아져 나왔다. 괴이한 증상 덕분이었다. 학생들이 선생님의 관심을 갈망하다 보니 줄무늬가 몸으로 발현됐다는 주장은 나름 정상적인 편이었다. 내로라하는 기업인들이 큰돈을 벌기 위해 생체 실험을 벌인 거라는 음모론에 여론이 기울 정도였으니 다른 주장들은 더 이상 말하지 않아도 뻔했다. 그러다 정부 차원의 대대적인 설문조사와 과학 연구소의 실험이 진행되고 지브라 신드롬의 원인이 극심한 학업 피로도의 축적임이 밝혀졌다. 학업 피로도가 쌓여 몸에 생기는 줄무늬는 어찌 보면 공부에 대한 가시적인 성과를 의미했기에 긍정적인 말이 많았다. 무엇보다도 학생들이 폭발적으로 열광했다. 공부를 잘하든 못하든 일단 줄무늬가 생겼다는 사실 자체는 학생들의 자부심이 됐다. 또한 학생들은 더 이상 빨간 날을 두려워하지 않았다. 줄무늬가 많으면 공부를 잘할 거라는 통념으로 주위의 잔소리를 피할 수 있기 때문이다. 이 모든 건 얼마 안 가 들통날 사실이었다.

하지만 그 누구도 딱히 걱정하지 않았다. 줄무늬라는 달콤한 유혹은 모든 위험들을 흐린 눈으로 바라보게 만들었다. 물론 일부 학생과 학부모들은 줄무늬가 사회에 분열을 일으킨다든지, 차별이 우려된다든지 하는 부정적인 의견을 내놓았다. 그도 그럴 만한 게, 대형 학원에서는 성적과 더불어 줄무늬의 개수가 장학금 선정의 고려 대상이었다. 다만 이런 부정적인 말들은 얼마 안 가 일단락되었다. 줄무늬가 발현된 사람이 손가락질을 당한다면 명문 대학과 점퍼를 입은 사람은 계란을 맞아도 마땅하다는 게 찬성자들의 주장이었다. 뭐, 맞는 말이었다. 겉으로는 사회의 우려를 표하며 반대를 주장하는 사람들도 결국에는 열등감으로부터 비롯됐을 것임이 뻔했다. 뭐가 어찌 됐든 나는 그저 줄무늬가 멋있다고 생각했다. 나에게는 줄무늬가 없으니 사람들의 의견은 별 상관이 없었다. 이따금씩 복도를 걸어 다니며 목덜미까지 줄무늬가 생긴 아이들을 볼 때면 타투처럼 멋있다고 생각했다. 줄무늬 문신이야말로 모두가 인정해 주는 합법적인 문신 아니던가. 사회에선 대학이 간판인 것처럼, 학교에선 줄무늬의 개수가 곧 간판이 되었다. 줄무늬가 많은 학생이 교무실에 들어갔다 나오면 손에는 간식이 쥐어져 있었다. 급식실에서 남은 요구르트로 쟁탈전을 벌일 때 그들은 항상 우위를 점했다. 이미 두 개를 먹은 뒤였기 때문이다. 이런 상황이 언제부터인가 웃어넘길 정도가 됐다. 나 역시 공부를 잘하는 친구들이 그 정도의 특권은 누려 마땅하다고 생각했다.

하지만 시간이 흐르며 차츰 친구들의 줄무늬가 늘기 시작하자 무언가 잘못되어 가는 것 같다는 느낌을 받았다. 이런 상황을 방관하던 학교에서는 줄무늬가 상대적 박탈감을 유발한다는 학부모의 신고가 들어오자 전교생에게 팔 토시를 착용하라고 해 반발을 사기도 했다. 수업 중에 일종의 교란 작전인 건지 공부를 열심히 하지 않는 친구들이 계속해서 팔을 긁어 대는 모습도 꽤나 신경 쓰이게 했다. 그중에서도 가장 기괴한 건 몇몇 친구들이 줄무늬를 인위적으로 만들기 시작했다는 점이다. 신체에 생긴 줄무늬는 피로가 회복됨에 따라 서서히 옅어진다는 점을 이용했던 것이다. 애

초에 생긴 줄무늬의 진하기가 손바닥에 묻은 연필 자국 정도인지
라 다 써 가는 아이라인이나 젤 펜을 사용해 줄무늬를 만들 수 있
었다. 일부 친구들은 얼마나 덧칠을 해 댄 건지 실수로 팔을 잡거
나 스칠 때면 내 손에도 거뭇한 잉크가 묻어날 정도였다. 그럴 때
마다 나는 찬물로 잉크를 씻어 내며 당최 왜 저러는 건지 모르겠
다고 투덜거렸다. 하지만 한편으론 친구들이 안쓰러웠다. 모종의
이유로 줄무늬를 그리기 시작한 그들이, 이제는 너무 익숙해져 남
에게 그려 줄 정도가 되어 버린 그들이 딱하게 느껴졌다.

●

"근데 진선아, 어떻게 너는 줄무늬가 없니?"
교무실을 나서려는데 담임이 문득 물었다.
"확실히 미대 입시가 공부보다는 쉬운 편이긴 하지?"
담임이 불쑥 그 말을 던지자마자 모니터를 뚫을 듯한 희고 검
은 동그라미들이 나를 힐끗힐끗 쳐다보기 시작했다. 속삭이는 소
리가 필터링되어 귓가로 들렸다. 하다못해 전교 꼴등도 줄무늬가
있는 판에 인생을 편하게 산다는 비난이었다. 그래 봤자 내 욕을
하는 1학년 학년부장은 나를 본 지 5분도 안 됐다. 참 어리석었다.
나는 누군가를 가엾게 여길 처지가 아니었다. 생각해 보면, 나도
그들과 별반 다르지 않았다. 줄무늬가 없는 깨끗한 피부에 자부심
을 가진 것도, 줄무늬를 그리는 친구들을 한심하게 여긴 것도 모
두 줄무늬가 없는 나와 암묵적으로 합의를 해 왔던 것이다. 줄무
늬 따위 없어도 그만이라고 굳게 믿었는데, 도저히 참을 수가 없
었다. 나도 내가 해야 할 공부를 열심히 해 왔다. 그렇게 하면 줄

무늬처럼 언젠가 인정을 받을 거라 생각했다. 하지만 모두가 등을 지고 외면을 하거나 오히려 무시할 뿐이었다. 다들 그 조금의 다름을 이해하지 못하는 듯했다. 줄무늬가 판단의 잣대가 된 것이다. 엄마는 늘 공부가 다가 아니라고 했는데 그게 아니었다. 줄무늬가 등장한 이후로 공부는 더욱더 학생의 전부가 되어 버렸다.

"엄마는 진선이가 하고 싶은 걸 하고 살았으면 좋겠어."

내가 공부와 미술이라는 선택의 갈래에 놓일 때마다 엄마는 인자한 미소를 지으며 같은 말을 되뇌었다. 내가 중학생이었을 때도, 그리고 조금은 단호해질 필요가 있는 고등학생인 나에게도 그렇게 말했다. 사실 처음에는 엄마가 미웠다. 고민이라는 단어는 뇌를 거치기도 전에 튕겨졌으니깐. 그러던 어느 날 성적표를 보며 문뜩 깨달았다. 엄마는 늘 옳은 길로 나를 인도하려 했다. 4등급이라는 내신만으론 서울에 있는 대학을 꿈꾸는 것조차 불가능하다는 건 내가 가장 잘 아는 사실이었다. 적당히 공부하고 실기에 집중하기. 고1 때부터 정해 온 삶의 모토였다. 나에게 있어서 최선의 선택이었다. 어느 하나에 치우치면 둘 다 처참히 망해 버릴 게 분명했다. 그래서 나는 제 나름대로의 길을 묵묵히 걸어가고 있다고 생각했다. 그러나 줄무늬로 하여금 그 길의 동반자는 엄마뿐이라는 걸 깨달았다. 나는 또다시 선택의 굴레에 속박되어 버렸다. 언제쯤 벗어날 수 있을까? 한없이 비참해졌다. 나를 이렇게 만든 줄무늬를 혐오했다. 그리고 자연스레 장은빈과 이현서에게도 증오의 감정을 품게 됐다.

장은빈, 이현서 그리고 나는 일명 3총사로 불렸다. 일반적으로 한 명이 낙오되는 홀수 무리와는 달리 우리는 세 명 모두가 놀라울 정도로 끈끈했기 때문이다. 또한 이런 표현이 과거형이라는 건, 지금은 그렇지 못하다는 걸 의미한다. 반에서 2등인 장은빈과 4등인 이현서는 지브라 신드롬의 발발 이후 반 친구들의 동경을 한 몸에 받으며 하나둘 줄무늬를 늘려 갔다. 그런데도 장은빈은 죽을 둥 살 둥 공부를 해 봤자 2등인 자신을 알아주지 않는다며 욕했다. 세상은 1등밖에 알아주지 않는다면서 말이다. 일리가 있었지만 장은빈의 말을 들으며 나는 선생님들이 내 존재를 아는지의 여부가 궁금해졌다. 이현서는 대입 컨설턴트가 따로 없었다. 그러니까, 본인의 내신으로 갈 수 있는 가장 좋은 대학을 찾다 보니 모든 정보를 꿰게 되었다. 이현서는 매일 자신은 좋은 대학을 못 간다는 소리를 입에 달고 살았지만 걔가 대학을 못 간다면 우리 학교의 절반은 고졸이어야 정상이었다. 둘 다 순 모순 덩어리였다. 줄무늬에 대한 부러움과 혐오의 감정이 생기기 전까지는 대화의 문제점을 자각하지 못했다. 나는 지금에서야 깨달았던 것이다. 대화의 흐름을 주도하던 둘 사이에서 나는 "아 그러니까", "진짜 짜증 나" 등의 말로 구색을 맞춰 왔었음을, 신세 한탄을 하는 듯한 장은빈과 이현서의 속뜻이 나를 비꼬는 것이었음을 알게 됐다. 결국 우리 사이에는 보이지 않는 선이 그어졌고 우리는 필요할 때 찾는 친구 정도가 되었다. 그리고 줄무늬의 수는 내가 그들과는 절대로 섞일 수 없는 물과 기름 같은 존재라는 걸 다시 한번 상기시켜 주었다.

지금도 그랬다. 나는 책상에 드로잉 북과 지우개, 그리고 연필을 가지런히 올려놨다. 그리고 장은빈과 이현서는 급식실에서 가져온 바나나우유를 책상에 올려놨다. 사실 정해진 급식 순서랄 건 당연히 있었지만 지켜지지 않았다. 학생들만 불만을 표할 뿐 선생님들은 일동 침묵했고 그 이유는 성적과 줄무늬 개수에 있었음을 누구 하나 말하지 않아도 알 수 있었다.

"와 진짜 잘 그렸다. 사진인 줄 알겠어."

바나나우유를 쪽쪽 빨던 이현서가 오늘따라 웬일인지 내 책상 앞에 섰다. 그러고는 내가 그리던 그림을 뺏어서 번쩍 들곤 요리조리 살펴봤다. 세트인 장은빈이 따라왔고, 곧이어 반 아이들이 내 자리로 몰려들었다.

"근데 미대 입시하면 성적 안 떨어져? 내가 너였으면 차라리 성적을 올렸지, 미술은……."

또 시작이었다. 중학교 때부터 겪은 익숙한 패턴이었다. 여기에서 지금 내 내신에 써 볼 수 있는 대학을 말한다면 나도 미대 입시나 해 볼까 하는 레퍼토리로 흘러가겠지. 꼭 처음에는 칭찬을 하다가 결말은 걱정을 가장한 오지랖으로 귀결됐다. 나는 이런 상황이 찾아올 때마다 사람 입에 지퍼가 달려 있으면 얼마나 좋을까 하는 생각을 하며 미소를 지었다. 다만 이번에는 멈칫했다. 정말 성적도 좋았다면 어땠을까? 줄무늬도 생겼겠지? 그럼 공부도 잘하고 그림도 잘 그린다며 인정받았을 텐데. 그림만 잘 그려 봤자 아무도 몰라주는데 무슨 소용이겠어. 생각은 꼬리에 꼬리를 물었고, 40분인 점심시간은 금방 동이 났다. 그 통에 점심밥인 초코바를 꺼내 봉지를 뜯으려는데 영어 선생님이 문을 열었다. 정말 완벽한 타이밍이었다. 얼른 책상에 고개를 박았다. 꼬르륵 소리의 위험을 막으려는 것도 맞지만 어차피 눈은 칠판을 향한다 한들 머리로는 딴생각을 할 게 분명했다. 그래서 눈을 감았다. 이내 선생님은 서너 마리의 얼룩말들을 위해 재롱을 부리기 시작했다. 또 그 재롱에 반응을 하면 간간이 먹이도 주는 듯했다. 꽤나 웃긴 건 제공하는 먹이에도 순서가 있는 듯했다. 줄무늬가 많은 얼룩말이 원하는 먹이를 먼저 고르면 나머지 얼룩말은 남은 먹이를 차례로 배급받는 식이었다. 여기저기서 대답하는 소리에 잠이 오지 않았다. 그래도 최선을 다해 양을 세려고 노력했다. 얼룩말 무리 속 이방인일 뿐인 나는 수업을 제대로 듣는다 한들 투명인간 취급을 받을 운명이었다.

입가에서 느껴지는 기분 나쁜 축축함에 잠이 깼다. 어지간히 푹 잔 듯했다. 두꺼운 지리부도 표지는 흥건하게 젖어 있었고 시계는 하교 시간을 가리키고 있었다. 나를 여태까지 아무도 깨워 주지 않았다는 사실이 어이없으면서도 허탈했다. 줄무늬가 없어 깨워 줄 가치조차 느끼지 못한 걸지도 모르겠다. 나는 모두가 교실을 떠나고서야 가방을 챙길 수 있었다. 이리저리 바닥에 나뒹구는 4B 연필 세 자루와 지우개를 주웠다. 어젯밤 공들여 깎은 연필심이 전부 부러져 있었고 지우개는 여기저기 밟힌 건지 더러워졌다. 하여간에 오늘 점심시간부터 내 뜻대로 되는 일이 없었다. 커터 칼을 들고 의자를 질질 끌었다. 그리고 곧 있으면 쓰레기들을 뱉어 낼 법한 퍼런 쓰레기통 앞에 처량하게 앉았다. 샤악샤악. 소름 돋는 소리가 고요한 교실에 울려 퍼졌다. 늦은 걸 알면서도 빠릿빠릿하게 되지 않았다. 저번처럼 혹여나 손이 베일까 싶기도 했고 차라리 지금 손만 아픈 편이 더 나았다. 학원에 가면 안 그래도 별별 잔소리로 아픈 귀에서 피가 흐를지도 모른다. 두 번째 연필을 거의 다 깎아 갈 때였다. 교실에는 쩌렁쩌렁한 벨 소리가 울려 퍼졌다. 이제는 진짜 늦었으니 연필을 대충 필통에 쑤셔 넣고 가방을 싸라는 핸드폰의 발악이었다. 나는 서둘러 교실을 나섰다.

이미 종이 울린 지 20분이 지나 한적하다 싶었는데 버스 정류장만큼은 학생들로 미어터졌다. 저 멀리서 오는 76번이 보였다. 그다음에 오는 841번을 탈까 싶었지만 좀 전에 울린 전화벨 소리가 생각나 버스에 몸을 실었다. 두려웠다. 사람이 얼마나 많이 타는 건지 한 명 한 명 탈 때마다 버스가 출렁거렸고, 이러다 정말 버스가 기울면서 가는 건 아닐까 싶었다. 그래도 다행인 건 사람이 너무 많아 굳이 손잡이를 잡지 않아도 됐었다. 이리 끼이고 저리 끼인 나는 건너편 버스 정류장의 사람들을 바라봤다. 의자에는 할머니 한 분이 앉아 계셨다. 옆에는 노란 가방을 멘 아기가 엄마 손을 꼭 붙잡고 내가 탄 버스를 손가락으로 가리키며 신기한 듯 입을 벌리고 있었다. 그럴 만도 했다. 버스에는 줄무늬가 생긴 학생들도 타고 있었으니깐. 그 아이 눈에는 놀이공원의 사파리 버스처럼 보였을지도 모른다. 그래, 이 버스가 놀이공원 버스였다면 얼마나 좋았을까. 버스는 동물을 태웠지만 목적지는 인간의 공간이었다. 아마 여기에 탄 과반수가 15분 뒤면 이곳에서 탈출할 운명이었다. 동물들도, 동물이 되지 못한 자들도 인간의 공간에 가기 위해 내려야 했다.

엘리베이터가 3층에서 거대한 입을 벌릴 때면 시큼한 물감 냄새가 진동했다. 화장실이 있는 오른쪽에선 늘 물소리가 들렸다. 아마도 누군가는 걸레를 빨고 있을 거다. 문을 열고 빼곡한 합격증의 미로를 따라 들어간 그곳에는 형형색색의 그림들이 사방에 붙어 있었다. 얼굴에 감정이라곤 도통 찾아볼 수 없는 거북이들이 그린 그림이었다. 사실상 미술 학원은 감옥과 별다를 바가 없었다. 방학 중에서도 모의시험 보는 날이면 9시 시험 시작과 함께 모두가 일어났다. 스케치를 한 시간 동안 끝마치면 하나둘 자리에 앉아 로봇처럼 채색을 시작했다. 채색을 시작할 때면 모두 고개가 점점 앞으로 기울었다. 그리고 1시가 되면 밥을 먹어야 했으니 그제야 고개를 들 수 있었다. 2시가 되면 4시간의 결과물을 평가받았다. 일부는 묵묵히 눈물을 흘리며 다시 붓을 들었고 남은 거북이들은 집으로 돌아갔다. 죽을 만큼 힘들고 기가 빨렸다. 학기 중도 예외는 아니었다. 하교 후 바로 학원에 가니 남아 있는 체력이 거의 없었다. 지친 마음 상태는 모두가 힘들 거라는 추측에 다다르게 만들었고, 근거 없는 동질감을 지니게 했다. 그리고 나는 얼마 안 가 그것이 크나큰 오산이었음을 깨닫게 되었다.

금속과 물, 목재를 이용하여 희로애락을 표현하시오.

말도 안 되는 주제라고 생각했다. 독특한 발상을 떠올리는 것부터 막혔다. 금속과 물 따위로 그 복잡한 인간의 감정이 제대로 표현된다고 믿는 것 자체가 어이없었다. 그래도 시키니까 해야 했다. 그렇게 해야 대학을 뚫을 수 있다고 믿는 눈치였으니까. 연필은 흰 종이에 도형 몇 개를 그려 놨을 뿐 20분 동안 허공을 붕붕 떠다녔다. 벌써 스케치를 완성해 가는 누구와는 달리 나는 아직까지도 출발선에 머물러 있었다.

"역시, 우리 학원 에이스야. 여기 덩어리도 잘 잡혀 있고 묘사도 잘 됐어. 근데 이렇게 해서 시간 안에 끝낼 수 있겠니?"

귀에 딱지가 질 정도로 같은 말을 들어 무뎌진 줄 알았다. 오늘 점심을 못 먹은 것 때문일까? 아니면 연필심이 부러진 것 때문일까. 칭찬 뒤의 지적이 오늘따라 아니꼽게 느껴졌다. 틀린 말은 없으니 내가 고쳐야 하는 거라고, 받아들이자고 세뇌하면서도 마음속에선 선생님의 지적이 반복 재생되며 토를 달고 있었다. 아직 1년 그 이상의 속도가 남아 있었고 실기 속도야 극복하면 됐다. 어쩌면 스스로에게 화가 났을지도 모르겠다. 유일하게 인정받을 수 있는 미술 학원에서조차 그러지 못했으니까. 입을 묵묵히 다문 채 채색을 시작했다. 날이 서 있는 마음 상태가 그림에 보일 거라는 걸 알았어야 했다. 시간은 빠르게 흘러갔고, 평가를 받는 시간이 찾아왔다. 모두가 기대감, 아쉬움, 긴장감을 품고선 선생님을 기다렸지만 나는 카운터 옆 빈 강의실로 피신해야 했다. 미완성, F라는 내 등급이 만들어 낸 결과였다. 아이들이 평가를 받고 집으로 향할 때 나는 미완성인 그림을 앞에 두고 붓을 휘둘러야 했다. 손목이 아팠고, 허리가 저렸다. 그래도 이곳에 아무도 들어오지 않은 걸 감사하게 생각했다. 그림을 완성할 때까지 수도 없이 흰색으로 덧칠한 사실은 아무도 알지 못했으니깐.

깜빡깜빡. 거리는 조용했고, 버스 정류장 옆 가로등은 죽어 가고 있었다. 심보가 꼬인 게 분명했다. 몸이 고장 나 도움의 손길을 보내는 가로등이 누런 불빛 아래로 벌레들이 꼬이는 걸 봐 달라며 자랑하는 것 같았다. 중얼거리며 허공에 화풀이를 했다. 가로등의 처지가 나보다 나았다. 가로등은 적어도 고장 나면 알아줄 사람이 있었다. 존재 자체가 의미 있는 일이었으며 벌레들이 좋다고 날아들었다. 사람인 내가 무생물보다 나은 게 없었다. 또다시 76번을 탔고, 터벅터벅 걸어 집으로 들어왔다. 화장실에서 푹 익힌 몸을 질질 이끌고 책상에 앉혔다. 양손을 빙빙 돌려 가며 손 여기저기를 세세히 뜯어봤다. 오른쪽 세 번째 손가락에 생긴 옅은 굳은살, 씻고 또 씻어 퍼석퍼석한 손바닥과 손톱 여기저기에 낀 물감 때는 그동안의 노고를 고스란히 보여 줬다. 멍하니 손을 바라보다가 눈에서는 뜨거운 눈물이 추락했다. 하얀 종이에 떨어진 눈물들은 투명한 꽃잎을 피워 냈다. 악에 받쳐 팔을 긁었다. 밤새도록 메아리치던 서걱서걱 소리와 팔에서 돋아났던 붉은 피는 책상 위 문제집만 아는 사실이었다. 서걱 소리는 빼곡하게 채워지는 검은 글씨와 함께 서서히 줄어들었다. 조용하게 밤은 깔려 왔다.

본능이 무섭다는 걸 체감했다. 알람이 울리기 5분 전이었다. 반쯤 뜬 눈으로 평소처럼 교복을 입었고 가방에 체육복과 필통을 넣었다. 그리고 지퍼를 닫으려다 흠칫했다. 가방 속 드로잉 북을 빼낸 뒤 책꽂이의 수학 문제집과 영어 문제집을 넣었다. 문제집은 내 무지를 증명하는 것마냥 붉은 비가 쏟아지고 있었지만 굴하지 않았다. 책꽂이에 시선이 간 이상 왠지 이렇게 해야만 할 것 같았다. 갑자기 달라진 태도에 스스로에게 경외감을 느꼈다. 다만 두렵지 않았다. 얼룩말이 되려는 건가 싶었다. 나도 이제 다른 얼룩말들과 함께 물을 마실 수 있는 것인가?

오늘따라 양쪽 어깨가 전날보다 묵직한 게 새로웠다. 늘 적당한 무게감의 가방만 메던 나에겐 새로운 경험이었다. 머릿속에선 전교 1등을 하는 상상과 함께 책가방은 장은빈과 이현서의 대화의 낄 수 있을 거라는 확신을 심어 주었다. 40분을 알리는 종소리와 함께 교실에 들어가 아슬아슬하게 자리에 앉았다. 그리고 좀 전에 챙겨 온 수학 문제집을 꺼내 연필을 잡았다. 옆자리에선 내가 얼룩말이 되려는 게 신기했는지 힐끔힐끔 쳐다보았다. 사실 지금 생각해 보면 내가 공부를 한다는 게 그렇게 말이 안 되는 일은 아니었다. 소위 말해 한 줄로 찍어도 그 점수보단 잘 나오겠다는 말의 그 점수를 받는 부류는 아니었으니까. 다만 뭔가 알 것 같았다. 줄무늬가 등장한 이후로 서로는 서로에게 경계 대상에 불과했다. 최상위 포식자인 얼룩말은 다른 초식동물을 견제했고, 설령 얼룩말이 된들 그 안에서도 서열 경쟁이 뒤따랐다. 내가 얼룩말이 된다는 사실은 얼룩말 무리의 분열을 가져온다는 걸 뜻했다.

아침 시간이 이렇게 빠르다고 생각을 못 했는데, 문제를 풀다 보니 1교시가 됐다. 벌써 수요일이라니. 시간이 참 빨랐다. 시끄러운 교실은 생물 선생님의 등장과 함께 삭막해졌고, 선생님은 지난번 수업 때 보다 끊긴 영상을 다시 재생했다. 또다시 따분한 내레이션이 흘러나왔다.

—하루 중 특정한 때가 있듯 연중 특정한 시기에, 서로에게 관대한 얼룩말들은 유혈 사태를 일으키기도 합니다……."

영상 속 얼룩말 무리는 저 멀리 어슬렁거리며 다가오는 사자를 피해 광활한 초원을 달렸다. 웃음이 났다. 포식자로부터 목숨을 구하기 위해 죽기 살기로 질주하는 얼룩말 떼가 웃긴 것은 절대로 아니었는데 이유 모를 눈물과 함께 자꾸만 헤픈 웃음이 터져 나왔다. 가만 보니 팔도 간지러웠다. 팔에 생긴 피딱지 때문에 간지러운 것인지, 줄무늬가 생기려는 전조 증상인지는 팔 토시의 존재로 확인할 수 없었다. 나는 자꾸 팔을 긁었다. 반 친구들이 이제 신기한 존재가 돼 버린 나를 바라봤다. 몇몇은 동경의 눈빛을 가졌지만 일부는 자기들끼리 수군거리며 나를 흘겨봤다. 가슴이 뛰었다. 이렇게까지 관심을, 아니 인정을 받아 본 적은 없었다. 그래, 이런 거였구나. 얼룩말이 된다는 것, 혼자 모나지 않고 다수 속에 동참한다는 것, 비로소 깨달았다. 나는 그 누구보다 행복한 얼룩말이 될 것임에 틀림없었다.

윤할머니

안양예술고등학교 2
홍수인

우리는 모래사장에 발을 딛고 섰다. 화려한 무늬의 티와 똑같이 화려한 무늬의 긴 치마. 연노란색 셔츠에 값비싼 청바지. 나의 할머니와 나 둘 다 장례식에 썩 어울리는 차림새를 하고 있지는 않았다. 그러나 그것은 둘러앉은 모든 사람, 심지어는 당사자인 윤할머니에게도 해당하는 사항이었으므로 신경 쓰지 않기로 했다. 얇은 스카프를 목에 두른 윤할머니가 입을 열었다.

아, 저의 장례식에 와 주시어 정말 감사합니다. 이것은 내가 가기 전 마지막 만남이지요.

마루 한가운데 선 나는 물을 마시다 말고 귀를 기울였다. 절대 잊을 수 없는 구성진 가락이 어느 틈 사이에서 흘러나오고 있었으나, 어느 틈에서 흘러나오건 이상한 일이었다. 윤할머니는 오래전에 부산을 떠나 서울로 거처를 옮기지 않았던가. 눈꺼풀을 닫고 애써 고개를 휘둘러 보았다. 핑 돌아가는 세상 가장자리에 멋쩍게 웃고 있는 나의 할머니가 보였다.

익살스러운 표정으로 화장실 문을 열고 나오는 윤할머니를 보앉을 때, 나는 놀라기보다 안도했다. 윤할머니는 동네에서도 가장 나이가 많은 축에 속했다. 당장 내일 돌아가서도 호상 소리를 들을 나이인 만큼, 그녀의 노랫소리가 들려오자마자 머릿속에서 다소 불경한 생각들이 스쳐 갔던 것이다. 예컨대 무슨 한이 남아 우리 집에 들르셨을까 하는. 조악한 무늬의 바지가 방바닥 위로 우뚝 서고 나서야 얼어붙었던 머리가 빠르게 돌아갔다. 기별도 없이 왔으면서 남의 집 화장실에 앉아 노래를 부르는 윤할머니. 놀란 집주인한테 익살스러운 미소를 지어 보이는 뻔뻔스러운 윤할머니. 그리고 그 옆에서 언제나처럼 멋쩍게 웃는 나의 할머니. 내 기억 속의 그녀들과 한 톨도 다른 구석이 없었다. 근육들이 너무 빠르게 움직인 탓에, 눈언저리가 얼얼했다.

내가 어릴 적, 윤할머니와 나의 할머니는 함께 물질을 했다. 매일 아침 집을 나선 그들은 소쿠리 가득 전복 따위를 담아 돌아왔다. 내가 할머니 집에 떠맡겨진 날 전복을 잘게 잘라 죽을 끓여 준 이는 윤할머니였다.

윤할머니는 유별난 사람이었다. 그녀는 웬만한 어린아이보다 예측 불허한 선을 가지고 있었다. 제멋대로 물살이 흐르는 바닷속에서도 그녀는 자신만의 동작을 잃지 않았다. 매번 조금 다른 방향으로 다리를 틀었으며 한시도 멈추지 않았다. 길을 걸을 때는 조그만 주먹을 돌멩이 던지듯 휘둘렀다. 윤할머니는 종종 자신의 손이 사람 셋을 먹이고 입힌 손이라고 자부했는데, 그때마다 나는 그녀의 쾌활한 목소리에 귀가 아파 오곤 했다.

그에 반해 나의 할머니는 유독 유약한 성정을 타고난 사람이었다. 시골에서 자리를 잡기까지 그녀는 꼬박 5년이 걸렸다. 철없는 딸의 응석을 제대로 혼내지 못해 손녀딸까지 떠맡게 되었다. 누구보다 정이 많았으나 그것을 끊는 법을 몰랐다. 윤할머니는 그런 할머니를 내심 아끼면서도, 때로 가슴을 치며 답답해하곤 했었다.

집에서는 나를 돌봐 줄 사람이 없었으므로, 할머니는 종종 나를 데리고 바닷가에 나왔다. 누군가 먹다 버린 소라 껍데기를 가지고 놀다 지치면 나는 까만 머리들이 수면 아래로 잠겼다 나오는 모습을 멍하니 바라보았다. 이따금 그녀들은 두 눈을 마주치며 은은한 미소를 지었는데, 그럴 때면 그 강렬한 유대감에서 배제된 기분에 괜스레 외로워지곤 하는 것이었다.

나는 할머니와 윤할머니의 밥을 번갈아 먹으며 컸다. 특별히 살갑지 않아도 항상 마주쳤다. 할머니가 잡아 온 문어로 점심을 먹었고 윤할머니가 따 온 전복으로 저녁을 먹었다. 지극히 당연했기에, 그 일상을 의심해 본 적은 없었다. 그러다 내가 초등학교를 끝마칠 즈음에 윤할머니의 아들이 하나의 제안을 해 왔다. 자신들과 함께 서울로 올라가자고. 윤할머니는 얼마 지나지 않아 이삿짐을 꾸리기 시작했다.

윤할머니가 서울로 이사를 하고 나서, 우리의 관계는 서서히 멀어졌다. 섭섭하지 않을 정도로 자연스레 잊혀 갔다. 나의 공부는 점차 바빠졌고 할머니나 윤할머니는 휴대폰에 영 능숙하지 못했다. 하루에 한두 번씩 울리던 집 전화는 점점 고요해지다 끝내 없어졌다. 그러나 가끔은, 그들이 일부러 아무런 연락을 하지 않는다는 생각이 들기도 했다. 특히나 집 전화를 없애자고 제안하던 할머니의 얼굴을 떠올리면 특히 그랬다. 그 단호하고도 서러운 표정이 불현듯 생각날 때면, 그들의 관계에 대해 재고해 보기도 했다. 그러나 그뿐이었다. 어찌 되었든 그녀는 잘 살고 있을 것이다. 생각의 말미에 와서 나는 늘 그렇게 중얼거렸다.

그리고 지금 윤할머니는 화장실 문 손잡이를 잡고 있다. 물을 삼키느라 얼얼해진 목구멍을 느끼며 어설프게 안부를 물었다. 윤할머니는 장난스러운 입술 모양으로 능숙히 안녕하다고 답했다. 나는 어떤 말을 해야 적당히 살가우면서도 예의 바르게 들릴지 궁리했다. 섣불리 방문의 이유를 물었다가는, 박정한 재촉이 되어 버릴 가능성이 농후했다. 내 곁에 앉아 곤란한 질문을 대신 던져 줘야 할 나의 할머니가, 왜 윤할머니 옆에서 미소를 짓고 있는지 알 수 없었다.

"가출했어."

윤할머니가 말했다. 당황하여 되묻자 그녀는 과장된 웃음을 터뜨렸다. 그 얕은 웃음 속에, 굳이 짐작하지 않아도 될 것이 있다는 사실쯤은 쉬이 알아챌 수 있었다.

"늙은이도 가출할 수 있지. 왜, 이상해?"

나의 할머니가 윤할머니의 무릎을 슬쩍 치는 것이 보였다. 윤할머니는 이곳저곳을 둘러보는 척하며 말했다.

"그냥 자식새끼 피해서 잠깐 올라온 거야. 너무 구박하지 말어."

나는 괜히 손을 만지작거렸다. 엄밀히 따지자면 집주인은 나의 할머니였으며, 윤할머니에게 신세 진 적이 한두 번도 아니었다. 집 정도야 1년이든 2년이든 내주지 못할 이유가 없었다. 그러나 왜인지 반가움보다는 당황스러움이 훨씬 앞선 탓에 흔쾌한 대답을 내놓기가 힘들었다. 나를 너무 잘 알았던 사람에 대한 거부감일까, 혹은 그저 그렇게 떠나 버린 것에 대한 원망일까. 아니었다. 내 몸속에 찰랑이는 거북함은 윤할머니를 향하고 있는 것이 아니었다. 그녀의 눈 아래 얼룩처럼 번져 있는 검버섯 같은 것. 수면 위에서 윤슬을 쬘 때는 없던 그것이 자꾸만 걸렸다. 살 틈에 스며든 무늬가 마음에 들지 않았다면, 얼마든지 없애 버렸을 그녀였다. 그렇다면 그녀는 그것을 받아들인 걸까, 혹은 인지하지 못한 걸까.

윤할머니는 별다른 설명 없이 소파 위로 드러누웠다. 자식과 틀어진 건지, 왜 틀어진 건지, 그렇게 도망쳐 나와 도달한 곳이 왜 굳이 우리 집인지 따위는 별로 중요하지 않은 듯 굴었다. 두 할머니의 주름 진 입가를 보며, 무엇을 묻든 답을 얻을 수 없음을 알았다. 나는 식탁 의자에 가만히 앉아 나의 할머니를 곁눈질했다. 그녀의 눈에는 늘 고여 있던 것보다 조금 더 많은 물기가 어려 있었다.

급작스러운 동거는 일주일이 채 지나기도 전에 익숙해졌다. 어릴 적 누구보다 친근한 사이였기 때문인지 윤할머니가 손님이라는 생각은 들지 않았다. 가장 긍정적인 변화는 나의 할머니에게 있었다. 물질을 그만둔 뒤 그녀는, 매일 티브이를 보며 지냈다. 앉은 것도 누운 것도 아닌 자세로 화면을 응시하는 할머니를 보고 있자면 무언가 큰 잘못을 저지른 것만 같았다. 프로그램에 관해 물으면 그녀는 항상 '그냥 본다'고 대꾸했다. 그러나 윤할머니가 들어오고 나서, 그녀는 자주 웃기 시작했다. 종종 진지한 얘기를 나누느라 밤을 새우기도 했고, 과거를 회상하며 눈물을 훔치기도 했다. 그 사소한 변화가 나는 무엇보다 좋았다.

여름이 끝나 갈 때쯤의 주말에, 윤할머니는 늦잠을 자려고 작정한 나를 흔들어 깨웠다. 몽롱한 기분에서 벗어나지 못한 나는 열댓 번의 하품을 하고 나서야 윤할머니의 말을 어렴풋이 알아들을 수 있었다.

"몸에 그림 그리려면 어디로 가야 하냐?"

잠긴 목소리로 대꾸하려는데, 나의 할머니가 어느새 문턱에 걸터앉아 한마디를 보탰다.

"문신."

"예?"

햇살이 창을 투과해 나의 이불에 닿았다. 마치 이 순간이 대단한 장면이라도 되는 듯 눈이 부셔 왔다. 내 눈꺼풀이 찌그러 들자 윤할머니가 익살스럽게 말했다.

"어디서 하는지만 알려 줘. 돈은 내가 낼게."

"왜요?"

"하고 싶어서."

"그거 못 지울 텐데요."

"알아."

"바늘로 해요. 아파요."

"괜찮아."

"아니, 그래도……."

황당함을 감출 수 없었으나, 안 된다고 소리치자니 명분이 부족했다. 나는 그녀의 보호자가 아니었고, 무엇보다 그녀의 눈매가 곧아 쉽사리 꺾을 수 없어 보였다. 어렸을 적 윤할머니가 그런 눈이 되는 것을 두어 번 본 적이 있었다. 그리고, 그때마다 그녀는 누군가와 담판을 짓거나 훌쩍 일을 벌였다.

반나절 동안 윤할머니에게 헤나와 페이스 페인팅을 권해 보았으나, 그녀는 주장은 변하지 않았다. 결국 온갖 SNS를 들쑤신 끝에, 깔끔한 그림체를 가진 사람에게 메시지를 보냈다. 나의 한탄 섞인 문의를 들은 타투이스트는 마침 오늘 예약 하나 취소되었다며 지금 오지 않겠냐고 물었다. 윤할머니의 눈망울이 소리 나게 굴러갔다. 나에게 그 제안을 거절할 권리는 없었다.

푸른 스카프를 두른 윤할머니는 다섯 살배기가 기뻐하듯 목소리를 높였다. 다른 것도 아닌 따개비를 새기고 싶다며 도안을 설명하는 입 모양은 젊은 날 못지않게 활발했다. 골반 부분을 가리키며 그녀가 말했다.

"여기에 이렇게 다닥다닥 붙은 거 서너 개를 그리고 싶은데. 꼭 여기서 돋은 것처럼. 조금 징그러워도 좋고."

윤할머니의 팔짱을 낀 나의 할머니는 적극적으로 그녀를 거들었다. 윤할머니의 아랫배를 더듬어 가며 구체적인 위치까지 표시해 주었다. 의아해하는 타투이스트와 나에게 동시에 말해 주듯, 윤할머니는 꽤 큰 목소리로 외쳤다.

"내가 여기에 따개비가 난 적이 있거든."

세련된 옷차림의 타투이스트는 적당히 예의 바른 태도로 도안을 그려 냈다. 가느다란 선으로 따개비의 잔주름을 그려 넣은 그림이었다. 입체감이 조금 없는 듯도 했지만, 윤할머니는 이것이 꼭 마음에 든다며 냉큼 시술에 들어가고 싶다는 의사를 내보였다.

작업이 시작되자, 나는 다급히 귀를 막았다. 진동 소리가 워낙 커 머릿속까지 떨리고 있었다. 잉크가 그녀의 쭈그러든 살 사이로 삐져나왔다. 검은 점과 선 위로 더 검은 것들이 덧대어졌다. 잉크가 지나간 자리마다 부어오른 살은 아무렇게 솟아오른 방파제와 닮아 있었다. 윤할머니의 손등 위로 단단한 따개비 한 군집이 자라났다. 시곗바늘이 3시에서 6시로 이동하는 동안, 넋을 놓은 채 그 광경을 바라보았다. 모로 누운 윤할머니의 눈에서 동그란 이슬이 맺혔다 사라졌다. 그녀의 검버섯이 둥그렇게 휘어졌다.

집으로 돌아가는 택시에서 나는 윤할머니에게 다시 한번 물었다. 왜 문신을 했냐고. 그녀는 조금 피로한 목소리로 답했다.

"말했잖아. 거기에 따개비가 났었다고."

나는 조금 고민하다가 말했다.

"문신 한 데는 주삿바늘 못 꽂는대요."

윤할머니가 장난꾸러기 같은 얼굴을 하며 대꾸했다.

"그러니까 했지."

긴 시간 머뭇거리다 덧붙여 물었다.

"따개비가 났었다는 건 무슨 말이에요?"

윤할머니는 여전히 창밖을 내다보며 말했다.

"나도 몰랐는데 그게 되더라고. 그날 물질하다 아랫배 쪽 살이 조금 까진 거야. 옷도 찢어지고. 근데 그러고 뭍으로 올라올 때 어디 따개비 무리에 쓸린 건지 어쩐 건지. 한 몇 달 아파서 쓰러지느니 마느니 난리도 아니었어. 그러고 배에서 흰 조각이 튀어나와서 아주 혼비백산했지."

"병원 가서 제거하고 보니 흰 따개비였다고 하드만."

"그래, 배에 지방이 많아서 천만다행이었다고."

어느새 할머니와 윤할머니는 서로 맞장구를 치고 있었다. 나에게는 아무런 기억도 없는 것으로 보아 두 사람이 젊었을 적이 분명했다. 윤할머니의 아들과 나의 엄마가 아직 성인이 되지 않았을 무렵의 이야기. 소외감에 조금 샐쭉해진 목소리로 되물었다.

"그래서 왜 따개비를 새긴 건데요?"

윤할머니의 고개가 빠르게 돌아갔다. 그리고 바람 소리뿐만 아니라 파열음 같은 것이 울려왔다. 그녀는 이내 옆 목을 붙잡고 신음하기 시작했다. 담이 너무 세게 들려 어깨가 펴지지 않는다고 했다. 그 이후 한참을 웃느라 나는 나의 질문을 까먹었고, 집에 도착했을 때는 피로감에 도로 잠을 청하고 싶다는 마음뿐이었다.

그로부터 한 달이 좀 안 되었을 때, 윤할머니의 귀가가 유독 늦어진 날이 있었다. 아들 내외와 연락한다는 사실은 얼추 알고 있었다. 몇 번 카페에서 만나기도 한 듯했고, 그날도 다르지 않았다. 서로 간에 무슨 대화가 오가는지는 알 수 없었지만 내가 신경 쓸 일도 아니라는 생각에 눈을 감은 상태였다. 꿈에서도 벗어나 깊은 잠에 들 무렵 또다시 나의 뺨에 쓰라린 감촉이 느껴졌다. 희미하게 눈을 뜨자 두 할머니가 얼굴을 빼꼼히 내민 채 나를 바라보았다. 그러고는 묻는 것이었다.

"너 비코니인가, 비키니인가 없냐?"

여전히 영문 모르는 나를 두고, 둘은 그날 내 옷장을 모조리 뒤져 오래전 사 놓았던 비키니를 가져갔다. 모두 나에게는 작아 쑤셔박아 둔 것이었는데, 둘의 몸에는 꼭 맞았다. 나는 옷감 밖으로 훤히 드러난 주름살에 감탄하며 바다로 향할 짐을 챙겼다. 생각해 보니 문신을 했으면 만천하에 드러내는 게 맞을 것 같다는 윤할머니의 의견 덕이었다.

"야, 너는 무슨 젊은 애가 비코니가 이렇게 없냐. 요즘 애들 다 이거 입는다더니만."

"비코니가 아니고 비키니. 그리고 우리 손녀가 바빠서 그래. 구박하지 마. 그래도 옷은 더 있어도 좋기는 하겠다."

조금만 더 기다릴 수 없겠냐는 나의 말에 윤할머니는 명랑하게 고개를 저었다. 천연덕스럽게 불평까지 늘어놓는 것이 귀여워 보이기도 해, 나는 그저 피식 웃고 말았다. 다행히 집에서 바다까지는 30분도 걸리지 않아 마음만 먹으면 언제든지 갈 수 있는 거리였다.

두 사람은 바닷가의 깊은 곳까지 가지 않았다. 허리를 넘는 곳까지 가면 왜인지 전복을 따야 할 것 같다는 이유에서였다. 둘은 아침 8시의 햇빛을 맞으며 바닷가를 참방거렸다. 여름인지라 아침도 제법 후덥지근했다. 물빛이 그녀들의 몸 위에서 어른거렸다. 광대를 활짝 덮은 웃음과는 별개로 아랫배에 돋아난 따개비는 지나치게 선명했다. 나는 그녀가 카페에서 어떤 대화를 하고 왔을지 고민해 보았다. 늘 그랬던 것처럼 그녀를 모시겠다는 말이었을까. 그러면 왜 그녀는 그곳으로 가지 않았을까. 나의 할머니는 무엇을 알고 저리 환하게 웃고 있는 것일까. 조금 머리가 복잡해져서 나는 해변을 거닐기 시작했다. 그러다가 유난히 일찍 연 구멍가게를 발견했고, 작은 폭죽 하나를 샀다. 낮에 터뜨리는 폭죽도 나쁘지 않을 것 같았기 때문이었다.

둘이 있던 곳으로 돌아와 보니 할머니와 윤할머니는 자두색 입술을 한 채 모래사장에 누워 있었다. 그들의 등에는 알갱이가 달라붙어 뭉쳐 있었다.

"일어나 봐요. 예쁜 거 보여 줄게요."

나는 폭죽을 해변에 꽂았다. 모래가 건조해 막대가 잘 서지 않았다. 거의 전체를 땅에 묻고 나서야 심지에 불을 붙일 수 있었다. 요란하게 타 들어가던 불씨는 이내 기다란 꼬리를 달고 튀어 나갔다. 파란 하늘 위로 붉은 꽃이 피었다. 윤할머니는 코를 조금 들이마시더니 말했다.

"나도 저렇게 가고 싶다. 예쁘게, 내 멋대로."

무릎을 모으고 앉아 있던 나는 윤할머니가 복부를 쓰다듬는 것을 흘끔거리다 물었다.

"왜 따개비를 새겼어요?"

"말했잖아. 여기 따개비가 났었다고."

답답하다는 말투에 조금 시무룩해진 말투로 한 번 더 되물었다.

"그러니까 그걸 왜요."

할머니는 잿가루가 바다에 쓸려 나가는 것을 지켜보다 말했다.

"그 따개비가 났을 때 내가 아주 많이 울었거든. 너무너무 아픈데, 아픈 것보다 다른 것 때문에 더 많이 울었어. 우리 집 양반이 먼저 가고 애 셋 키우는데 뭐 쉬웠겠니. 힘들면 안 된다, 힘들면 안 된다, 하고 꼭꼭 씹고 살았는데 힘든 게 당연한 거였구나 싶어서. 근데, 거기서 끝이었어."

이런 류의 얘기치고 결말이 싱거워 나는 윤할머니와 할머니를 번갈아 보았다. 할머니는 불꽃이 머문 자리를 여전히 응시하고 있었다. 윤할머니가 복부를 누르며 말을 이었다.

"여기에 따개비가 다시 생겼어. 근데 피부 밖으로 안 나오는 종이라 내가 직접 새겼어. 이제는 정말 펑펑 울려고. 그리고 그다음 일을 하려고."

윤할머니가 폭죽을 뽑아 들었다.

"나 모레 스위스로 가려고."

파도가 우리 발치에서 부스러졌다.

우리는 공항까지 윤할머니를 직접 배웅했다. 우는 자식들을 뒤로라한 그녀의 발걸음이 너무나 가벼워 나는 그녀를 잡을 수도 없었다. 윤할머니는 장례식도 없이 갔다. 그러나 그것이 더 어울렸다.

이듬해 그녀의 기일이 다가왔을 때, 나는 그녀가 조금 이기적인 것 같다고 말했다. 그렇게 마음대로 가는 것이 어디 있냐고. 할머니는 하루 종일 들여다보던 티브이를 끄고 나를 응시했다. 그리고 말해 주었다.

윤할머니의 남편은 오래 앓다 갔다. 막내가 고작 세 살 때의 일이었다. 바다의 소금기와 자식들의 눈물이 그녀를 점점 거칠게 만들었다. 비단 손 가죽뿐 아니라 눈빛과 말투까지도. 괄괄한 말씨로 공동체를 이끌고 자주 농담을 던졌으나, 그것은 결코 자유로운 심장에서 기인한 것이 아니었다. 도리어 그녀를 오래 속박했던 책임감이 그녀를 그렇게 만들었다. 윤할머니가 이 마을에 시집온 순간부터 지켜보았던 할머니는 그것을 손쉽게 알 수 있었다.

할머니의 사정 또한 결코 윤할머니보다 더 낫지 않았다. 배를 타다 다리를 다친 남편은 틈만 나면 집안 물건을 때려 부쉈다. 당연히 그 손은 할머니에게까지 닿아서, 그녀는 종종 멍이 든 채 물질을 했다고 했다. 그러다가 딸이 처음 남편에게 맞은 날, 할머니는 소주 몇 병을 사 부둣가에 앉았다. 복잡한 것들이 파도처럼 뒤엉켜 부서졌다. 그 옆으로 복부 수술을 마친 지 얼마 되지 않은 윤할머니가 슬며시 다가왔다. 복부의 실밥도 풀지 않았으나, 윤할머니는 바다에 들어가야 했다. 오늘치 물질을 끝내지 못하면 한 자식의 입이 아쉬워졌다. 몇 안 되는 또래 중 하나라 서로의 사정을 꿰뚫는 그들은 말없이 마주 앉았다. 차례로 술을 한 모금씩 나누던 둘은 문득 서로를 마주 보았다. 우리 도망갈까. 윤할머니의 고개가 조금 흔들렸다.

짐을 챙겨서 이곳을 떠 버리자. 도망치자. 이 정도면 많이 했다. 1시에 만나자.

그렇게 그들은 헤어졌다. 그러나 정말 짐을 싸고 나온 할머니와 달리 윤할머니는 나타나지 않았다. 어느새 따라온 엄마가 할머니의 치맛자락을 쥐었다. 할머니는 돌아온 현관 앞에서 아주 많이 울었다고 했다.

그이는 이제야 도망친 거야. 첫 번째 따개비 때는 단지 울었을 뿐이야. 도망가지 않았어. 그이를 붙잡는 게 더 이기적인 거다. 그 날카로운 조가비를 견딘 사람에게.

나는 할머니에게 물었다.

도망칠 거야?

할머니는 "글쎄."라고 대답해 주었다. 까맸던 티브이 화면이 다시금 소란스러워졌다.

#당신의_그림자는_어떤_모습인가요

첨단고등학교 3
김민승

수많은 차들이 헤드라이트를 켜고 긴 육교 밑을 지나갔다. 낮 동안 태양이 아스팔트 위를 뜨겁게 데운 탓인지 오늘따라 바퀴들이 더 빨리 구르는 듯했다. 신호등의 빨간불이 꺼지고 초록불이 들어와야 할 차례였다. 깜빡이던 초록빛이 결국 툭 꺼져 버렸다. 서영은 고장 난 신호등을 뒤로하고 육교를 향해 걸었다. 유난히 높아 보이는 육교를 보니 발걸음이 더욱 무거워지는 기분이었다. 누군가 발목에 매달린 느낌이었다. 칠이 벗겨진 난간을 잡자 손바닥에 페인트 조각들이 잔뜩 묻었다. 난간에서 손을 떼 옷에 문지르며 계단을 오르기 시작했다. 가로등과 가까워지자 그녀의 뒤를 따라오던 그림자의 크기가 커졌다. 밤하늘은 유난히 새카맣고, 빛 하나 보이지 않는 바닥은 암흑 같아서 하늘과 땅의 경계가 모호할 정도였다. 위를 향해 고개를 올리고 있다가 정신을 차리려 고개를 흔들었다. 순간 이마에 대롱대롱 매달렸던 땀방울 하나가 그림자 위로 툭 떨어졌다. 발밑이 간지러워 바라보니 옆 사람의 그림자가 불쑥 튀어나왔다. 그제야 오늘이 '그림자의 날'이라는 것이 실감났다. 땅을 밟은 그림자들은 신이 나서 여기저기 둘러보다가 자기

들끼리 뒤엉켜 이상한 모양을 보이기도 했다. 그 모습이 두 손을 겹쳐 그림자놀이를 하는 아이들과 비슷했다. 서영은 따가워진 발바닥을 질질 끌며 육교를 마저 건넜다. 여러 개의 가로등 때문에 여러 개의 그림자가 생겼다. 크기도 모두 달랐다. 이 때문에 자신의 그림자가 얼마나 튀어나왔는지도 몰랐다. 머리부터 천천히 올라오던 그녀의 진짜 그림자는 어느새 바닥에 딱 붙어 있던 다리를 뗄 준비를 하던 중이었다. 검은 도둑들은 다리를 건너는 수많은 인파 사이에서 몸을 낮춰 서영을 지켜봤다. 사람들은 수상한 그들에게 눈길 한번 주지 않았다. 마침내 서영의 그림자가 두 발로 일어서려 할 때, 빨간 레이저가 까만 피부에 닿았다. 레이저는 불투명한 그림자의 다리를 통과해 순식간에 몸을 싹둑 잘라 버렸다. 뚝 끊겨 버린 까만 발만 그녀의 뒤를 따라왔다. 발이 잘려 몸이 움직이지 않았다. 서영은 멈춰 버린 그림자를 눈치채나 싶더니 자신의 길을 가기 바빴다. 검은 도둑들은 순진무구한 표정을 짓는 그녀의 그림자를 둘러쌌다. 서영의 주변에 어두운 인영들이 입김을 불어 넣고 있었다.

육교 절반쯤 지났을 때, 이상하게 가벼워진 발걸음 때문에 서영은 발밑을 내려다봤다. 자신의 뒤를 졸졸 따라다녀야 할 그림자가 보이지 않았다. 혹시나 하고 주위를 둘러보았지만 아무런 흔적도 찾을 수 없었다. 왔던 길을 되돌아가기 시작했다. 지나가는 사람들을 멈춰 세우며 한 명 한 명 얼굴을 확인했다. 자신을 이상한 눈으로 쳐다보는 눈빛들이 신경 쓰였지만 꼭 찾아야만 했다. 힐끔거리며 사람들 사이를 지나는데 멀리서 잘린 발목이 보였다. 긴 다리들 사이에 까만 두 발은 주인 잃은 강아지마냥 그 주위를 맴

돌고 있었다. 발목의 단면은 꼭 혀로 여러 번 핥은 아이스크림처럼 거친 면 하나 없이 말끔했다. 문득 작년에 SNS에서 보았던 그림자 도둑에 대한 이야기가 떠올랐다.

'외출 후 집에 돌아왔더니 흔적도 없이 사라져 있더라.'
'어떤 도구를 쓴 것인지 증거도 없었다.'
'도둑맞은 날이 하필 그림자의 날이라 범인을 찾지 못했다.'

서영은 얼마나 둔하면 그걸 잃어버려? 하고 대수롭지 않게 생각했던 그때의 자신을 후회했다. SNS에 '그림자'를 검색하니 축제를 즐기고 있는 화려한 사진들만 가득했다. 스크롤을 내리다 자신의 처지와 비슷한 사진을 발견했다. 잠시 한눈판 사이에 그림자를 도둑맞았다는 내용이었다. 아까 그 육교와 가까운 곳이었다. 도둑들은 이 근처에 있는 것이 분명했다. 그녀는 잘린 발을 꼭 안고 육교를 내려갔다. 움츠린 서영과 다르게 신나게 축제 거리로 달려가는 사람들이 보였다. 그들은 모두 까만 옷을 입고 피부엔 까만 페인트를 칠한 상태였다. 옆에는 각자의 그림자를 꾸미며 애완동물처럼 데리고 다녔다. 커다란 눈이 얼굴의 절반을 차지하고 있거나, 생기 없이 하얗기만 한 피부 등 자신의 모습에서 마음에 들지 않는 부분을 과하게 변형한 티가 났다. 신나게 달려가는 사람들을 따라 축제가 한창인 거리로 걸음을 옮겼다. 번쩍이는 조명이 가득했다. 먹거리 부스에는 형광 색소로 만든 다양한 음식이 가득했다. 특히 눈에 띄는 음식은 눈, 코, 입 모양의 젤리였다. 한입 베어 물면 형광 색소들이 잔뜩 터져 입 주변이 금세 물들었다. 사람 모양의 쿠키는 검은 크림을 푹 찍어 먹어야 했다. 꼭 오늘 밤과 닮아 있었다. 축제를 즐기는 이들은 혓바닥이 까매진 서로를 보며 웃었다. 여러 가지 색의 페인트들과 액세서리들은 까만 그림자를 꾸미는 용도였다. 자신의 몸집보다 훨씬 큰 장신구를 단 그림자들은 그리 밝은 표정이 아니었다. 새벽으로 접어들기 시작하며 거리에는 더 짙은 어둠이 내리기 시작했다. 하지만 오늘만큼은 암흑 속에서도 선명한 그림자들이 돌아다녔다. 진풍경이었다. 한쪽에서는 페이스페인팅이 한창이었다. 커다란 붓으로 자신의 얼굴을 칠했다. 우스꽝스러운 표정들을 그리며 기괴할 정도로 크게 웃고 있었다. 풀숲에 숨어 얼굴만 내놓고 지나가는 사람들을 놀라게 하거나 좁은 거리에서 큰 소리를 내 시선을 집중하게 했다. 이해할 수 없는 엽기적인 행동들이 SNS에서는 많은 좋아요를 받았다. 자신의 그림자가 기괴할수록 게시물의 인기도 올라갔다. 서영은 시끄럽고 어수선한 거리에서 어깨를 잔뜩 움츠리고 도둑들을 찾아다녔다. 모두 홀린 게 분명해. 서영은 그렇게 생각했다.

어지러운 머리를 붙잡고 북적북적했던 거리의 끝에 가까워졌다. 밝은 조명들의 흔적이 눈앞에서 아른거렸다. 시끄러운 거리와는 다르게 어두운 골목은 조용했다. 꼭 다른 동네인 것 같았다. 텅 빈 골목에 서영의 목소리가 메아리처럼 울렸다. 까만 아스팔트 위로 트럭이 한 대 지나갔다. 평소 보던 것과 다르게 바퀴에 바람이 빠진 것처럼 덜컹거리는 소리가 심하게 났다. 아무것도 없는 골목에 들어가는 것이 수상해 고개를 길게 빼고 굴러가는 방향을 쳐다보았다. 저 멀리 고장 난 가로등 아래에 까만 사람들이 모여 있었다. 그들은 축제를 즐기는 이들과는 다르게 쥐 죽은 듯이 조용했다. 오늘의 분위기에 취해 평소라면 절대 다가가지 않았을 그들에게 천천히 다가갔다. 얼굴을 감추기 위해 입고 있던 망토에 달린 모자를 썼다. 트럭이 멈추고 기다란 문이 열렸다. 넓은 트렁크에는 형형색색의 물감으로 꾸며진 그림자들이 먼저 자리 잡고 있었다. 가로등 아래에 모여 있던 그림자들도 천천히 트렁크에 타기 시작했다. 좀 더 가까이 다가가자 긴 줄 끝에 서 있는 익숙한 인영이 보였다. 두 발이 잘린 그림자는 틀림없이 서영의 것이었다. 마음이 급해져 그들을 향해 달렸다. 줄이 더 빠르게 줄어들기 시작했다. 신발에 묻은 페인트들이 끈적거리며 그녀의 발을 붙잡는 느낌이었다. 엔진 소리가 크게 들릴수록 마음이 급해졌다. 서두르는 듯한 모습을 보고 땅을 더욱 세게 밟았다. 겨우 짧아진 줄 끝에 섰다. 그림자들을 태우는 도둑들에게 들킬까 봐 고개를 푹 숙이고 쓰고 있던 모자를 더 깊게 눌러 썼다. 트렁크 문이 큰 소리를 내며 닫혔다. 주먹만 한 자물쇠가 굳게 잠겼다. 빛 한 줄기 들어오지 않는 공간은 조용했다. 서영은 거칠어진 숨소리를 숨기느라 식은 땀을 흘렸다. 그림자들은 아무도 숨을 쉬지 않았다. 어둠에 익숙한 그림자들과 다르게 서영은 아무것도 볼 수 없었다. 화려한 장신구들이 부딪치는 소리만 차 안에 가득 울렸다. 그림자들의 몸에 쏟아졌던 페인트들이 굳어 쩍쩍 갈라졌다. 피부 사이사이에 들어간 페인트 때문에 주름이 부각됐다. 그들은 피부를 잡아당기는 고통을 견디다 손으로 마구 긁어 뜯기 시작했다. 서영은 사방에서 들려오는 서걱거리는 소리를 듣고 있으니 온몸이 가려운 기분이 들었다. 트럭이 덜컹거리자 그림자들과 피부가 닿았다. 거칠거칠한 촉감 때문에 놀라 어깨가 잔뜩 움츠러들었다. 살짝 비틀어진 문 틈으로 달빛이 들어왔다. 암흑이었던 내부는 조금 밝아져 주위가 보이기 시작했다. 트럭이 코너를 돌자 그들의 몸이 쏠

렸다. 축제가 한창 벌어지는 밖과 달리 이곳은 꼭 무대 뒤 조명이
꺼진 대기실 같았다.

　트럭은 바람이 빠진 바퀴 때문에 평지인데도 자갈밭을 달리
듯 끊임없이 흔들거렸다. 여기저기 부딪친 몸에 멍이 들기 전, 차
가 긴 마찰음을 내며 멈췄다. 울렁거리는 배를 부여잡았다. 잠겼
던 트렁크 문이 열리고 밝은 빛이 한번에 쏟아졌다. 서영은 얼굴
을 구겨 실눈을 만들었다. 언뜻 보이는 화려한 빛들 때문에 다시
축제의 거리로 돌아온 것은 아닌지 생각했다. 환한 빛에 익숙해진
눈을 다시 떴다. 여러 개의 창문이 달린 5층 건물이 보였다. 온통
새카만 외벽에는 반짝거리는 네온 조명들이 가득했다. 꼭대기에
는 형광 초록빛을 내는 조명이 십자가 모양으로 빛났다. 순간 병
원인가 싶었지만 꼭 유흥가처럼 화려하게 꾸며진 모습을 보고 그
녀는 고개를 저었다. 바닥에 설치된 조명은 건물 전체를 비춰 푸
른색과 보라색 그 중간의 색으로 외벽을 꾸몄다. 건물을 본 그림
자들은 다급히 트럭에서 내렸다. 찢기고 망가진 몸으로 입구를 향
해 달려갔다. 작은 문에 수많은 그림자가 몰렸다. 누구 하나 들어
가지 못하고 문에 끼어 버둥거렸다. 그림자 도둑들은 이런 상황이
익숙한 듯 정리를 하기 시작했다. 상태가 나빠 보이는 순서로 줄
을 세웠다.
　"에이, 꼴이 이게 뭐야. 저기 맨 앞에 가서 서."
　터덜터덜 줄의 처음으로 걸어가는 그림자를 쳐다보았다. 팔다
리가 찢기고 찢겨 선만 남은 느낌이었다. 살이 다 뜯기고 뼈만 남
은 사람은 저런 모습일까? 서영은 생각했다. 남아 있는 몸에는 무
거운 장신구들과 페인트 자국이 가득했다. SNS에서 인기 글로 올

라왔던 그림자가 분명했다. 3년 연속 최고의 그림자로 뽑혔던 기억이 떠올랐다. 어떠한 혜택도, 상품도 없었지만 오직 많은 사람들의 부러움과 큰 인기를 위해 모두가 얻으려 노력하는 타이틀이었다. 완벽한 몸매로 소화하기 어려운 패션들을 아주 자연스럽게 만들어 늘 대중의 눈길을 끌었다. 그녀가 착용한 화려한 액세서리들은 아직도 불티나게 팔리는 중이었다. 서영도 그녀를 보며 자신의 그림자를 꾸며 보기도 했다. 어느 날부터 홀연히 사라져 볼 수 없었던 모습을 마주하니 반가움과 신기함이 겹쳤다. 하지만 동경했던 화려한 사진 속 모습은 온데간데없었다. 마치 다른 사람 같았다. 알 수 없는 이질감이 몰려와 멀미하듯 속이 울렁거렸다. 서영의 그림자가 긴 줄의 중간에 선 것이 보였다. 잘린 발목으로 걸어 다니느라 다리가 뭉개지는 중이었다. 자신의 상태는 알아채지 못하고 화려한 건물의 외관과 다른 그림자들에 한눈팔려 고개를 이리저리 움직였다. 천천히 줄이 줄어들기 시작했다. 입구에 들어서면 커다란 기계를 하나 통과해야 했다. 햇빛이 가득 저장되어 있는 기계였다. 그곳에 들어가자 햇볕이 온몸을 감싸며 찢겨진 몸이 채워졌다. 훨씬 편안해진 표정으로 간호사에게 전구 하나를 받아 갔다. 밝게 빛나던 전구는 그림자의 손에 닿자 깜빡거리기 시작했다. 희미한 빛이 힘겹게 버티고 있었다. 그림자마다 전구의 빛 세기가 달랐다. 다음은 서영의 그림자 차례였다. 햇볕 샤워를 하며 뭉개진 발목을 치료했다. 조금씩 회복되기는 했지만 잘려 나간 발은 다시 생기지 않았다. 유독 전구의 깜빡거림이 심했다. 서영은 검은 망토의 소매를 꼭 잡고 자신의 그림자를 따라 건물에 들어갔다. 위험할지라도 전구가 깜빡이는 이유를 알아내고 싶었다. 그들은 왜 이렇게 다쳤는지, 거리를 확보하는 다른 그림자들과는 왜 사뭇 다른 모습인지 알아내야만 했다.

 침을 꿀꺽 삼킨 서영은 주변을 둘러보았다. 화려한 모습을 한 그림자들이 가득했다. 저마다 들고 있는 전구 중 멀쩡한 것은 하나도 없었다. 서영은 켜지지 않는 자신의 전구를 숨긴 채 대기 의자에 앉았다. 하나둘씩 의문의 방에 들어갔다. 방 안에는 아픈 그들을 치료해 줄 어떠한 의료진도 없었다. 그저 커다란 컴퓨터 한 대와 레이저 기계 몇 대가 다였다. 다친 그림자들은 스스로 자신을 치료해야 하는 듯했다. 컴퓨터에 넘버를 입력하자 원래 본인의 모습이 커다란 화면을 채웠다. 과하게 꾸며진 인위적인 모습과는 달리 훨씬 편하고 자연스러워 보였다. 저 사람의 분신이라고는 감히 상상할 수 없을 정도로 둘은 달랐다. 그림자들은 거울을 보고 원래의 모습을 되찾기 위해 열심히 전구에 몸을 쬐었다. 작은 창문으로 번쩍거리는 빛이 흘러나왔다. 딱딱하게 굳은 페인트와 화장을 벗겨 내기 시작했다. 뾰족한 턱을 만들기 위해 당겨 붙였던 테이프가 떨어졌다. 높은 코 안에 들어간 실리콘도 뜨거운 빛에 서서히 녹았다. 쉴 새 없이 느껴지는 고온에 그림자들은 몸부림쳤다. 그림자들은 말을 할 수 없어 소리는 내지 않았지만 그들에게 목소리가 있다면 이 건물은 비명 소리로 가득했을 것이라고 생각했다. 공기가 무거워진 기분이 들었다. 굳게 닫혀 있던 방문이 열리면 멀쩡한 모습의 그림자들이 나왔다. 더 이상 깜빡거리지 않는 전구와 함께였다.

 "SHADOW-1010, 안으로 들어오세요."

 호명된 서영의 그림자가 방으로 들어갔다. 서영은 앞서 게이트에서 간이 치료를 받았을 때 복원되지 않았던 다리가 떠올라 괜히 긴장되어 침을 꿀걱 삼켰다. 창문을 통해 컴퓨터 화면이 보였다. 화면을 통해 보이는 사진은 자신의 본래 모습이었다. 그녀는 몰래 들어온 게 들킬까 봐 망토를 푹 눌러썼다. 좁아진 시야 너머로 조심스럽게 모니터를 쳐다봤다. 가만히 앉아 방 안을 둘러보던 그림자는 이전에 들어온 것들이 떼어 두고 간 액세서리들을 발견했다. 보랏빛 브로치였다. 그중 하나를 조심스럽게 들어 몸에 붙였다. 움직일 때마다 빛에 반사되어 반짝거리는 게 꽤 마음에 들었다. 다른 장신구들도 마저 붙이며 바쁘게 자신을 꾸몄다. 서영은 모든 액세서리를 무겁게 달고 있는 자신의 그림자를 보고 크게 당황했다. 작은 빛으로 치료되지 않자 천장에 달린 여러 개의 조명들이 켜졌다. 좀 전에 그림자들에게 쏘았던 빛보다 압도적으로 밝았다. 서영의 그림자는 온몸을 비틀며 조명 빛을 피해 구석으로 도망쳤다. 유리 전구들은 강한 전압을 이기지 못하고 순식간에 파편이 되어 깨졌다. 암흑이 된 방으로 들어가려 문고리를 향해 다가갔다. 관리자가 서영을 제지하려던 찰나 건물 전체의 불이 꺼지며 암전됐다. 순간 이성을 잃고 움직인 탓이었다. 외부인의 침입을 눈치챈 그림자 도둑들은 인간을 찾으려 일사분란하게 움직였다. 서영은 본능적으로 방 안으로 들어가 구석에 몸을 웅크린 또다른 자신을 찾기 시작했다.

"내 그림자인데 대체 왜 안 보이는 거야!"

고함을 치자 그림자는 움찔했는지 한구석에서 장신구 흔들리는 소리가 들렸다. 그쪽으로 다가가 더듬더듬 그림자의 손을 잡았다. 손을 뻗어 그것을 꽉 끌어안았다. 또 다른 서영은 팔을 이리저리 휘두르며 몸에 걸친 액세서리들을 뜯어냈다. 본능적으로 자신이 사라지고 있다는 것을 느낀 서영은 마음이 급해졌다. 고통스러운지 비명을 내지르지도 못 하고 우우우, 울기만 했다. 서영은 자꾸만 핑 도는 머리를 붙잡았다. 꺼졌던 조명이 한 번 깜빡였다. 그림자를 끌어안은 손과 발이 서서히 희미해지고 있었다. 잠깐 사이에 본 모습은 아까 거리에서 본 형형색색의 페인트들이 잔뜩 묻어 자신의 것이 아닌 것 같았다. 서영은 다리에 힘이 풀려 주저앉았다. 다시 일어서 보려고 했으나 들어 올릴 수 없을 만큼 무거워져 있었다. 조명이 다시 한번 켜졌다. 이번엔 보랏빛 브로치가 가슴팍을 꽉 조였다. 방이 어두워지고 그녀는 찌릿한 배를 부여잡았다. 숨을 들이쉬어 배가 부풀어 오를수록 고통이 심해졌다. 번쩍하며 형광등은 짧게 빛났다가 완전히 꺼져 버렸다. 아주 잠깐이었지만 서영에겐 10분처럼 느껴졌다. 스쳐 지나간 그림자의 고통스러운 표정과 사라져 가는 팔다리가 눈앞에 계속해서 아른거렸다. 무슨 일이 일어나는 걸까? 이곳에 들어온 다른 그림자들과 내 분신은 다르다고 생각했다. 조금 전 모니터로 본 사람들만큼 외적으로 과하게 스스로를 꾸미지도 않았고, 그림자를 자랑하듯 찍어 SNS에 게시한 적도 없었기 때문이다.

"SHADOW-1010의 본체가 치료 센터에 잠입했다. 위험도가 높은 그림자이니 각별히 조심하도록! 모습을 보이면 바로 지원 요청을 하길 바란다!"

문 앞에서 주저앉은 그녀는 들려오는 안내음에 귀를 막았다. 위험 물질? 평범한 삶을 살아온 서영에게는 어울리지 않는 이름이었다. 문득 축제의 거리가 생각났다. 홀린 듯이 놀던 사람들과 그녀의 분신이 겹쳐 보였다. 이른 저녁에 활짝 웃던 사람들처럼 그림자에게 입이 생겼다. 작은 방 안이 어린 아이의 높고 얇은 웃음소리로 가득 찼다. 누군가 방문을 쿵쿵 두드렸다. 문 앞에 쭈그려 앉아 온 체중을 실었다. 그림자 도둑들은 세게 밀어붙였지만 열지 못했다. 서영의 품에서 빠져나온 그림자가 날뛰었다. 순간 반동 때문에 구석으로 튕겨져 서영이의 눈이 커졌다. 문이 열리면서 하얀 형광등빛이 한번에 쏟아졌다. 날뛰던 그림자도 움직임을 멈췄다. 도둑들은 형광색으로 빛나는 그물을 들고 있었다. 본능적으로 위기감을 느낀 그림자는 당황한 티가 났다.

"우우우……!"

소리를 지르며 잡히지 않겠다는 의지를 뿜어냈다. 그들이 들이닥치자 작은 방이 꽉 찼다. 거친 숨을 내쉬는 서영에게 한눈판 사이 그림자는 밖으로 달려 나갔다. 서영이 곧장 뒤따라갔다. 어리둥절해하는 다른 그림자들을 지나쳐 건물 밖을 빠져 나가는데 반대편에서 지나가는 음영 하나를 발견했다. 축제가 한창인 거리에서 꽤 먼 곳임에도 불구하고 한눈에 띄는 외모였다. 길을 잘못 들었는지 주변을 한참 두리번거렸다. 그중 빛나는 장신구 하나가 서영의 그림자를 홀렸다. 텅 빈 도로를 가로질러 그것에게 다가갔다. 갑자기 달려드는 서영의 분신을 보고 놀란 욕망을 잔뜩 머금은 검은 물체는 서둘러 달아나기 시작했다.

건물에 남아 있는 도둑들은 무전기를 들었다. 도둑이라고 생각했던 그들은 이제 보니 경찰에 가까워 보였다.

"황서영의 그림자가 탈출했다. 지금부터 포위 작전에 돌입한다."

그 말이 떨어지자마자 도둑들과 같은 옷을 입은 형체들이 셀 수 없이 많이 나타났다. 오직 서영의 그림자를 잡기 위해서였다. 이윽고 경찰은 다시 입을 열었다.

"황서영의 그림자는 다른 것들과 다르게 스스로 본래의 모습을 지우려 한다. 심지어 자신이 병들어 가고 있다는 걸 알지도 못한 다. 지금 진압하지 않으면 본체도 사라질 것이다."

남자는 짧은 설명을 한 뒤 사람들을 풀었다. 서영은 건물을 빠 져나가는 그들을 바라보다 대기실에 서 있는 다른 그림자들을 보 았다. 모두 자신의 주인의 허영심 때문에 억지로 꾸며져 고통받 고 있었다. 다리가 점점 더 사라지기 시작했다. 숨을 쉬기 어려워 눈앞도 흐려지기 시작했다. 서영은 부들거리는 다리에 힘을 줘 겨 우 일어섰다. 뒤늦게 그들의 뒤를 쫓아 건물 밖을 나섰다. 이미 늦 었지만 본인과 그림자 둘 다 지켜 내야 했다. 시간이 얼마 남지 않 았다. 남아 있는 그림자들은 다시 빠른 속도로 자신의 몸을 괴롭 히던 장신구들과 페인트 자국을 지우기 시작했다. 건물을 완전히 빠져나왔다. 뒤를 돌아보니 네온 컬러로 가득했던 조명들이 꺼지 고 건물의 외관이 흐려 보이기 시작했다. 가장 밝게 빛나던 입구 도 사라졌다. 이제 그림자를 되돌릴 수 있는 방법은 서영에게 있 었다.

그녀에겐 세 가지 선택지가 눈앞에 펼쳐졌다. 나무가 가득한 왼쪽 길과 어두컴컴한 오른쪽 길, 그리고 가로등이 깜빡이는 건너 편까지. 세 가지 길의 중심에 서서 멈칫할 뿐 나아가지 못했다. 급 한 마음과 달리 다리는 움직이지 않았다. 출발 신호를 기다리는 달리기 선수처럼 상체만 앞으로 나아갔다. 차분히 주위를 둘러보 기 시작했다. 천천히 깜빡거리는 가로등 밑에 반짝이는 무언가가 보였다. 그림자의 몸에서 떨어진 장신구였다. 그것을 주워 주머니 에 쑤셔 넣은 후, 길을 따라갔다. 주변을 이리저리 살피며 달리는 중, 떨어진 액세서리들이 자꾸 발에 걸렸다. 도망가면서도 자신을 찾으러 오라는 표시로 느껴졌다. 누군가가 알려 주는 이정표 같았다. 행여 도둑들이 이것을 보고 뒤쫓아 올까 싶어 발로 뻥 차 버렸다. 숨소리가 점점 거칠어지고 뜨거운 땀이 망토를 적셨다. 숨을 내쉴 때마다 쌀쌀한 새벽 공기에 닿아 하얗게 변했다. 손을 휘저으며 시야를 가리는 입김을 사라지게 했다. 그 사이로 실랑이를 벌이고 있는 그림자들이 보였다.

서영의 그림자는 빛나는 목걸이를 향해 이성을 잃고 달려들었다. 눈에는 초점이 사라진 지 오래였다. 상대는 그것을 막기 위해 온 힘을 다해 밀어냈다. 이미 여러 개의 목걸이들이 목에서 찰랑거리고 있었지만 욕심을 멈추지 않았다. 뒤에서 그림자를 안아 제압을 시도했다. 살짝 멀어진 틈을 타 상대가 달아났다. 그 순간 휘두르던 팔에 맞아 목걸이가 땅으로 떨어졌다. 쨍그랑! 부서지는 소리가 유난히 크게 어두운 거리에 울렸다. 그림자는 미련 없이 바로 다음 타깃으로 향했다. 순간 집에 쌓여 있는 수많은 옷과 화장품들이 떠올랐다. 잡힐 듯 잡히지 않는 술래잡기가 이어졌다. 바뀐 술래는 이전 술래보다 빨랐다. 명품 옷가게들이 줄지어 있는 거리가 보였다. 그림자는 그 사이로 달려갔다. 여기저기 부딪혀 마네킹들이 우수수 쓰러져 텅 빈 소리를 내며 바닥에 굴렀다. 그 옆으로 마네킹이 하고 있던 반짝이는 장신구들이 와르르 떨어졌다. 서영의 분신은 정신없이 목걸이를 찼다. 욕망에 눈이 멀어 버린 듯한 모습이었다. 어느새 해가 서서히 떠올랐다. 그림자의 날도 끝나 가고 있다는 뜻이었다. 몸이 무거울 정도로 스스로를 장식한 또 다른 서영은 화려한 모습이 사라질까 불안에 떨며 어디론가 전력 질주했다. 앞서가는 그림자가 서서히 희미해져 갔다.

144

어느덧 축제가 열렸던 거리로 돌아왔다. 화려하고 북적거렸던 밤과 다르게 하나둘씩 조명이 꺼지고 있었다. 길거리는 쓰레기들로 가득했다. 그림자는 그 사이를 걸었다. 바닥에 뒹구는 음식들을 밟자 형광색 발자국이 뒤를 따라다녔다. 그림자가 하늘을 바라봤다. 그 시선 끝엔 반짝이는 별들이 가득했다. 별을 잡으려 통통 튀더니 육교를 향해 달려갔다. 육교 위에 올라가자 차가운 공기가 코끝에 닿았다. 서영은 그림자가 착용한 가장 커다란 보랏빛 브로치를 가슴팍에서 떼 육교 아래로 던져 버렸다. 브로치는 지나가는 자동차 바퀴에 깔려 완전히 바스러졌다. 형체도 알아볼 수 없을 정도였다. 이렇게 순식간에 깨지는 물건일 뿐인데 무엇을 위해서 그토록 소중하게 갈망해 왔는지 순간 허무함이 밀려왔다. 힘없이 선 그녀의 눈앞에 머리부터 발끝까지 까만 그림자가 다가왔다. 서영의 머리를 다 덮을 정도로 컸지만 왠지 모를 포근함이 느껴졌다. 소녀는 가만히 자신을 바라보는 또 다른 스스로를 꼭 끌어안았다. 깜빡거리던 가로등은 서서히 안정감을 찾아 밝은 빛을 뿜어 둘을 비췄다. 그림자의 손끝이 서서히 오색찬란한 무지갯빛으로 물들었다. 둘의 몸이 하나가 되어 갔다. 비로소 그림자는 아무런 장식품을 하지 않은 본래의 상태로 돌아왔다. 단정하고 깔끔한, 가장 본인다운 모습이었다. 멀리서부터 해가 떠오르기 시작했다.

"그동안 너무 몰라줘서 미안해."

육교 밑으로 지나가는 자동차의 헤드라이트가 그들을 밝게 비췄다. 기나긴 축제의 밤이 끝나 갔다.

정량의 노동자

고양예술고등학교 3
이수민

말하자면 나는 정말로 수준 높은 공연을, 매일 가장 가까운 곳에서 봤다는 겁니다. 때로는 그 공연에 직접 참여하기도 했지요. 시드니에서 오페라라도, 브로드웨이에서 뮤지컬이라도 본 것이냐고요? 그건 아닙니다. 무대는 경기도의 어느 외진 공장이며 한 남자의 무용과 노래와 독백 연기와 아크로바틱과 그 밖의 여러 것이 공연의 주 내용입니다. 그래요, 안드레아라는 그 남자! 안드레아의 무대는 중소 식품 회사에서 반쯤 방치한 탓에 위생도 시설도 엉망인 소시지 공장이었습니다. 본사조차 아슬아슬하게 적자를 면하는 신세지만 오늘도 내일도 가동되는 중이었습니다. 아마 아슬아슬하기라도 하면 다행이라고 생각했을지도 모릅니다.

안드레아는 일단 출근하면 하루도 빼먹지 않고, 하얀 방호복을 입은 채 현란한 스텝을 빠르게 밟습니다. 반주도 없어 민망할 정도로 고요하건만 철 지난 팝송을 간드러지게 열창합니다. 도축한 고기를 봉에 걸 때 쓰는 작대기를 스탠딩 마이크처럼 잡습니다. 그런 와중에 나를 비롯한 직원들은 묵묵히 컨베이어 벨트 앞에 서서 고기를 기계에 넣고 양념의 양을 잴 뿐입니다. 안드레아는 노래를 부르고 싶을 때 노래를 부르고 일을 하고 싶을 때 일을 하는데, 자신이 문득 따분하다 느끼면 언제든 직원들의 대열에서 이탈합니다. 안드레아는 일하는 중인 내게 라텍스 장갑을 낀 손을 내밉니다. 그러면 나는, 못 이기는 척 손을 맞잡고 그와 함께 공장의 이곳저곳을 왈츠의 스텝으로 쏘다닙니다. 우리는 빙그르르 돌며 눈을 마주칩니다. 위생 마스크를 써도 서로가 미소 짓고 있다는 걸, 두꺼운 고글을 끼고 있어도 서로가 웃고 있다는 걸 알 수 있습니다. 우리는 돼지고기를 발처럼 넣어 놓은 보관실을 요란스럽게 휘젓습니다. 곱게 갈린 돼지고기를 원통형으로 매만져 콜라겐 껍질을 입히는 일련의 구간을 넘어 다닙니다. 직원들이 손을 바삐 움직이며 못마땅한 눈길을 보내지만, 노란 돼지기름이 내 고글 위에 튀지만, 아랑곳하지 않습니다. 우리는 팝과 록과 알앤비를 생각나는 대로 흥얼거립니다. 이윽고 안드레아가 공장의 한가운데서 두 팔을 벌리고 노래의 클라이맥스 부분을 부릅니다. 기계 돌아가는 소리와 고기를 살균하는 온수가 흐르는 물소리조차 적나라하게 울리는 그 공장에, 안드레아의 목소리가 웅장하게 퍼집니다. 타고난 성량이 훌륭한 탓입니다. 내가 감격한 얼굴로 박수를 치고 있으면 어느 순간 공장장이 나와서 소리칩니다. 거 조용히 안 해! 거기 둘, 농땡이 피울 시간이 어디 있어? 적어도 자기 몫은 해야 할 것 아니야! 안드레아는 들은 체 만 체하며 어깨를 으쓱이더니 마지못해 자기 자리로 돌아가 돼지고기에 다진 마늘과 후추를 넣습니다. 나 또한 짧은 춤이지만 숨을 고르며 컨베이어 벨트 앞에 다시 섭니다. 공장장은 더 빨리, 정확하게, 일을 하라며 손뼉을 치고 직원들은 말없이 손만 놀립니다. 오직 오늘의 일을 끝내고 집에 가기 위해서, 그것이 한 사람으로서의 몫이니까요. 돼지기름이 내 고글에서 흘러내리고 마스크 안으로 스며들어 뺨이 미끈거리는 것만이, 방금까지의 일이 뮤지컬 속 한 장면이 아니라 사실이라는 걸 증명해 줍니다. 나는 눈치를 보다 고개를 푹 숙이고 다시 일하지만 곧 다시 요들송을 부르는 안드레아의 목소리를 듣고 웃음을 터뜨립니다.

이러한 안드레아의 뺀질거리는…… 아니, 자유로운 품성은 대체 어디서부터 형성된 것일까요? 기원전 4000년경으로 돌아가 보도록 하겠습니다. 문명을 이룩해 낸 지 얼마 안 된 인류는 오순도순 모여 살았고, 서로에게 역할을 부여했습니다. 짐승을 잡아 오는 역할이 있었고 모두를 다스리는 역할이 있었고 토기를 만드는 역할이 있었겠지요. 그중에서는 빈둥대는 게 역할인 개체도 있었습니다. 응? 딱히 도태되었다는 게 아닙니다. 그런 부류는, 모두가 사냥을 나갔을 때 빈 터전을 지키며 노래를 하고 춤을 추거나 가끔 사람들의 모습을 벼랑에 돌로 긁어 그립니다. 그런 인간을 짐덩어리라 생각하는 이들도 물론 적지 않았지만, 놀랍게도 그 베짱이들은 몇천 년 동안 사라지지 않고 현대까지 끈질기게 살아남은 것입니다. 선비나 음유시인이나 술집 앞에서 캐리커처를 그려 파는 화가 따위의, 계속 변화하지만 어쨌든 일맥은 통하는, 그런 여러 가지의 이름들로 불리며 말입니다. 머나먼 선조의 유전자가 사라지지 않고 그 후손들에게 점점 옅어지는 형태로 계속해서 물려졌다고 볼 수 있겠습니다. 저희 공장에서는 세 명의 직원들이 근처에서 파는 만 원짜리 도시락을 나눠 먹다 싸우는 일을 쉽게 볼 수 있는데요. 한 명당 내야 할 값이 3,333.333……원으로 영원히 나눠 떨어지지 않기 때문입니다. 마치 그것처럼, 안드레아가 어머니의 배 속에서 만들어졌을 때 또한, 노동 대신 춤을 추고 시를 읊는 게 적성인 유전자가 끊이지 않고 희미하게 남아 있었던 것입니다. 아마 안드레아의 자식도 그런 유전자를 갖고 태어나겠지요. 그런데 이쯤에서 말씀드릴 것이 있습니다. 실은 그 안드레아의 자식이 나의 배 속에 들었다는 사실! 그래서 요즘은 춤을 추는 것도 힘겨워져 즐겨 하진 않는답니다. 그 아기는 나의 아이기도 하지만 동시에 안드레아의 아이기도 하기에, 나를 닮은 부분이 상당하겠지만 동시에 안드레아를 닮은 부분도 기대하지 않을 수 없을 것입니다.

생각해 보면 말입니다, 우리를 반씩 닮은 아기가 태어난다는 게 머릿속에 잘 그려지지 않습니다. 여느 커플이 그렇듯이 안드레아와 나는 겉으로 볼 때 하나처럼 닮은 듯 보이지만 소시지의 콜라겐 코팅 같은 껍질 한 겹만 벗겨 보면 전혀 그렇지 않다는 걸 알 수 있습니다. 안드레아를 눈대중으로 대강 보는 사람은 그가 멍청하고 우매한 탓에 소시지의 스펠링도 모른다고 생각합니다. 그러나 그와 한 시간이라도 말을 섞어 보면 알 수 있을 것입니다. 그는 춤과 노래에 뛰어날 뿐 아니라 철학과 물리학과 수학과 종교학과 사학과 그 밖에 내가 모르는 모든 분야에 능통하다는 것을요. 실제로 그는 포물선의 운동을 식으로 세워 포장된 소시지를 박스에 정확하게 던지는가 하면 돼지가 인류 역사상 언제부터 가축화되었는지 줄줄 꿰고 있답니다. 그가 말하길 자신의 아름다운 목소리처럼 두뇌도 아름다운 덕에 학창 시절엔 천재로 불렸대요. 당연히 우리나라에서 가장 좋은 대학교에 우수한 성적으로 들어가리라 자신과 주변 모두가 믿었고요. 그러나 대학수학능력시험 당일…… 안드레아는 어떤 과목에서 한 문제를 풀지 못한 채 답지를 제출하게 됩니다. 그 한 문제 때문에 등급이 갈려서 원하던 결과를 얻지 못하게 돼요. 몰라서 그런 게 아니고 정말 단순하게 시간이 부족한 것이었다니까요. 가여워라! 안드레아는 그 이유로 자신이 OMR 답지에 컴퓨터 사인펜으로 남들보다 더 긴 이름을 적어야 한다는 사실을 꼽았습니다. 누구는 아, 무, 개 세 글자인데 누구는 안, 드, 레, 아, 네 글자를 마킹해야 한다는 게 공정하지 않다는 것입니다. 자음과 모음이 새겨진 각각의 칸을 까맣게 칠하는 그 아주 짧은 순간 때문에 모든 게 갈렸다고요. 압니다. 물론 보통 시험 시작을 알리는 종이 치기 전에 이름은 미리 적지 않나? 사실 시간을 활용하는 것도 실력의 문제 아닌가? 공정이라니, 그럼 안드레아에게만 몇 초를 더 주면 그제야 공정해진다는 걸까? 그런 식으로 따지자면 한도 끝도 없지 않나? 잠깐, 어디까지 이어 갈 셈이야? 하는 생각이 들겠지요. 나 또한 그랬고요. 그러나 나는 안드레아의 어떤 말에도 반박할 생각이 없습니다. 적어도 내가 실제로 본 사람 중에 안드레아만큼 똑똑한 사람은 없으니까요. 콧김을 뿜던 안드레아는 결국 자신의 이름을 '가가'로 개명하여 다음 해 같은 시험을 치릅니다. 가가, 그러니까 가장 첫 번째 자음과 모음으로 이루어진 그 이름 덕에, 안드레아 아니 당시의 가가는 OMR 답지에 누구보다 빠르고 간단히 이름을 마킹할 수 있었습니다. 그래서 어떻게 되었을까요? 그는 지난해와 똑같이 한 문제를 시간이 부족해 풀지 못했고 또 똑같은 등급을 받았습니다. 그 아주 미세한 순간 때문에! 가가는 더 이상 욕심내지 않았습니다. 목표로 한 곳은 아니었지만 이름난 대학을 졸업하여 이름난 기업에 취직했습니다. 그 시절의 가가는 눈에 핏대를 세운 채 노래 대신 회의 기록과 기획안을 외웠고 춤을 추는 대신 허벅지를 꼬집었고 웃는 대신 무표정이었다고 해요. 나는 도저히 상상할 수 없습니다. 그러다 어느 시점 저로선 이해할 수 없는 결심을 했는지 회사를 그만두겠다는 선언과 함께 안드레아로 돌아왔습니다. 그는 다른 가족이 일을 나갔을 때 기타를 치고 붓을 잡고 집을 지키는 쪽을 택했습니다. 그러다 그의 가족이 안드레아, 언제까지 우리 속의 가축처럼 살 거니, 라며 이러쿵저러쿵 그의 훗날에 대해 운운하기 시작했고, 결국 내쫓기듯 밖으로 나선 안드레아는 노래와 그림을 만드는 대신 값싼 소시지를 만들기 시작한 것입니다. 처음 그가 공장에 입사했을 땐 모 기업 출신의 인재라는 얘기에 잠시나마 모두가 떠들썩해졌습니다. 약간의 언짢음과 기대를 섞은 말들을 주고받으며 가볍게 혀를 찼습니다. 그러나 그것도 잠시, 안드레아가 공장에서 방호복에 레이스를 달아 로코코풍으로 리폼하면 안 되냐며 떼를 쓰고, 모두가 일하는 와중에 탭댄스를 추기 시작하자 이윽고 다들 그에게 말을 걸지 않았습니다. 제품을 생산하는 라인을 구분하는 것처럼, 결이 다른 사람인 그를 자신들과 구분 지어 멀리했습니다. 매일 찍어 내듯 똑같은 일상에 대해 의구심을 갖던 당시의 내겐 그 독특한 모습이 매우 신선하고 매력적으로 다가왔지만……. 나는 이 옛이야기를 들을 때마다 그이에게 말하고 싶었습니다. 안드레아, 사람에겐 정량이란 게 있을지도 몰라, 당신이 아주 잘 아는 여러 복잡한 과학 법칙들처럼, 소시지를 만들 때 정량을 재는 것이 아주 중요한 것처럼, 어떤 정해진 능력치란 게 있을지도 몰라. 하지만 한 번도 그런 말을 건넨 적이 없습니다. 왜냐하면 저는 소시지의 스펠링을 모르고, 임금이나 고용보험에 대한 법도 잘 모르고, 춤도 안드레아가 가르쳐 주기 전엔 몰랐지만, 주제란 걸 알기 때문입니다. 이런 우리를 반씩 닮은 아기란, 똑똑한 동시에 멍청해야 하며 부지런한 동시에 게을러야 하고 박자감을 타고난 동시에 박치여야 하는 구조일 테지요. 나는 산달을 앞두고 때때로 아기가 어떤 어른으로 자랄지에 대해서, 낳아 기른 뒤 안드레아와 나의 두 눈으로 직접 확인하기 전까진 알 수 없는 그 랜덤의 확률에 대해 기묘하다고 생각하던 날을 보내고 있었습니다.

나는 배가 점점 불러 옴에도 쉬지 않고 공장에 출근해서 일을 합니다. 기계를 가동시키는 법과 소시지를 5개씩 포장해야 한다는 사실과 불량품을 찾아내는 법을 알고 있으니까요. 두뇌로 손으로 습관처럼 기억하고 있으니까요. 내가 배가 불렀다고 나를 대신할 누군가를 뽑아서 새로운 기술을 가르치고 주입시키려면 어느 정도의 정성과 관심이 필요할 터입니다. 우리 공장장이 그런 노력을 기꺼이 들일리가요! 안드레아가 아무리 일하다 말고 갑자기 악상을 흥얼거리거나 죽은 돼지에게 바치는 추모시를 지어 눈물을 훔쳐도 공장장이 해고하지 않는 이유가 이것입니다. 단순히 번거로우니까요. 공장장뿐만이 아닙니다. 모든 직원이 각자의 일을 제외한 모든 것에 기력을 쓰지 않습니다. 마치 정을 붙이거나 웃거나 서로의 안부를 묻는 모든 일이 힘에 부친다는 듯이. 나 또한 안드레아를 만나기 전까지는 그랬습니다. 안드레아를 제외한 이 공장 전체가, 높낮이 없이 단조로운, 그럼에도 끝나지 않는 돌림노래와도 같습니다.

어느 날이었습니다. 직원들이 모두 퇴근한 밤 나와 안드레아 둘이서 공장의 마감을 맡게 되었습니다. 소시지가 담긴 박스를 다음 날 아침 트럭에 바로 실을 수 있도록 쌓던 참이었죠. 우리는 눈이 마주쳤고…… 탱고와 삼바와 발레를 구분 없이 췄습니다. 안드레아는 나의 부푼 배를 다정하게 쓰다듬다 말고 당신은 역시 쉬는 편이 좋겠다며 혼자 로큰롤을 부르기 시작했습니다. 나는 소시지 박스 사이에 앉아 박수를 치며 그를 바라보았습니다. 그는 나 혼자만을 앞에 두고선 마치 수만 명의 팬을 둔 것처럼 이리저리 날뛰었습니다. 이날 따라 유달리 상기된 것처럼 보이긴 했지만, 그는 록 스타를 연기하고 있었으니까요. 모든 기계가 아직 가동되는 중이었습니다. 안드레아는 컨베이어 벨트 위를 달렸고 냉각 장치 위에서 발을 굴렀고 그러다…… 헹가래를 준비하고 있는 관객들에게 다이빙하듯이, 돼지고기를 분쇄하는 원통형 기계 안에, 오늘 마감분의 살코기를 부드럽게 가느라 커다란 소리를 내고 있는 그 차가운 품에 뛰어들었습니다. 그것은 흥분이 자제력을 앗아 간 탓에 일어난 사고였을까요? 아니면 아티스트가 의도한 일종의 퍼포먼스였을지도 모르겠습니다.

나는 순간 알았습니다. 내가 껴안곤 했던 안드레아의 살과 근육과 뼈, 풍성한 금빛 머리칼, 또 손톱과 발톱 모두…… 더 이상 원래의 형체를 유지하게 될 수 없으리란 것을. 안드레아가 세포 단위로 쪼개지리란 것을. 감히 셀 수도 없을 만큼 무수하게 분열하리란 것을. 분쇄기의 칼날에 의해 나눠진 덩어리들은 모두 안드레아의 일부이며 각각 하나의 안드레아로 다시 자랄 수 있으므로 어쨌든 결국 전부 안드레아라고 부를 수 있는 개체라는 것을. 그러니까 고깃덩이가 찢기고 뭉개지는 것처럼 안드레아가 안드레아와 안드레아와 안드레아와 또 안드레아로…… 나눠지리란 것을. 그 세포 하나하나와 또 세포 속의 핵 하나하나와 또 핵 속의 DNA 한 올 한 올과 또 DNA 속의 염기 하나하나가 끝없이 이어지는, 그 믿을 수 없는 연쇄의 구조에 문언가 비집고 들어갈 틈이 생겨 버렸음을. 나는 그 모든 걸 실감할 수가 없어서 한참 동안이

나 입을 다물지 못하고 가만 서 있었……을 리가 없지요. 나는 안드레아가 기계 안에 뛰어들자마자 기계를 가동하는 버튼 앞으로 전력 질주했습니다. 이미 어느 정도 묵직해진 배를 신경 쓸 틈도 없었습니다. 그러니까 이 모든 생각이 1초를 쪼개고 또 쪼개길 반복한 그 짧은 순간에 전부 든 것입니다. 이름을 붙인다면 찰나라고 부를 수 있을까요? 어쨌든 안드레아의 살결과 기계의 칼날이 닿기 시작한 순간 나는 버튼을 눌렀습니다. 문제는 손가락이 정지 버튼에 정확히 닿은 게 아니라 손바닥에 닿는 대로, 아무 버튼이나 제멋대로 마구 눌러 댔다는 것입니다. 여러 개의 버튼과 스위치들이 동시에 눌리며 기계는 더욱 요란스러운 소리를 냈습니다. 나는 차가운 바닥에 무릎을 꿇었습니다. 커다란 통조림에 들어간 한 마리 생쥐처럼 꼼짝없이 그 안에 갇힌 안드레아의 이름을 부를 뿐이었습니다. 나는 그 안에서 무슨 일이 일어나는지 보지 못했습니다. 안드레아가 대체 무슨 일을 당하는지 알 수 없었습니다. 모터가 돌아가는 소리와 안드레아의 굵고 짧은 비명과 공장 전체에 시끄럽게 울리는 경고음만이 알고 싶지 않은 사실을 간접적으로 말해 줬습니다. 이어 분쇄기 안에 든 것은 옆으로 이어진 다른 기계로 넘어가 버렸습니다. 고기의 식감을 보다 부드럽게 만들기 위해, 갈린 돼지고기를 넓은 철판으로 젓는 기계였지요. 역시 자동적으로 가동되는 중이었고…… 이제는 더 이상 안드레아의 목소리도 들리지 않았습니다. 그러나 언젠가 유식한 안드레아가 내게 말했었지요! 어떤 과학자가 독가스가 나올 확률이 반반인 상자에 고양이를 넣고, 죽은 동시에 살아 있는 고양이는 없으므로 상자를 열기 전까지는 고양이가 살았는지 죽었는지 모른다고 발표한 것을요. 기계에서 무슨 소리가 들렸을 때 나는 불현듯 그 얘기를 떠올렸습니다. 요컨대 안드레아가 원통 속에서 아주 잘게 부서진 뒤 철판에 의해 다시 섞여졌다는 것은 분명한데, 그게 어떤 형태일지는 아무도 모른다는 겁니다. 기계의 가동이 멈춘 후 통 속에서 나온 건, 안드레아가 몇십억 개로 분열했다가 하나의 개체로 합쳐진 모습은, 뭉개진 고깃덩이가 아니라…… 내게 너무나도 익숙한 178cm/ 70kg의 한국인 남성 그대로였습니다. 그 무수한 세포들이 정해진 법칙에 따라 다시 배열됐습니다. 오래전 어머니의 배 속에서 나온 것처럼 안드레아는 분쇄기에서 두 번째 출생을 맞은 것입니다. 그는, 기계 속에서 두 발로 유유히 걸어 나와 손가락으로 자신의 긴 금빛 머리칼을 쓸어 넘기며 주위를 둘러봤습니다. 다시금 컴백한 그는 여전히 아름다운 눈이었고, 흰 피부였고, 곧게 뻗은 허리였습니다. 그러나 여전히, 여전히, 그런 부분들이 모여서 여전히 안드레아인지는 정말로 한참 서서 고민했습니다.

내가 그를 무어라 부르면 좋을까요? 안드레아의 세포로 이루어졌으므로 안드레아의 얼굴과 안드레아의 머리칼과 안드레아의 등을 가진 그 남자는 안드레아임이 틀림없는데…… 분쇄기에서 걸어 나온 그것이 진짜 안드레아인지 아닌지 알 수 없었습니다. 제아무리 두꺼운 고기라도 단칼에 써는 칼날이 안드레아를 덮쳤다는 걸, 안드레아의 비명을 똑똑히 들었다는 걸 스스로가 가장 잘 알고 있었습니다. 게다가 분쇄기 속에 어디 안드레아만이 있었던가요? 정량의 돼지고기도 함께 있지 않았던가요? 그것과 잠시나마 섞이지 않았다고, 확신할 수 있나요? 나는 심장처럼 빠르게 고동치는 배를 쓰다듬으며 침착하려 했습니다. 실제로 잠시나마 칼날에 썰려 죽은 건 누구인가? 안드레아가 나왔으니 결과적으로는 그 누구도 죽지 않은 건가? 돼지의 일부와 안드레아의 일부가 섞인 것은 아닌지? 그러니까 내 말은 순도 100퍼센트의 안드레아인 지? 기계를 멈추거나 가동시키고 속도를 높이거나 낮추려는 복잡한 힘에 의해 돼지가 안드레아의 세포 구조로 교묘히 흡수된 것은 아닌지? 그래서 말인데 역시 진짜 안드레아는 죽었다고 봐야 하는 것 아닌지? 진짜라니? 그렇다면 내가 마주하고 있는 저것은 가짜라는 말인가? 나는 살면서 진학이나 취업을 목표로 열심히 공부해 보거나 딱히 신중하게 결정할 만한 거사를 만난 적이 없기 때문에 이런 복잡한 생각에 빠진 것이 처음이었습니다. 대체 어디를 봐야 할지 모른다는 것처럼 빙그르르 도는 눈으로 모든 광경을 바라볼 뿐이었습니다. 그 어떤 것도 도시락 메뉴를 결정하듯이 단칼에 확답할 수 없었습니다.

안드레아는 기지개를 피며 내게 천천히 다가왔습니다. 나는 귓가에도 온통 스스로의 심장 소리밖에 들리지 않아서 안드레아가 내게 무슨 말을 건네는지 잘 듣지 못할 정도였는데, 진정하고 귀를 다시 열어 보니 그는, 나의 안드레아는, 내게 이렇게 말했습니다. 마감 시간인가요? 공장에 저희 둘밖에 없군요. 나는 그 짧은 몇 마디만 듣고도 알아챘습니다. 이건 안드레아가 아니다! 이럴 때 보통 안드레아는 낮고 부드러운, 혹자는 느끼하다 하겠지만 어쨌든 내게는 아주 감미로운 톤으로 말하곤 했습니다. 아, 밤이 늦었으니 어서 우리의 스위트홈에 돌아가야겠군, 마감 작업을 둘이서 하자……. 하지만 눈앞의 안드레아는, 일단은 안드레아라고 불러야지 별수 있나요? 바닥에 주저앉은 내게 평범한 걸음걸이로 다가와 평범하게 손을 내밀었습니다. 어쩐지 손등이 미끈거리는 것 같기도 아닌 것 같기도 했지요. 안드레아는 나를 일으켰지만 품에 안지 않았고 등을 돌려 퇴근할 준비를 하러 갔습니다.

나도 그를 따라 기계를 끄고 방호복을 벗었지요. 우리는 공장 문을 닫고 잠그는 오랫동안 아무 말이 없었습니다. 안드레아는 뜻밖에도 집에 잘 찾아갔습니다. 공장과 멀지 않은 곳에 있는 빌라였지요. 척 봐도 낡은 티가 풀풀 나는 건물이었지만 중요한 건 내면의 아름다움입니다. 우리에겐 더할 나위 없이 아늑한 보금자리였습니다. 안드레아를 따라갔더니 왜 쫓아오느냐는 얼굴을 해서 우리는 같이 산다고 말해 줬습니다. 아무래도 '빌라'와 '같은 공장에서 일하는 여자'는 아는데 '같은 공장에서 일하는 여자와 사는 빌라'라는 맥락은 모르는 것 같았습니다. 그는 배운 건 또 금방 머리에 입력하는 편이기 때문에 곧바로 제 말을 이해했습니다. 그러나 분위기라는 건 배울 수 있는 게 아닌 모양이었습니다. 안드레아는 내게 감사합니다, 수고하셨습니다, 안녕히 주무세요, 하고 인사했지만 어떤 관계로서 자아내는 어떤 뉘앙스의 문장인지 알지 못하는 게 틀림없었습니다. 나는 안드레아의 얼굴을 하고 안드레아의 목소리를 내는 남자와 안드레아와 했던 것처럼 함께 잠들 수 없어서, 혼자 밤을 샜습니다.

워낙 명민한 안드레아이기 때문에 그런 걸까요. 그는 누군가 알려 주지 않아도 주위의 직원들을 잠깐 보는 것만으로 빠르게 모든 업무를 완수했습니다. 갈고리를 단순히 쇠로 만든 뾰족한 고리로서 받아들이다가도, 누군가 돼지의 앞다리살을 거기에 걸면 용도를 알고 곧바로 따라했습니다. 공장장이 자네 같은 위인이 그동안 왜 그리 뺀질거렸냐며 호쾌하게 웃었습니다. 그것이 무엇을 의미하는지 아시나요? 안드레아가 더 이상 춤추지 않고 하다못해 콧노래조차 흥얼거리지 않고 나를 웃겨 주지 않고 여유롭게 산책하지 않고 오직 일에만 몰두했다는 사실입니다. 그는 더 이상 예술가이자 온갖 분야에 통달한 지식인이 아니었습니다. 예전처럼 기억력과 손재주가 좋았지만 뭐랄까, 공장에 들인 여러 기계들과 다를 게 없다는 느낌이었습니다. 가만히 한자리에 서서 꼼짝하지 않고 팔만을 정해진 규칙대로 얌전하게 움직였습니다. 대들지 않고 시키는 대로, 사고하지 않고 학습한 대로 할 뿐이었습니다. 그러나 나에 대해선 그 무엇도 학습하지 못했습니다. 가르쳐 주는 사람이 없었기 때문일까요? 공장의 직원들이 내 허리를 잡고 왈츠를 추거나 배를 감싸고 힘겹게 앉는 걸 부축해 주지 않아서일까요? 그래서 나를, 다른 직원들이 하는 것처럼 동료 1 정도의 엑스트라 포지션으로 보는 걸까요? 그러나 내 생각에 직원들이 그런다고 해서 안드레아도 내게 그래 주지는 않을 것입니다. 그냥 우리는 이제 두 번 다시 화목하게 지내지 못할 것만 같은 기분이…… 직감처럼 강하게 들었습니다. 내가 그런 생각에 잠겨 있거나 말거나 그는 날이 갈수록 단순해졌습니다. 배가 고프니까 어떤 음식이든 입에 들어가는 대로 먹고 공장장이 초과 근무를 시켜도 말없이 눈만 꿈벅일 뿐이었습니다. 직원들 중 아무도 하룻밤 만에 일어난 안드레아의 변화를 눈치채지 못했습니다. 오직 저만이 그런 안드레아를 볼 때마다 머리가 지끈거려 오는 것을 느껴야 했습니다. 배 속의 아이가 가끔 발로 제 뱃가죽을 툭 차며 안드레아와 나의 세포를 물려받은 자신이 살아 있음을 잊지 말라고 신호를 보낼 때면, 알 수 없는 긴장감과 두려움이 엄습해 왔습니다. 정체를 알 수 없는 고기로 만든 소시지를 억지로 씹어 삼킨 것처럼 단단히 체한 기분이었습니다.

나는 어느새 천직을 찾았다는 듯 우수한 노동자가 된 안드레아를 보며 생각했습니다. 안드레아의 무수한 세포들이 내가 모르는 어떤 힘에 의해 재배열되는 순간, 무언가 오류가 있었을 터라고요. 애초에 나는 그것이 50kg의 돼지와 20kg의 안드레아로 이루어진 것은 아닐까 진지하게 고민하고 있던 참이었고요. 어쩌면 원래의 안드레아를 이루었던 세포들 중 지금의 안드레아와 큰 차이를 만드는 세포가, 배열되는 과정에서 다른 세포들과 합쳐지지 못하고 분쇄기의 안쪽 벽면 어딘가에 묻은 건 아닐까 하는 생각도 했어요. 그래서 아주 중요한 세포들을 잊고 부활한 것이죠. 그 생각을 하며 휴게실에 앉아 멍을 때리고 있는데 마침 안드레아가 지나가고 있었습니다. 방금 기계에서 막 나온 소시지를 먹고 있더군요. 판매해야 할 제품을 그런 식으로 먹는 건 내가 알던 안드레아나 할 법한 행동이기에, 나는 얼른 다가가 손을 잡았습니다. 당신은 안드레아인가요? 그러나 그것은 신(新) 안드레아를 기특하게 여긴 공장장이 기계가 잘 작동되는지 확인할 때 만들어지는 샘플용 소시지를 먹도록 허락해 준 것뿐이었습니다. 네? 안드레아 맞습니다만. 안드레아는 물론 당연하다는 말투로 대꾸했습니다. 하얀 이로 소시지를 탄력 있게 물어뜯으면서요. 어쩌면 안드레아가 먹고 있는 저 소시지에, 안드레아가 깊게 생각하고 춤과 노래와 글을 즐기고 나를 사랑하게끔 만드는 일부분이 섞인 것일 수도 있지 않나? 그렇게 생각하자 소시지를 입에 넣은 채 분쇄기처럼 고기를 잘게 씹어 대는 그 모습이 너무도 야만스럽게 느껴졌습니다. 그래서 나는 순간, 안드레아의 가슴께를 나도 모르게 걷어찼습니다. 그것도 아주 강하게요. 먹던 소시지는 바닥에 내팽개쳐지고, 안드레아의 다리는 힘없이 꺾였습니다. 원래 같았으면 아무리 그래도 안드레아에게 어찌 손을 대냐며 허공에 머무른 발을 중간에 멈췄겠지만, 나의 연예인이 한낱 기성품으로 전락했다는 슬픔과 불쾌함을 이기지 못했습니다. 더군다나 나는 하루에도 웃고 울길 수차례 반복하는 임산부였으니까요. 호르몬의 충동이 끝없이 이어지는 컨베이어 벨트처럼 연쇄적으로 밀려온 탓도 있었습니다. 허나 막상 영문을 모르겠다는 듯이 날 올려다보는 안드레아의 낯선 얼굴을 보고 나니, 그제야 자신이 무슨 짓을 했는지 깨달았습니다. 휴게실에 함께 있던 직원들이 나와 그를 향해 동시에 각자 고개를 돌리고선 빤히 쳐다볼 정도였습니다. 바이바이, 나의 안드레아! 나는 우리가 전혀 맞이하지 않으리라 확신했던 방식으로 우리가 진짜 단절되었음을 확신했습니다. 그 뒤로 저는…… 공장 일을 쉬었습니다. 아주 오랜만에요. 공장장에게 쉬고 싶다고 말했더니 생각보다 쉽게 수긍해 줘서 스스로도 놀랐습니다. 어쩌면 훌륭한 일꾼인 안드레아를 불편하게 만들고 싶지 않아 내쫓은 것일지도 모릅니다.

예정되어 있듯 나는 아기를 낳았습니다. 안드레아와 나를 반씩 닮은 아기를요. 병원에서 분만을 준비하고 있는데 뜻밖에도 안드레아가 찾아온 거 있죠. 혹시나 하며 기대했지만…… 그는 정말 자신의 아이가 맞다면 의무적으로 와야 하는 건 당연하다고 말했습니다. 나를 향한 다정함이나, 곧 태어날 아기에게 들려줄 첫 마디를 고심하는 기색 따위는 전혀 보이지 않았습니다. 어떤 규칙에 묶여 노역을 맡은 사람 같기까지 했습니다. 잠시 후 수치로는 정확히 표현할 수 없는 고통 끝에 아기가 태어났습니다. 돈육 분쇄기에서 새롭게 나온 안드레아처럼, 나의 배 속에서 나와 아직 양수도 채 마르지 않은 채였습니다. 의사와 간호사들이 아기의 상태를 확인하자마자 아기는 내 가슴 위에 올려졌고 나는 그 순간, 기원전 4000년의, 아니 과거와 현재를 막론하고 출산을 경험한 전 세계의 모든 여성들과 하나로 이어지는 느낌을 받았습니다. 그리고 의료진들이 시키지 않아도 자연스레 다음으로 해야 할 일이 뭔지 알았습니다. 아기를 안고, 손바닥만 한 등을 쓸어 주었습니다. 축축하지만 무엇보다 포근하고 보드랍게 느껴지는 살결을, 역시 마찬가지로 무수한 세포로 이루어졌을 그 피부를 감각했습니다.

나는 그 세포 속의 유전자들이 분쇄기에 들어가기 전의 안드레아와 같을까 그 이후의 안드레아와 같을까 문득 생각했습니다. 그러니까, 물론 지금의 안드레아와 유전자 일치 검사를 맡기면 당연히 일치하겠지만 그걸 묻고자 하는 게 아닙니다. 세포가 기억하는 훨씬 더 본원적인 성향이 누구와 닮았냐는 것입니다. 간호사들이 수술 장비를 치우느라 분주한 와중에 나는 내 품속 아기에게 작게 물었습니다. 너는 안드레아의 아기니, 아니면 안드레아…… 그러니까 구분하기 쉽도록 이름을 붙이자면……. 하지만 아기는 아직 언어를 모르므로 그저 세상에 나온 게 서럽거나 혹은 기쁘다는 듯이 울 뿐이었습니다.

민들레

인천영종고등학교 3
이하솜

학원에 갈 때마다 마주하는 장애물이 있었다. 지하철역 안으로 들어서기 직전에 있는 엘리베이터와 경사로는 지은 지 꽤 오래된 곳이었다. 그곳을 지날 때면 바닥이 군데군데 깨져 있어 덜컹대기 일쑤였다. 그러나 나는 경사로를 지나 엘리베이터를 타야 했다. 억지로 바퀴를 세게 굴려서 지나가니 휠체어가 크게 들썩였다. 울퉁불퉁하고 고르지 못한 바닥이 고스란히 느껴졌다. 엉덩이와 허리가 조금 울려 반사적으로 허리를 두드렸다.

그 길을 지나 경사로를 반쯤 올라갔다. 어린아이 둘이 그곳에서 장난치며 놀고 있었고 조금 뒤 엘리베이터가 도착한 뒤에야 비켰다. 남은 경사로를 올랐으나 엘리베이터는 타지 못했다. 다른 사람들이 우르르 몰려 들어간 탓이었다. 엘리베이터 앞에 덩그러니 남겨진 후 버튼을 다시 눌렀다.

역사 안은 시끄러웠다. 들어서자마자 소리가 나는 곳을 바라보니 휠체어를 탄 사람들이 모여 시위를 하고 있었다. 계속해서 열차를 오르내리거나 마이크를 들고 외쳤다. 어쩐지 엄마가 생각났다. 늘 저 사람들처럼 경사로, 엘리베이터 따위로 민원을 넣으며 다니기 바쁜. 그렇지만 엄마를 생각하는 것도 잠시뿐, 시위 현장을 흘깃 쳐다보다 곧 지나갔다. 나는 엄마와는 달랐다. 언제나 세상이 원하는 것처럼 눈에 띄지 않고 고요한 장애인이 되고 싶었다.

"민원을 한 번 더 넣든지 구청에 신고하러 가 보든지 해야지."
엄마가 경사로를 내려오며 또 구시렁거렸다. 발걸음의 보폭을 작게 줄이고 종종걸음으로 걸으며 내가 탄 휠체어를 놓치지 않으려고 애썼다. 엄마도 그렇게 걸어야 할 만큼 아파트의 경사로는 가팔랐다. 가끔 혼자 올라가려 하다가 잠시라도 힘을 빼면 곧장 뒤로 굴러떨어지고는 했다. 엄마가 없을 땐 난간 옆에 앉아 사람이 지나가기만을 기다릴 때도 많았다. 그러니 엄마는 수도 없이 민원을 넣어 보았다. 그러나 우리 동을 공사하려면 다른 동도 해야 한다고 했다. 그런 커다란 공사는 할 수 없다는 것이었다. 몇 번을 다시 말해도 같은 결과만 반복됐고 아무리 시도해 봐도 달라지지 않았다. 그러나 엄마는 계속해서 의견을 들이밀었다. 민원을 또 넣겠다는 말은 엄마가 매일 하는 말이었다. 내가 보기엔 달라지는 것도 없는데 불필요한 잡음을 만드는 일이나 다름없었다. 엄마가 하는 행동이 오히려 내가 눈초리를 받는 하나의 원인이 되는 것 같기도 했다. 도움도 되지 않고 그저 불편한 일일 뿐이었다. 나는 짜증스럽게 인상을 구기며 말했다.
"됐어, 엄마. 바뀌는 것도 없는데 왜 그래? 그만해, 이제."
"알았어, 알았어."
엄마가 건성으로 말하다 뒤늦게 한마디를 덧붙였다. 그래도 누군가 해야 하는 일이잖아. 내가 할 대답을 미리 회피하듯 엄마는 괜히 지나온 경사로를 흘겨보며 혀를 찼다.

"날씨는 좋다."

기껏 길을 나선 만큼 분위기를 바꾸려고 내가 말했다. 엄마와 2주 만에 병원으로 가는 길이었다. 정말로 날씨가 좋아서 가볍게 선선한 바람이 불었고 튀어나온 잔머리가 뺨을 간질였다. 항상 지나던 길인데도 다른 길 같았다. 차로 갈 때는 빠르게 지나가 자세히 들여다볼 수 없던 풍경이었다.

"차가 그렇게 갑자기 고장이 날 줄이야. 안 불편해?"

엄마가 물었고 나는 고개를 저었다.

"괜찮아, 엄마. 맨날 타는 건데."

지하철 역사는 오늘도 시끄럽고 사람들로 북적였다. 밀려오는 인파에 떠밀려 엄마는 휠체어 손잡이를 놓치고 말았다. 확성기로 배가된 함성에 가려져 서로의 목소리도 잘 들리지 않았다. 엄마가 나더러 먼저 타라며 눈짓했다. 고개를 저어 보았으나 엄마는 금세 뒤로 밀려났고 나도 마찬가지였다. 휠체어 전용석이 있는 칸을 찾을 겨를도 없이 문 앞에 서 버렸다. 늘 타던 칸이 아니어서 휠체어 전용석이 있을지 없을지 알 수 없었다.

며칠 전에도 지하철을 타다가 바퀴가 빠진 적이 있었다. 열차와 플랫폼 사이가 이곳보다 넓은 역에서 일어난 일이었다. 속도를 내어 바퀴를 빠르게 굴리면 탈 수 있을 줄 알았는데 순간적으로 손아귀에서 힘이 모래알처럼 빠져나갔다. 몇 초가 지나면 그대로 문이 닫힐 것만 같았다. 손은 땀으로 흥건하게 젖어 있었고 바퀴를 아무리 붙잡아도 헛돌기 일쑤였다. 그러던 중에 한 아주머니가 자리에 앉으려다 말고 일어났다. 그대로 나한테 다가오더니 바퀴 한쪽을 붙잡는 것이었다. 아주머니가 별다른 말을 한 것도 아닌데

몇몇 사람들이 더 다가왔다. 하나둘 내 바퀴를 붙잡더니 들어 올렸다. 사람들의 도움으로 무사히 빠져나왔고 해결이 되었으나 아무래도 그날을 생각하면 부정적인 생각이 먼저 떠오르고는 했다. 해결되었다는 안도감보다는 틈에 빠졌을 때의 불안감 같은 것 말이다.

또다시 비슷한 상황이 닥치니 두려움부터 앞섰다. 전처럼 행운이 일어날 것 같지 않았다. 등 뒤를 돌아보니 인파에 가려 엄마가 보이지 않았다. 괜히 흘깃흘깃 보다가 거둔 시선을 열차와 플랫폼 사이로 내렸다. 새카만 틈이 일렁이며 점점 넓어지는 듯한 착각이 들었고 벌어진 빈틈은 절벽 같았다. 이곳은 나에게 늘 크레바스였다. 눈을 질끈 감고 고개를 들었다.

열차와 플랫폼 사이를 한 번, 주변을 한 번 둘러보았다. 건널 수 있으리란 생각을 계속해서 되뇌었다. 어느새 땀으로 젖어 물기가 가득한 손으로 힘을 주어 바퀴를 붙잡았다. 그러나 생각보다 바퀴가 빠지는 느낌은 생각보다 짧았다. 다시금 단단한 바닥이 느껴졌고 그제야 참던 숨을 길게 몰아 내쉬었다.

어릴 적 지금처럼 공기를 모았다가 크게 들숨을 내쉬었던 때가 있었다. 내 작은 숨으로 민들레 홀씨가 날던 기억이다. 그때는 초등학교도 들어가기 전이었다. 가족들과 시골 할머니 댁에 내려갔는데 마당 한구석에 피어 있던 민들레 중 몇 개가 솜털이 뭉친 것 같이 변해 있었다. 엄마에게 가져가자 엄마는 나에게 그것도 민들레라고 일러 주었다. 나는 홀씨 하나하나가 날아가 싹을 틔우기를 바라며 새하얀 민들레를 있는 힘껏 불었다. 하늘로 둥실 떠오르고 이내 마음에 드는 곳에 자리 잡기를 기대했다. 홀씨는 다 날아가지 못한 채 몇 개가 남아 붙어 있었다. 내 처지가 마치 그때 보았던 남은 홀씨들 같았다. 마음처럼 움직일 수 없어 어쩌지 못하고 붙어 있었을 홀씨들……. 이런 일은 앞으로도 내가 살날에 셀 수 없이, 수도 없이 많을 것이었다. 잠시 날았으나 결국엔 이 절벽 같은 틈으로 빠져 버리는 작은 홀씨가 눈앞을 스쳤다.

"실례합니다."

지하철을 무사히 탔다는 걸 엄마가 와서야 실감했다. 언제인지 모르게 또다시 바닥을 향해 떨구었던 고개를 들었다. 그 순간 모두가 나를 바라보는 것 같아 나도 모르게 몸을 움츠렸다. 마침 휠체어를 탄 사람들이 열차에 올라타 구호를 외치며 지나갔다. 엄마에게 작은 목소리로 말했다. 조금만 뒤로 가자, 엄마.

얼마 지나지 않아 휠체어 바퀴가 움직이자마자 근처에서 짜증을 내는 소리가 들렸다. 사람도 많은 열차에서 움직인 것이 잘못이었다. 그렇게 큰 소리도 아니었으나 나는 들었고 다행스럽게도 엄마는 듣지 못한 모양이었다. 만일 엄마가 함께 들었다면 큰소리가 났을 것을 알아 안도하면서도 한편으로는 그 작은 한마디가 가슴에 박히듯 내려앉았다. 늘 듣던 말인데도 그랬으니 그날따라 예민했다. 이 시작은 오늘 일어난 시위 때문이라며 말도 안 되는 생각을 하기도 했고 그렇게 생각하니 엄마도 야속했다. 엄마도 늘 그러는 사람이니까. 어떻게 된 흐름인지 내 화는 아무 잘못 없는 장애인 단체에서 엄마로 넘어갔다. 그렇다고 해서 엄마가 죄인인 것도 아니었다. 그저 나는 양심에 거리낄 것 없이 화를 낼 대상이 필요한 것이었다. 결국엔 엄마와 대화조차 나누고 싶지 않아졌다.

엄마는 계속해서 말을 걸었다. 딸, 휠체어 정말 괜찮지? 안 불편하겠어? 밥은 먹고 싶은 거 있으면 말해, 진료 마치고 먹자. 대답 좀 해 봐. 기분이 안 좋아? 왜 그래. 엄마만 나에게 말을 하고

있으니 열차 안에 빽빽하게 들어서 있는 사람들이 흘깃거리고는
했다. 그저 소리가 나는 쪽을 한번 바라보는 것일 수도 있었다. 그
런데도 날카롭게 쿡쿡 박히는 가시처럼 느껴졌다. 무릎 위에 올려
둔 채 꼼지락거리던 손을 주먹 쥐었다. 아무런 말도 하지 못하고
내릴 때가 되어서야 입을 열었다. 그마저도 내리기를 재촉하는 말
한마디뿐이었다.

"……엄마."

열차에서 내리고 엘리베이터로 가는 내내 입을 다물었다. 엘리
베이터 앞은 멀리서 보아도 사람들로 북적였고 엄마는 혀를 찼다.
늘 그랬듯 휠체어를 밀어 앞에 섰다. 사람들이 흘깃거리니 도리어
그 사람들을 마주 쳐다보았다. 나는 엄마의 소매를 잡아당기며 입
을 꾹 다물고 엄마를 쳐다보았다.

병원에 도착하자 긴장으로 무겁던 몸에 힘이 풀리며 깊게 안도
했다. 그전까지만 해도 크게 울리던 내 심장부터 근처에 있던 사
람들의 숨소리 하나하나, 사람들의 시선이 향하고 이내 도달하는
그 끝까지 전부를 의식하고 느꼈다. 병원에서는 늘 나만 다른 사
람이라는 이질감을 느끼지 않을 수 있었다.

마음이 편해진 것과 엄마는 별개의 문제였다. 그때는 엄마에게
신경 쓸 이유도 여유도 없었다. 말없이 바퀴를 끌어 엘리베이터에
서 내렸다. 엄마는 나에게 무슨 말을 하려고 했으나 하지 못했다.
진료를 기다리는 환자도 많았고 나는 그대로 내려 버린 탓이었다.

엄마와 여전히 어색한 상태로 들어간 진료실은 여느 때와 같았
다. 연한 다갈색 벽지와 짙은 갈색의 원목 가구들은 늘 그랬듯 따
뜻했다. 뒤편에는 커다란 책장에 책들이 빼곡하게 꽂혀 있었다.

간간이 상패 같은 것도 몇 개 전시되어 있었고 2주 사이 책이 조금 늘어난 것 같기도 했다. 그 앞 오른편에 있는 책상엔 새하얀 의사 가운을 입은 선생님이 드문드문 흰머리가 보이는 머리를 단정하게 넘기고 앉아 계셨다. 또 테가 없이 네모난 안경은 콧대에 걸쳐져 있었다.

"오시는 길은 편하셨어요?"

자리에 앉자 선생님이 물었으나 대답 없이 부자연스레 웃었다. 선생님은 나를 한 번, 엄마를 한 번 보더니 넌지시 농담조로 말했다.

"왜 그렇게 어색하세요. 오기 전에 싸우셨나 봐요."

나는 어색하게 고개를 저었고 엄마도 웃으며 대답했다.

"그건 아니고요……."

"그럼요, 아니에요. 그냥 오늘 딸이 피곤한가 봐요. 지하철로 왔는데 사람이 많았거든요."

"두 분이 그러시다면야, 바로 진료 보겠습니다. 다리는 좀 어떠세요?"

"괜찮은 것 같아요."

"그래도 뇌성마비에서 하지가 마비된 분 중에서는 잘 걷지 못하는 편이세요. 재활 치료는 꾸준히 받아 보기로 합시다. 다리 외에 불편한 사항 있으시면 말씀해 주시고요."

"크게 불편한 건 없었어요."

사실은 그렇지 않았다. 그저 그 불편함이 일상이 되어 버렸을 뿐이었다. 더는 특별한 일이 아니었다.

"그럼 약 처방도 평소처럼 할까요? 늘 드리던 것과 동일하게 항경직제 정도로 드릴게요. 밖에서 처방전 받아 가시면 됩니다."

"네, 감사합니다. 안녕히 계세요."

선생님에게 인사한 뒤 직접 바퀴를 굴려 문으로 다가갔다. 진료실 입구 문턱에 바퀴가 걸려 덜컹거렸다. 의사 선생님이 한 말이 문턱으로 남아 있는 것 같았다. 엄마에게 사과해야 한다는 듯. 애써 무시하며 바퀴를 세게 굴려 넘어갔다.

병원 근처에 있는 약국을 찾았다. 처방전을 내고서 약을 기다릴 때 엄마가 말했다.

"딸, 기분이 많이 안 좋아? 엄마가 이유를 못 알아채서 미안. 얘기 좀 해 줘."

마음이 불편할 수밖에 없었다. 엄마의 목소리는 늘 사람들에게 화내고 소리치던 목소리와 다르게 조심스럽게 들렸다. 그래서 더 대답하지 못하고 나는 그저 묵묵히 고개를 가로젓기만 했다.

다음 날 아침, 엄마가 평소보다 일찍 방문을 두드렸다. 며칠 전에 그날 인하와 약속이 있다고 일러 두었던 터였다. 휠체어로 가는 만큼 시간을 넉넉하게 잡아야 했다. 이제는 익숙해져 일어날 때 힘들지 않더라도 어릴 적에는 그게 어려웠다. 나를 위해 엄마는 아침마다 내 방으로 왔다. 내 다리를 주물러 안마하고 일으켜 세워 휠체어에 앉혀 주었다. 그것을 꼭 해야 하는 일처럼 아직껏 해 오고 있었다.

그 노크 때문에 전날 일을 떠올리고 말았다. 늘 그랬던 것처럼 들어와도 된다는 말이 나오지 않았다. 아침 인사를 건네지 못하고 우물쭈물했다. 엄마는 다 잊었을지도 모르는데. 무슨 말을 해야 할지 생각하며 방문만 쳐다보고 있자니 문 너머에서 나를 부르는 소리가 들렸다. 그제야 대답했으나 어쩐지 행동도 아닌 말투조차 엉거주춤하게 느껴졌다.

엄마가 방문을 열고 들어왔다. 나는 괜히 엄마를 바라보지 못하고 눈만 데구루루 굴렸다. 엄마는 가장 먼저 커튼을 걷었다. 이른 아침의 새벽빛이 엄마 위로 드리웠다. 그런 엄마를 바라본 순간 나는 나도 모르게 입을 열었다. 엄마와 눈을 마주치고 있지 않을 때. 그때 말해야 덜 어색하게 말할 수 있을 것 같았다.

"그, 엄마…… 어제는 미안. 내가 잘못했어."

엄마가 침대에 걸터앉았다. 나는 그날따라 자꾸만 거슬리는 손의 거스러미들을 뜯고 있었다. 내 손 위로 엄마의 손이 겹쳐졌다. 괜찮다고 나직이 말하는 목소리는 어쩐지 물기에 젖어 있었다. 떨구었던 고개를 들자 엄마는 내 손등을 살살 문질렀다. 괜찮아, 딸. 내 머리를 쓸며 끌어안아 도닥였다. 등을 안정적으로 두드리는 느낌이 몇 번 들었다. 자, 나갈 준비 해야지. 일어나자. 엄마는 나에게 다가와 이불을 걷고 내 다리를 주물렀다. 곧 내 양팔을 붙잡고 일으켜 침대 옆에 있던 휠체어에 앉혔다.

"참, 좋은 아침. 그나저나 오늘 저녁 먹고 들어와?"

"아, 응. 인하랑 먹고 올 것 같아. 왜?"

"그냥 중요한 일이 있어서. 엄마가 저녁에 없을 것 같아."

무슨 일이냐며 되물었으나 엄마는 그런 일이 있다는 둥, 엄마도 나갈 준비를 해야 한다는 둥 얼버무렸다. 나는 엄마가 그러는 이유를 알 수 없었다. 평소에는 장을 보러 다녀온다거나 동네 친구를 만난다거나 말하고는 했다. 그러나 그러기는커녕 둘러대기만 하는 이유를 고민하며 앉아 있었다. 김아현, 너 준비하고 있지? 엄마가 거실에서 크게 말했고 넉넉하게 씻을 시간이 부족해져 나갈 준비를 시작했다. 가장 먼저 책상 위에 올려 두었던 뮤지컬 입장권을 지갑에 챙겨 넣었다. 뮤지컬 입장권을 예매할 때 겪은 우여곡절 탓에 잊지 않고 챙길 수 있었다.

공연을 예약하기 전에 가장 먼저 휠체어 전용석이 있는지 일일이 전화를 해서 물어보는 건 시작에 불과했다. 문의 전화가 원활하게 이루어지지도 않았고 주최 측에서 꼬인 건지 나중엔 말도 달라지기까지 했다. 처음에는 휠체어 전용석이 있다는 대답이 돌아왔으나 예매가 열리는 당일에는 휠체어 전용석은 예매석에서 찾아볼 수 없었다. 다시 전화해 보니 관객이 없을 것 같아 음향 장비를 깔아 두었다고 말했다. 일반석을 구매하면 휠체어 전용석으로 교체해 주겠다며 안내했고 그렇게 잡은 자리는 제일 뒷자리이기까지 했다. 그러니까 잡고 싶어서 잡은 자리가 아니니 우리에게 선택권 같은 건 애당초 없던 것이었다. 나와 가까운 자리를 찾느라 인하까지 뒷자리에 앉게 되었다.

인하가 우리 집 앞에 도착했다는 문자를 보내왔다. 인하는 택시를 타고 왔는데 그 택시는 가지 않고 내가 타도록 기다리고 있었다. 물론 버스를 탄다면 비용이 줄어들었겠지만 부득이한 결정이었다. 늘 그랬다. 휠체어가 탈 수 있는 저상버스가 그리 많지 않았다. 대개 한 시간은 기다려야 했고 어쩌다가 한 대를 발견하더라도 현실적으로 저상버스를 타는 건 힘들었다. 가끔은 어쩔 수 없이 기다려 타려고 했다가 쫓겨난 적도 있었다. 경사로가 고장 나 내려오지 않는다고 버스가 출발해 버린 것이다. 아무리 그런 일들이 익숙하대도 인하를 데리고서 그 정도의 불편함까지 감수하고 싶진 않았다.

지하철역에 도착하니 엘리베이터 앞에 사람이 많았다. 내 휠체어를 붙잡더니 몰려 있는 사람들 사이를 뚫고 지나가려는 인하를 막지는 못했다. 엄마라면 그렇게까지 하지 말라고 했을 테지만 인하에게 더 이상 피해를 주고 싶지 않았다. 인하는 나서서 휠체어 전용석이 있는 승강장을 찾거나 내릴 때가 되면 사람들에게 양해를 구했다. 가끔은 멀리 있을 엘리베이터 또한 기꺼이 찾아 주었다.

인하와 뮤지컬 공연장에 도착해 자리를 찾았다. 무슨 일인지 휠체어 전용석에는 모두 시야를 가리는 아크릴판이 설치되어 있었다. 좌석당 좌석 너비로 하나씩. 오백 원 동전보다 큰 구멍이 규칙적으로 뚫려 있기는 했으나 소용은 없어 보였다. 크기도 컸고 오랫동안 설치해 온 듯 크고 작은 흠집이 가득했다. 결과적으로 투명한 아크릴판이라고는 할 수 없었다. 게다가 투명했어도 공연을 그다지 선명하게 보지는 못했을 것이다. 뮤지컬은 시작하지도 않았는데 벌써 불편을 감수해야만 했다.

공연이 끝나고 식사를 하러 가며 터덜터덜 걷듯 휠체어 바퀴를 굴렸다. 손놀림이 도저히 빨라지지 않았다. 나뿐만이 아니라 인하도 공연을 관람하는 내내 불편했을 것이었다. 나야 늘 있는 일상이라고 여기나 인하는 아니었다. 나는 인하를 자꾸만 흘깃거리고는 했다.

식당에 도착하니 출입구 문턱이 또 높았다. 혼자서 식당의 문턱을 넘어 보려다가 해내지 못하고 인하의 도움을 다시 받았다. 식당 건물 안에서는 단차까지 있었다. 나는 반찬을 더 덜어 오려다 남들보다 한 바퀴는 더 돌아서 가야 했다. 그렇지만 나는 그때까지도 괜찮았다. 언제나 경험하는 익숙한 일이었다.

식사가 끝난 뒤 집으로 가는 지하철을 탔고 집 근처 역에 도착해 내렸다. 열차에서 내리자마자 귀에 익은 함성을 듣고 무심코 고개를 들었다. 평소라면 시선을 두지 않았을 텐데 이상한 일이었다. 앞을 바라보자 내 시선 끝에는 엄마가 있었다. 그 한가운데에서 목에는 커다란 글씨로 쓰여 있는 플래카드를, 두 손으로는 마이크를 꼭 붙잡은 채 서 있었다. 열차에서 내리자마자 선 탓에 내가 서 있던 곳은 플랫폼이었고 분주하게 지나가는 사람들에게 계속해서 치였다. 사람들에게 가려져 엄마에게는 내가 보이지 않았을 것이다. 나는 드문드문 사람들 사이로 보이는 엄마를 한동안 그 자리에 오도카니 서서 바라봤다. 아무래도 이것이 엄마가 아침에 말했던 일정인 듯했다.

엄마를 보니 그날 하루 내내, 아니 매일 찾아오는 하루 동안 있었던 일이 머릿속에 스쳤다. 그제야 내가 괜찮았던 게 아니라는 걸 깨달았다. 엄마는 그동안 그런 나를 위해 싸워 왔던 것이었다. 갑작스레 쏟아진 눈물은 쉽사리 그쳐지지 않았다. 한참을 지하철 플랫폼 한가운데에 서서 목놓아 울었다. 왜 그러느냐며 묻는 인하에게 설명해 줄 새도 없이.

휠체어 바퀴를 천천히 끌었다. 엄마에게로 향했다. 꼭 그 모든 것이 언젠가 영화에서 보았던 한 장면처럼 느껴졌다. 온 세상이 내 바퀴가 굴러가는 속도에 맞추어 느릿하게 움직였다. 엄마에게 도착하자마자 엄마의 소매를 무작정 붙잡았다. 엄마에게도 별다른 말을 할 겨를 같은 건 없었다. 일단은 엄마를 붙잡아야 했다. 엄마는 나를 보고 눈을 크게 떴다. 아현아, 딸. 네가 왜 여기 있어. 왜 울고 있고? 대답도 하지 않고 울고만 있으니 엄마가 다시 말했다. 일단 집에 가 있어. 이따가 엄마도 갈 테니까.

"싫어. 나 엄마 옆에 있을래. 안 갈 거야."

억지로 엄마 옆자리를 비집고 들어가 섰다. 인하가 자연스럽게 내 옆에 다가와 자리를 잡고 섰다.

"인하야, 너는 집 가. 시간도 늦었잖아."

"아냐, 됐어. 나도 여기 있을게."

인하는 꼭 그곳이 자신의 자리라는 것처럼 내 옆에서 떠나지 않았다. 엄마만큼 나를 무조건적으로 생각해 주는 사람인 것만 같아 나는 인하의 손을 잡았다. 함께 시위하던 사람들이 자리를 비켜 주었다. 나는 엄마의 소매를 여전히 잡고 남은 한 손으로 눈물을 닦았다. 시야가 뿌옇게 번져 희뿌연 눈앞을 바라보니 새하얗던 민들레 홀씨가 생각났다. 어쩌면 내가 고작 민들레 홀씨 하나가 아닌 것 같았다. 민들레에 어쩌지 못하고 붙어 있던 홀씨인 나를 엄마가 어떻게든 불고 또 불어 주어 결국 싹을 내린 것이었다. 그러니 나는 아스팔트 바닥에 금을 가게 해서라도 그 자리에 굳건히 뿌리 내린 하나의 민들레였다. 엄마는 민들레 홀씨를 불어 준 사람이면서 그 옆에서 나를 단단히 지탱하고 있는 다른 민들레나 굳건한 돌이었다. 나라는 한 민들레 홀씨의 여정이 이어질 수 있었던 건 언제나 나 대신 싸워 온 엄마 덕분이었다고, 나는 그렇게 생각했다.

비좁은 틈에서 함성이 귓가에 시끄럽게 울렸다. 그 기세에 눌려 저절로 어깨가 움츠러들었다. 그러다가도 엄마를 바라보면 잔뜩 힘이 들어갔던 어깨에서 긴장이 풀렸다. 엄마는 한 손은 내 어깨 위에 올리고 나머지 한 손으로는 마이크를 쥔 채 소리치고 있었다. 사람들은 열차가 오기까지 기다리는 동안 플랫폼에 들어찼고 평소보다 느린 십 분 정도의 간격으로 열차에서 오르내렸다. 사람들이 우르르 몰리며 내 눈앞을 스쳐 지나갔다. 사람들의 시선은 흘겨보는 듯하기도, 그저 힐금대는 것 같기도, 힐끗 쳐다보고

마는 듯도 했다. 그저 날카롭게만 느껴지는 시선에 나도 모르게 다시금 몸이 움츠러들 때면 내 어깨 위에 얹어져 있는 엄마의 손을 바라보았다. 세월의 흔적으로 조금은 거칠게 옹이처럼 단단해진 손가락 마디마디와 굳은살, 투박한 나뭇결 같은 주름들. 마치 한 그루의 나무 같은 그 손에선 강인한 온기가 느껴졌다. 그리고 그건 지금껏 나를 지탱하던 힘이었다.

각자의 젤리

예일디자인고등학교 3
정윤희

코를 찌르는 이상한 냄새에 퍼뜩 눈을 떴다.

어디서 나는 냄새지? 숨을 한껏 참으며 주변을 살폈다. 딸기시럽 다섯 통을 엎지른 것처럼 눅눅하면서도 진한 단내가 바닥에서 스멀스멀 올라왔다. 무슨 일이 벌어진 것만 같은 불길한 예감을 지울 수가 없었다. 설마 언니가……? 기억을 곱씹어 보니 며칠 전부터 언니에게서 비슷한 단내가 나곤 했었다. 시큰하고 녹진한, 단내가…….

방문을 열자마자 발바닥에 와닿는 감촉에 온몸에 소름이 돋았다. 나를 더 놀라게 한 것은 거실에 펼쳐진 광경이었다. 마치 거대한 달팽이가 집안 곳곳을 돌아다닌 듯 끈적끈적한 액체가 사방에 묻어 있었다. 단내는 거기서 나는 것 같았다. 미끄럽고 끈적한 액체의 흔적은 주방을 지나 식탁 옆 의자 아래에서 끊겼다. 바닥에는 언니의 잠옷이 널브러져 있었고, 식탁 위에는 먹다 남은 미역국과 밥이, 근처에는 젓가락이 제멋대로 나뒹굴고 있었다. 숟가락을 찾으려고 의자를 밀어내는 순간, 물컹한 무언가가 내 어깨를 툭 쳤다. 깜짝 놀라 바닥에 주저앉았다. 그건 동그랗고 분홍색을 띤 호박 모양의 젤리였다.

나는 비명을 지르며 주저앉았다. 헐레벌떡 방을 나온 엄마가 바닥 꼴을 보고 이게 뭐냐며 물었다. 저기 좀 봐. 나는 젤리 속에 푹 파묻힌 언니의 핸드폰을 가리켰다. 며칠 전 취업 면접을 보았던 회사의 문자가 화면에 떠 있었다. 아쉽게도 면접에서 불합격 되었다는 문자였다. 여기 메모가 있어. 엄마가 미역국 속에 반쯤 잠겨 있는 노란 메모지를 꺼냈다. 다 번졌지만 "미안해. 당분간 나를 부탁."이라는 글이 적혀 있었다. 엄마, 이. 이게 언니인가 봐. 젤리를 가리키며 말했다. 엄마는 언니라는 말을 듣자 착잡한 표정을 지었다.

일단 바닥부터 닦아야겠어. 마른세수를 한 엄마는 한 손에 걸레를 들고 잠깐 들어가 있으라며 나를 방 안으로 떠밀었다. 나는 티슈를 잔뜩 뽑아 발바닥에 묻은 언니의 흔적들을 닦아 냈다. 으, 이놈의 젤리. 티슈를 돌돌 말아 놔두려니 또다시 손에 묻어 서너 번을 더 닦아 내야 했다. 이게 언니의 몸의 일부가 아니었으면. 문밖에서 엄마의 한숨 섞인 중얼거림이 들렸다.

"이번에는 꼭 붙을 거라고 좋아했는데……. 내가 너무 무심했나 봐."

나는 짜증을 내며 물었다.

"가게는 안 가?"

"이건 어쩌구."

엄마는 하루 쉬면 된다며 손가락 사이로 흘러내리는 젤리를 들어 올렸다. 생각보다 무게가 나가는지 엄마는 흡, 하고 잠시 숨을 참았다.

학교에 오자마자 1교시부터 교육 영상을 시청했다.

요즘 들어 사람들이 젤리로 변하는 건수가 급증하다 보니 정부에서 학생들의 조기 교육을 위해 아침마다 틀어 주라고 했다나. 티브이 화면 너머로 강사가 인사를 건넸다. 제대로 듣는 아이들은 없었다. 아침부터 이런 걸 틀어 놓으니 당연한 일이기도 했다.

"모 심리학자는 사람들이 젤리로 변하는 이유가 슬럼프나 우울증, 번아웃 같은 마음의 병으로 인한 삶의 목표 상실 때문이며, 심리적으로 무너졌을 때 젤리가 된다고 말했습니다. 모든 것을 놓아 풀어져 버린 형태가 바로 젤리인 것입니다. 학생 여러분! 여러분은 계속해서 목표를 향해 발에 불이 나도록 달려가야 합니다. 젤리가 되면 아무것도 할 수 없습니다. 주변 사람들에게는 그저 골칫덩어리일 뿐이죠. 그건 포기라고요!"

두 달 전에도 증권회사에서 일하던 김 모 씨가 사내 화장실에서 갑자기 젤리로 변해 버렸다는 뉴스를 본 적이 있다. 업무 스트레스로 인한 우울증 때문이었대, 그의 직장 동료들은 그에게서 단내가 나는 이유가 단순히 사탕을 매우 좋아해서인 줄 알았다고 대답했다. 그의 주변 어디에도 사탕의 흔적이 발견되지 않았는데 말이다.

화장실 벽에 더 이상 아무것도 하기 싫다고 휘갈겨 쓰여 있는 글씨를 클로즈업하며 뉴스가 끝났다. 당시엔 뉴스를 보고도 그냥 그런가 보다 했는데 언니도 같은 피해자가 된 것이다. 불합격 문자를 받고 젤리로 변한 언니도 화장실에 낙서를 휘갈긴 그 남자와 같은 마음이었을까.

꾸벅꾸벅 졸고 있던 내 앞으로 작은 쪽지가 밀려왔다. 고개를 들어 보니 진이었다. 저 강사 말을 되게 이상하게 하네. 나는 어깨

너머로 슬쩍 진을 보았다. 진은 언제나처럼 문제집을 풀고 있었다. 나는 답장을 적고는 종이를 작게 접어 진의 책상 위를 겨냥해 날렸다. 저런 것도 교육 영상이라고. 내 답장을 읽었는지 진의 어깨가 작게 들썩거렸다.

영상이 끝나자 담임이 종이 묶음을 들고 교실 안으로 들어왔다. 얘들아, 중간고사 성적표 나왔다. 나와서 자기 성적표 찾아가. 성적을 확인한 아이들의 표정은 가지각색이었다. 다들 울상을 짓거나 웃거나, 가끔 화도 냈다. 진의 얼굴도 잠깐 굳었다가 다시 펴지기를 반복했다. 그래도 진이라면 괜찮을 것이다. 진과 알고 지낸 지는 고작 1년밖에 안 되지만, 아이들이 소곤거리는 소리를 자주 듣다 보니 친해지기 전부터 진에 대해 어느 정도 알고는 있었다. 엄마가 명문 대학교수인 데다 집도 꽤 잘사는 진은 학교에서나 전국에서나 매번 상위권 안에 드는 성적을 받았다. 진과 달리 공부에 관심이 없는 나는 성적표를 봐도 담담했다. 엄마가 성적을 가지고 뭐라고 하지도 않았다.

진과 나는 점심을 먹고 나서 계단에 앉아 대화를 나눴다. 2층과 3층 사이의 계단에 걸터앉아 20여 분 정도 나누는 말들. 우리는 이 대화를 고민 상담이라고 불렀다. 진과 가까워지게 된 것도 고민 상담 덕분이었다. 1학기 때보다 평균이 2점이나 내려갔어. 엄마가 이번에는 꼭 올라야 된다고 했는데. 그렇구나. 나는 오늘 아침에 언니가 젤리로 변했어. 평소에도 워낙 말수가 없어서 일찌감치 눈치채지 못했어. 그랬구나. 남들이 보면 이게 뭐냐 싶을 정도로 맥락도 없고 해결 방안도 없는 대화이지만, 서로의 고민을 아무렇지 않게 들어주고 넘어가 주는 벽이 되어 주는 게 작년부터 이어져 온 우리만의 고민 상담 방식이었다.

한숨을 쉬던 진이 내게 대뜸 작은 봉지를 건넸다. 구미 베어 젤리였다. 아빠가 이번 독일 출장에 갔다가 사 오셨어. 새로 출시된 맛이래. 구미 베어는 라임이나 레몬 맛인지 녹색과 노란색으로 채워져 있었다. 나는 봉지를 뜯어 노란색 구미 베어 하나를 집어 들었다. 구미 베어는 달콤한 냄새를 풍겼다. 색은 노란색인데 냄새는 오렌지 첨가물 같은 냄새가 났다. 손가락에 힘을 주어 누를 때마다 표면으로 느껴지는 물컹한 느낌과 달콤한 냄새가 자꾸만 젤리로 변한 언니를 떠올리게 했다.

아니야. 언니는 잊어버리자. 나는 머리를 흔들었다. 구미 베어를 입안에 넣고 질끈 씹자 예상과는 다르게 신맛과 쌉쌀한 맛이 오묘하게 섞여 입안을 가득 에워쌌다. 나는 미간을 찌푸렸다. 숨을 내쉴 때마다 신 냄새가 났다. 점점 씹는 속도가 느려지다가 끝내는 잘게 부수지도 못한 상태로 꿀꺽 삼켜 버렸다. 이거 잠 깨려고 먹는 거야? 나는 아직 젤리가 가득 든 봉지를 노려보았다. 맛없어? 나는 맛있던데……. 진은 의아하다는 표정을 지으며 구미 베어 네 개를 한꺼번에 집어 먹었다. 여러 개의 젤리들이 진의 입안에서 질겅질겅 씹히는 소리가 작게 들렸다. 나는 사람마다 취향이 다른 것이라고 얘기하며 구미 베어를 코 가까이에 가져가 냄새를 맡았다. 이상했다. 구미 베어에서는 아무런 향도 나지 않았다. 굳이 난다면 쌉쌀한 레몬 향이 전부였다.

그만 들어가자. 진이 남은 구미 베어를 모조리 입에 털어 넣고 벌떡 일어나 내 팔을 잡아끌었다. 순간, 진한 단내가 훅 끼쳐 와 나도 모르게 숨을 참았다. 오렌지 첨가물보다 더 진한, 마치 오렌지 잼 같은 냄새였다. 오늘 급식에 이런 냄새가 나는 반찬은 없었는데? 나는 계단을 올라가며 진의 뒷모습을 멍하니 바라보았다.

"잠깐만 진아. 너한테서 단내가 나."

무심코 튀어나온 말에 진이 걸음을 멈추고 옷소매를 끌어 냄새를 맡았다. 그럴 리가. 진은 미소를 지으며 단호하게 부정했다. 나는 다시 숨을 들이마셨다. 그러자 이상하게도 더는 단내가 나지 않았다.

이번 주는 내가 청소 당번이었다.

교실 문을 잠그고 나오자 복도에서 진이 나를 기다리고 있었다. 너 학원 가야 되지 않아? 내가 물었다. 안 가도 돼. 전에 갔던 분식집이나 또 가자. 진이 들뜬 목소리로 말했다. 어째서일까. 신난 진과 달리 나는 약간 불안한 기분이 들었다. 아니나 다를까. 우리의 발걸음은 후문에 다다르기도 전에 막혀 버렸다.

후문 근처 도로가에 주차된 차 문이 벌컥 열리며 진의 엄마가 나왔다. 1학년 졸업식 이후 두 번째로 보는 것이었다. 또각또각 구두 소리가 운동화 두 켤레 앞에 차분히 멈춰 섰다. 오늘은 엄마가 데리러 왔어. 잠깐의 정적이 흐른 후에야 나는 뒤늦게 인사를 했다. 아, 안녕하세요. 진의 엄마는 나를 힐긋 보다 진에게 눈을 돌리더니 따뜻한 미소를 지었다.

"또 학원에 안 가려고 한 거니?"

따뜻한 미소 사이로 몸이 굳어 버릴 정도로 차가운 냉기가 뿜어져 나왔다. 진은 입을 꾹 다물고 바닥을 내려다보았다. 더불어 나까지 긴장이 되었다. 진의 엄마는 대뜸 손을 들어 나를 가리켰다. 너지? 네가 꼬드긴 거지? 나는 마치 큰 죄라도 지은 듯 쉽사리 입을 떼지 못했다. 내 딸은 엄마한테 거짓말까지 해 가면서 마음대로 학원을 빼먹는 애가 아니거든. 거짓말로 학원을 빼먹다니,

그건 나도 모르는 사실이었다. 지난주 목요일, 진은 분명 학원이 쉬는 날이라고 말했다. 매일 가는 학원이 오늘만 쉰다니. 의아했지만 진과 시간을 보낼 수 있어서 별다른 의심을 하지 않았는데, 그게 거짓말이었다고? 나는 혼란스러움에 진 쪽으로 고개를 돌렸다. 진의 눈은 위태롭게 흔들리고 있었다.

진아. 차분한 부름에 떨림이 멈추었다. 어디선가 은근한 단내가 나기 시작했다. 얘도 같은 학원에 다니니? 진은 고개를 저었다. 진이 다니는 학원은 비싼 학원비와 더불어 공부 수준이 높기로 유명해 다니고 싶어도 다니지 못하는 학원이었다. 빨리 대답해. 진의 엄마가 재촉했다. 그냥 학교 친구예요. 진이 작은 목소리로 대답했다. 진의 엄마는 더 이상 아무 말도 하지 않고 뒤를 돌아 차로 향했다. 그게 뭔가의 의미가 담긴 행동인 듯 진은 나를 향해 어쩔 줄 모르는 표정으로 미안하다고 짧게 말하고는 빠르게 뒤를 따라갔다. 곧바로 시동이 걸린 차가 매캐한 연기와 먼지, 단내를 풍기며 내 시선에서 사라졌다. 결국 나 혼자 떡볶이 2인분이 든 봉지를 들고 집으로 향했다.

커튼이 활짝 펼쳐진 창문 아래 의자 하나가 놓여 있었다.

그곳에는 수건을 덮은 언니가 여생을 다 보낸 노인처럼 축 늘어져 있었다. 노을빛이 창 안으로 들어와 언니의 말랑한 몸에 부드럽게 닿았다. 햇빛이 닿은 부분의 젤리가 투명하게 반사되어 보였다. 언니가 예쁜 색을 가지고 있다는 생각이 들었다. 엄마, 언니 뭐 하는 거야? 나는 가방을 내려놓고 엄마에게 봉지를 내밀었다. 엄마는 내 손에서 봉지를 빼내 부엌으로 가져가며 말했다. 하루 종일 햇볕 쬐게 해 줬어. 분무기로 가끔 물도 뿌려 주고. 의자의 왼쪽 아래에 작은 분무기가 놓여 있었다. 그런 건 식물한테 하는 거 아냐? 내가 교복을 갈아입는 사이 엄마는 떡볶이를 그릇에 담아 식탁 위에 올려놓았다. 사람도 가끔 식물처럼 지내야 한다더라. 늦었지만 지금이라도 많이 신경 써 줘야지. 늦어도 식물처럼 지내야 한다는 엄마의 말을 곱씹었다. 그치. 젤리나 식물이나 움직이지 않는 건 다름이 없으니까. 그런데, 엄마. 젤리도 식물처럼 물을 주면 자라나? 옅은 가시 같은 질문이 목 안까지 차올랐지만, 내가 사 온 떡볶이를 꺼내는 엄마의 모습에 나도 식탁으로 걸음을 옮겼다.

나와 엄마는 언니가 놓인 의자를 끌어와 근처에 두고 떡볶이를 먹었다. 이따금씩 나는 떡볶이 떡을 들어 올려 너머에 있는 언니와 번갈아 보았다. 떡볶이. 어릴 때부터 편식이 심하던 내가 유일하게 잘 먹는 음식이었고, 매운 걸 별로 좋아하지 않는 언니가 유일하게 나와 같이 먹던 음식이었다. 엄마가 장사를 하러 나가고 우리 둘만 남으면 항상 메뉴는 떡볶이였다. 내가 익숙하게 2인분을 사 버린 것도 언니 때문이었다. 취업 준비 때문에 매시간 날이 서 있어도 떡볶이를 먹을 때만큼은 편해 보여서 좋았는데, 지금은 같이 먹지도 못하고. 나는 아쉬움에 조용히 중얼거렸다. 이제는 떡볶이를 같이 먹는 것도 아니고, 그냥 떡 같은 존재가 되어 버렸다니.

"누가 그러데. 젤리가 되는 건 자기 의지라고."

문득 교육 영상에서 강사가 한 말이 떠올랐다. 젤리가 되면 아무것도 하지 못하는데 왜 젤리로 변한 걸까. 그러자 엄마가 입을 우물거리며 대답했다. 말할 때마다 쫀득한 떡이 이에 달라붙어 쩍, 쩍, 하는 소리가 났다. 왜긴, 아무것도 하고 싶지 않아서 변했겠지. 편하게 지내고 싶어서. 당분간 네 언니는 젤리인 거야. 떡볶이를 먹는 엄마의 모습을 바라보다가 떡으로 시선을 옮겼다. 아무리 엄마가 무심하더라도 벌어진 일에 비해 너무 담담하게 말하는 게 아닌가 싶었다. 그러나 엄마는 내가 집에 오기 전 내 모든 생각을 행동으로 옮긴 뒤였다. 내가 등교하고 난 후 집에 있는 젤리를 돌보는 건 오로지 엄마의 몫이 됐는데, 바닥에 조금씩 흘러내리는 젤리 덩어리가 생각보다 끈적여 얼룩을 지우기 힘들었다고 말했다. 오늘 하루 인터넷도 많이 뒤져 보면서 해결책도 찾아보고, 골칫덩어리라고 해서 미안하다고 사과도 해 보고. 혹시 깨물면 놀라서 돌아오지 않을까 생각을 하다가, 젤리가 입안으로 들어가면 어떤 맛이 날지 몰라서 포기했다고도 했다. 병원 가 볼까 했는데, 검색해 보니까 입원을 해도 스스로 돌아올 때까지 지켜볼 수밖에 없대. 그리고 병원 가도, 좋은 시선은……. 엄마는 말끝을 흐리더니 입안에 떡볶이를 욱여넣었다. 또다시 그 교육 영상이 떠올랐다. 사회의 골칫덩어리……. 아마도 언니가 병원에 가게 되면 받게 될 그런 시선의 종류를 생각했다.

참, 오늘 있었던 일인데. 나는 엄마에게 아까 진과 진의 엄마를 만났던 일을 얘기했다. 진의 엄마가 어떤 말을 했고, 진이 어떤 표정으로 미안하다는 말을 했는지. 묵묵히 떡볶이 2인분을 포장해야 했던 기분은 말하지 않았다. 내 이야기를 다 듣고 난 후, 엄마는 어깨를 으쓱했다. 마치 그런 상황을 많이 겪어 봤다는 듯한 제스처였다. 명문대 교수라며? 웃겨, 자기처럼 키우고 싶은가 보지. 근데 왜 우리 애한테 잔소리야. 신경 쓰지 마. 그런 부모들 많아. 엄마는 마지막 떡볶이를 냉큼 해치우고는 그릇을 들고 일어났다.

"장사를 하다 보면 말이야. 별별 일들을 다 겪게 되거든? 이상한 사람들도 많고. 그러려니 하는 게 좋아. 그게 정신 건강에 이롭거든. 응? 우리 딸, 신경 쓰지 마."

신경 쓰지 마. 엄마가 습관처럼 뱉었다.

나는 마음속으로 그 말을 곱씹었다. 의자에 흐물흐물한 형태로 축 늘어진 언니가 보였다. 노을빛에서 벗어나서인지 아까의 예쁜 색은 온데간데없이 혼탁한 색감만 자리 잡고 있었다. 하지만 어딘지 모르게 여유가 느껴지는 모습이었다.

엄마와 나는 언니를 식물처럼 보살폈다.

햇빛이 좋은 날에는 창가에 있게 해 주고, 가끔 표면이 마른다 싶을 때는 물을 뿌려 주고, 끈적끈적한 것이 묻어 나오면 물티슈로 닦아 주었다. 일주일이 지나도록 언니는 여전히 젤리였다. 엄마가 관련 블로그를 찾아보니 일주일 만에 본 모습으로 돌아오는 건 너무 이른 거라고 했단다. 조금 더 시간이 지나도 정성스럽게 가꾸어 주면 그렇게 긴 시간은 아닐 거라고. 좀 더 느긋하게 기다리자. 겨울방학 때 오래간만에 가족 여행이라도 갈까? 엄마가 분무기로 언니에게 물을 뿌리며 말했다. 그 말에 반응이라도 하듯, 젤리의 표면이 빛을 받아 더욱 윤기 있게 빛났다. 웬일로 여행이래, 일만 하던 사람이. 이런 엄마의 갑작스러운 변화가 조금 어색했지만, 그렇다고 나쁘지도 않았다.

학교 앞에서 그 일이 있고 나서도 나와 진은 여전히 친구였다. 진은 내게 거짓말했던 것을 사과했다. 학원에 가는 게 너무 싫어서 그랬다고. 그날 그런 일을 당하게 한 건 정말 미안하다고. 진의 말을 가만히 듣고 있다가 고개를 끄덕였다. 그날 진의 엄마가 한 말이 어떤 말인지 알아채지 못할 정도로 나는 둔한 사람이니까.

다만 앞으로 엄마가 학교 끝나고 매일 데리러 오겠다고 했으니 예전처럼 같이 하교는 못 할 것 같다고 말했다. 괜찮아. 나는 진의 거짓말까지 모두 묻어 버렸다.

지난번에 봤던 교육 영상은 아이들뿐만 아니라 선생님들 사이에서도 반응이 엇갈리는 모양이었다. 그도 그럴 것이 학생들 앞에서 저렇게 편향된 영상을 틀어 줘도 되는 거냐며 대놓고 말할 정도였으니까. 결국 돌아온 금요일, 영상에 나온 건 전에 봤던 사람이 아닌 다른 강사였다. 눈매가 축 처진 강사는 연륜 있는 미소를 지으며 입을 열었다. 나긋나긋한 목소리였다.

"젤리로 변했다고 해서 골칫덩어리라고 불리는 등 비판의 대상이 될 수는 없습니다. 그것은 우리 사회의 잘못된 시선입니다. 인간은 작은 것에도 무너지는 약한 존재입니다. 때문에 스스로 사람으로 돌아올 의지가 생길 때까지 주변에서 계속 신경 써 주고 돌봐 주어야 합니다."

돌아올 의지가 생길 때까지 돌봐 주어야 합니다. 그 말이 녹은 버터처럼 진득하게 귓가에 달라붙었다. 30분쯤 지나자 진이 문제집을 덮고 책상 위에 엎드렸다. 나는 핸드폰을 켰다. 언젠가 진이 공유해 달라고 부탁했던 음악 파일이 생각나서였다. 진의 핸드폰이 내가 보낸 공유 알람으로 반짝였다. 동시에 또 다른 알람이 울렸다. 진은 힘없이 핸드폰을 들어 화면을 톡톡 두드리더니 다시 내려놓았다. 나는 채팅을 확인했다. 1은 그대로였다. 내 것을 확인한 게 아니었다. 나는 진이 어서 내가 보낸 음악 파일을 확인해 주길 바랐다. 그러나 진은 엎드린 채 다음 수업 시간이 될 때까지 꿈쩍도 하지 않았다.

"어제 많이 혼났어. 엄마가 이제 너랑 다니지 말래. 엄마한테는 나밖에 없고, 곧 3학년이 될 텐데 괜한 시간 낭비하지 말라고. 나도 싫었어. 싫다고 말하고 싶은데, 할 수가 없었어. 날 보는 엄마 눈이 너무 무서워서."

오늘은 고민 상담이라기보다는 고해성사 같았다. 진은 꼭 내게 용서를 구하는 것처럼 눈조차 마주치지 않고 조용히 손가락만 꼼지락거렸다. 나는 묵묵히 듣기만 했다. 혹시 진의 엄마가 진의 핸드폰까지 감시하는 게 아닌지 의문이 들었다. 더불어 그날 서늘한 진의 엄마의 목소리가 환청처럼 들려오는 것도 같았다. 얘도 같은 학원에 다니니? 얼음장 같은 목소리가 다시 떠올라 작게 몸서리쳤다. 만약 내가 보낸 음악 파일이 그날처럼 진의 발목을 잡게 된다면, 차라리 지금 지워 버리라고 말할까? 나는 입을 열었다. 말하면 된다. 진, 널 돕고 싶어. 넌 내 친구고, 난 네 친구니까.

"그렇구나."

그러나 나는 끝내 말하지 않았다. 진의 다음 말에 말문이 막혔기 때문이었다.

"그런데도 난 우리 엄마처럼 되고 싶어."

그래서 쉬고 싶어도 쉴 수가 없어.

교실로 돌아온 나는 생각에 잠겼다. 어쩌면 내 존재가 진에게는 골칫덩어리일지도 모른다고 생각했다. 그렇다면 진과 거리를 두어야 할까. 그게 진의 엄마가 원하는 거고, 나 역시 누군가의 골칫덩어리가 되고 싶진 않았다.

얼마 뒤 2학기 기말고사를 끝마쳤다. 겨울방학이 오기 전에 자리를 바꾸자는 반 아이들의 성화에 나와 진은 서로 대각선의 거리까지 멀어졌다. 언제부턴가 진은 나와 더 이상 실없는 얘기를 하거나 장난을 치지 않았다. 대신 진의 책상 위에는 못 보던 문제집 두 개가 더 늘어나 있었다. 문제집을 풀고 나면 진은 바로 책상에 엎드려 잠을 잤고, 점심을 먹고 나서도 바로 교실로 올라왔다. 나는 이젠 고민 상담도 하지 않는 거냐고 말을 하려다 도로 삼켜 버렸다. 생각해 보니 맨 처음 내게 말을 건 것도, 대화를 시작하는 것도 모두 진이었다. 이제 진의 몸에서는 하루도 빠짐없이 단내가 났다. 그러나 나는 이젠 진에게 벽도 되어 주지 못하는 존재일 뿐이었다.

진에게 말하지 못한 것들은 엄마에게 하소연했다. 요즘 들어 엄마는 내 얘기도 잘 들어주려 노력하는 중이었다. 언니가 그렇게 되고 나서부터였나. 원래는 장사가 아니면 가족을 거들떠보지도 않던 사람이, 조금씩 가족을 챙기기 시작한 것이다. 무슨 바람이라도 분 거야, 엄마? 내 말에 엄마는 설거지를 하다 말고 잠시 뜸을 들였다. 그릇이 달그락거리는 소리가 적나라하게 들려왔다. 아니, 그냥. 지금까지 못 한 게 많다는 생각이 들어서. 우리 가족은 나의 방학 때에 맞추어 휴가를 떠나기로 했다. 엄마의 가게 앞에도 잠시 동안 휴가 딱지가 붙을 거였다. 남이 아닌 가족에 대한 노력. 실제로 우리는 조금씩 좋아지고 있었다. 모두가 각자의 자리에서 조금 더 노력하고 있었으니까.

단내가, 연기처럼 풀풀 나는 것 같아. 내가 말했다. 엄마는 진의 이야기를 듣고 곰곰이 생각하다 이내 한마디를 툭 내뱉었다. 그릇이 달그락거리는 소리가 크게 들려왔다. 위태로운 상태겠지. 그 왜, 폭탄 심지에 불이 붙으면 연기가 나잖아? 연기가 난다는 건 곧 폭발한다는 신호니까. 그런 데 너무 깊게 관여하지는 마. 그런 일은 깊게 관여한다고 해서 해결되는 문제가 아니야. 달그락거리는 소리가 멈췄다. 엄마가 고무장갑을 벗고 다시 분무기를 들었다. 햇볕을 쬐며 요양하고 있는 언니에게로 가 분사하자 언니는 이슬을 머금은 식물처럼 반짝반짝 빛이 났다. 우리 가족은 노력하고 있었다. 언니가 젤리로 변해 버린 후로, 각자의 자리에서 계속. 엄마는 물을 뿌리고, 나는 이따금씩 언니가 바닥에 흘린 젤라틴 덩어리를 수거하는 방식으로. 젤리의 크기가 조금씩 작아지고 있었다. 이대로만 쭉 간다면 언니가 금방 다시 돌아올 수도 있다는 생각이 들었다.

그런데 진은 어떻게 하지? 진의 엄마에게 알려 줘야 하는 게 아닌가. 조만간 진이 젤리가 될지도 모른다고. 나는 망설이다 진에게 전화를 걸었다. 전화를 받은 건 진의 엄마였다. 진은 공부 중이야. 나는 어쩐지 진의 엄마가 조금 무서워 천천히 숨을 가다듬고 말했다. 저, 진한테서 단내가 많이 나요. 그래서? 곧 젤리가 될지도 몰라요. 그러자 진의 엄마는 코웃음 치며 말했다. 그걸 네가 왜 신경 쓰니? 내 딸은 내가 가장 잘 알아. 절대 그럴 일 없으니까 앞으로 전화하지 마. 나는 전화가 끊어진 다음 한참 동안 핸드폰을 바라보았다. 다음 날 나는 진에게 다가가지 못했다. 대각선은 우리가 모르는 새에 보이는 것보다 훨씬 더 멀리 벌어져 있는 것 같았고, 같이 어울리지 말라는 말이 넘을 수 없는 벽처럼 느껴졌기 때문이었다. 가끔 엎드려 자고 있는 진을 바라보았지만, 후문에서 진을 기다리고 있을 진의 엄마의 모습이 잔상처럼 아른거려 고개를 돌려 버렸다. 신경 쓰지 말라는 엄마의 말이 자꾸만 귓가에 맴돌았다.

겨울방학이 되자 엄마는 약속대로 여행 일정을 짰다.

여행을 떠나기 전 온라인 쇼핑몰 사이트에서 반려동물용 캐리어를 주문했다. 모양이 꼭 맞춤 우주선 같기도 하고, 우주복, 우주헬멧, 아무튼 우주에 관련된 물건처럼 생긴 게 제법 웃겨 내가 실실 웃자 엄마가 웃지 말라며 팔을 찰싹 때렸다. 크기는 작아도 네 언니 꽤 무겁다. 엄마가 작게 속삭이며 덧붙이기를, 겨우 20센티미터 정도밖에 안 되면서 무게는 1.5리터 생수병 2개 같아서 계속 안고 걸어 다니기는 힘들 거라고.

나와 엄마는 전에 언니가 취직하면 다 같이 바다를 보러 가자던 말을 떠올려 부산을 시작으로 국내의 여러 바다를 보러 다녔다. 캐리어는 생각보다 아주 편리했다. 돌부리에 걸려 덜컹거리지 않도록 끈으로 고정도 시켜 놨다. 다만 지금 바다를 보고 있는 게 언니의 얼굴인지 아니면 엉덩이인지 우리로썬 구분을 할 수 없다는 게 문제여서, 이따금씩 언니를 꺼내 두꺼운 담요로 감싸 교대로 안고 다녀야 했다. 길거리를 걸어 다니며 언니가 젤리임을 알아보는 사람들의 시선이 적잖이 느껴졌다. 하나같이 언니를 한 집 안의 골칫덩어리로 보는 통에 괜히 나까지 어깨가 움츠러들어 가방 끈을 꽉 쥐었다. 그럴 때마다 엄마는 너까지 그러면 언니가 더 우울해할 거 아니냐며 어깨를 펴라고 했다. 어차피 남의 시선이잖아. 우리 가족이 그렇다는데, 너희들이 왜 신경을 써?

바람이 불지 않을 때면 셋이서 바다를 배경으로 사진을 찍었다. 그러다 갑자기 바람이 불면 춥다고 움츠러드는 엄마의 어깨와 휘날리는 녹색 스카프를 찍고, 파도를 보려다 도리어 파도가 날 쫓아와 내가 도망가다 넘어지는 모습을 찍고. 때때로 시선 따위는 신경 끄고 언니를 머리 위로 번쩍 들어 올리기도 했다. 그러자 엄마가 자지러지게 웃으며 옛날에 언니가 내게 자주 하던 행동이라고 말해 주었다.

방학이 거의 다 끝나 갈 무렵에야 진에게서 연락이 왔다. 스피커 너머로 들리는 차분한 목소리에 나는 순간 진의 엄마가 전화를 대신 건 줄 알았다. 진은 원하던 대로 자신의 엄마와 착실하게 닮아 가고 있는 것 같았다. 안녕. 나는 어색하게 인사를 건넸다. 짧은 인사를 주고받은 후에 진은 갑자기 고민 상담을 하자고 했다. 알겠어. 나는 잠시 머뭇거리다 대답했다. 진도 나처럼 잠시 머뭇거렸다. 엄마가 나한테서 단내가 너무 심하게 난대. 그래서 요즘은 학원 말고는 밖으로 자주 안 나가. 핸드폰도 자주 못 쓰고. 다 날 위해서래. 그렇구나. 우리 언니는 아직도 젤리야. 그래도 계속 돌봐주고 있어. 엄마가 그러는데 어제 언니가 조금 꿈틀거렸대. 그게 좋은 신호라고 하더라. 그렇구나. 나는 고민 상담을 할수록 진의 목소리가 점점 풀려 가고 있다는 걸 느꼈다. 오랜만에 벽이 되어 주었다는 기분이 들어 다행이라고 생각했다.

개학 날에도 졸업식 날에도, 진은 학교에 나오지 않았다. 질병 결석이라고 했다. 토요일 저녁쯤에야 진에게서 만나자는 문자가 왔다. 환한 전봇대 불빛 아래 서 있는 진에게서 코를 찌를 정도의 단내가 났다. 진은 두툼한 패딩만큼 두툼한 가방을 메고 있었다. 토요일에도 학원을 간다 했으니 안에는 아마 학원 숙제와 문제집이 가득 들어 있을 터였다. 늦은 시간도 아닌데 분식집 안은 유독 사람이 없었다. 우리는 오랜만에 마주 앉아 떡볶이를 먹었다. 나는 방학 동안 다녔던 여행지들에 대해 얘기했다. 진은 전에 내가 보냈던 음악 파일을 엄마 몰래 매일 밤 듣고 있다고 얘기했다. 네가 있어서 다행이야. 진이 싱긋 미소를 지었다. 한결 편해 보이는 듯한 느낌에 나도 미소를 지었다. 7시쯤 되었을 때 진의 핸드폰

진동이 울렸다. 진은 잠깐 움찔하더니 핸드폰을 겉옷 주머니 속에 쑤셔 넣어 버렸다.

"안 받을 거야. 지금 이 시간이 너무 좋아서, 방해받기 싫거든."

진은 의미심장한 말을 했다. 그러나 목소리에는 힘이 담겨 있었다. 나는 진의 태도가 조금 이상하다고 느꼈다. 꼭 떡볶이가 마지막 식사인 것처럼 아주 천천히 씹어 넘겼고, 또 평소보다 더 많은 양을 먹었다. 더군다나 진의 몸이 마치 젤리의 표면처럼 매끈하게 보여 더욱 신경이 쓰였다. 마치 뼈가 하나도 존재하지 않는, 젤라틴을 가득 넣은 살덩어리 같은 모양새였다. 진의 핸드폰이 끊겼다가 다시 울리기를 반복했다. 진동이 마지막으로 끊기자 갑자기 분식집이 고요해졌다. 아, 맛있다. 진이 말했다. 배가 부른 듯 뱃가죽을 통통거리며 기분 좋게 웃어 보이기까지 했다. 왜인지 모르게 진이 낯설었다. 나는 어색하게 물을 마시다 화장실에 다녀오겠다고 했다. 진은 말없이 그저 미소만 지을 뿐이었다.

자리로 돌아왔을 때 진은 사라지고 없었다. 우리의 자리는 마치 작은 화산이 폭발해 용암이 흘러내린 것처럼 끈적끈적한 것들로 뒤덮여 있었다. 나는 조심스럽게 진의 자리로 다가갔다. 의자 위에 포개진 옷들 사이로 주황빛을 띤 동그란 모양의 젤리가 뜨끈뜨끈한 열기를 뿜어내고 있었다. 직감적으로 그것이 진이라는 걸 알았다. 어떡하지. 나는 잠시 머뭇거리다 주위를 둘러보았다. 다행히 분식집 아주머니도 보이지 않았다. 일단 나가야겠어. 바닥에 떨어진 진의 핸드폰이 시끄러웠다. 핸드폰을 집어 들자 스피커 너머로 진의 엄마가 소리를 질렀다.

"너 어디야. 학원에서 전화 왔어. 여태 잘 해 왔으면서 갑자기 왜 반항이야!"

나는 황급히 통화 종료를 연달아 눌렀다. 저런 말을 더 들었다가는 진이 영영 사람으로 돌아오지 않을지도 모른다는 생각이 들어서였다. 나는 지갑에서 돈을 꺼내 떡볶이값을 계산대에 올려 두고 가방 속에 진의 옷들을 쑤셔 넣었다. 그리고 젤리가 된 진을 안은 채로 조용히 가게 안을 빠져나왔다. 어디로든 사람들의 시선이 없는 곳으로 가야 했다. 그러나 나는 얼마 못 가 자리에 주저앉았다. 젤리로 변한 진도 그렇지만 어깨에 멘 진의 가방이 너무 무거워서였다. 진과 진의 가방을 끌고 간신히 도착한 곳은 근처 놀이터였다. 나는 무릎 위에 진을 올려놓은 뒤 조심스럽게 쓰다듬었다. 방금 막 변해서 그런지 표면은 점액이 배어 나오듯 끈적거렸지만 무척 따뜻했다. 품에 꼭 끌어안자 작지만 심장박동이 느껴지기도 했다. 주머니 속에 넣어 뒀던 진의 핸드폰이 울렸다. 진의 엄마가 아까보다는 진정된 목소리로 혼내지 않을 테니 어디냐고 물었다. 학교 근처 놀이터에 있어요……. 말이 끝나기도 전에 통화가 끊겼다.

바람에 아직 녹지 않은 눈이 사락거리며 내 몸을 스쳤다. 나는 멍하니 진을 내려다보았다. 뭔가를 놓친 걸까 싶어 잠깐의 상황과 진의 말들을 떠올려 보았지만 어떤 것도 맞는 이유가 되진 않았다. 지금이 제일 좋다면서 어째서 젤리가 된 걸까. 내가 알지 못하는, 진이 내게 알려 주지 않은 일들이 그 이유일까. 그러다 문득 진을 붙잡고 물어보고 싶어졌다. 내가 조금 더 일찍 알아차리고 너를 잡고 늘어졌으면, 지금쯤 젤리가 되지 않았을까 하고. 네가 그렇게 닮고 싶다던 너의 엄마 말고, 내가 너를 조금 더 보살펴 줬어야 하는 거였을까.

가슴에 물이 잔뜩 차오르는 느낌이 들어 자리에서 일어났다.

떡볶이를 먹은 게 체한 건가 하는 생각이 들었다. 잠시 동안 젤리가 된 진을 곁에 두고 같은 자리를 뱅뱅 돌다가 다시 자리에 앉았다. 진을 보았다. 날씨가 쌀쌀해서 그런지 따뜻했던 열기가 조금씩 식어 가고 있었다. 보고 있으니 집에 있는 언니가 생각이 났다. 조금씩 바닥에 스며들던 젤리 덩어리도. 큰 몸체에 분무기로 물을 뿌리던 엄마도. 갑자기 그런 것들이 스쳐 지나가니 나 스스로도 무엇이 진을 위한 것인지 알 수 없어져서 바닥에 주저앉았다. 아무리 무언가를 해도 너를 위할 수 없다. 나는 남이니까. 우린 결국 각자이니까. 마음은 가벼워지지도 편해지지도 않았다. 그렇다고 무겁지도 않았다. 딱 우리가 나눠 먹었던 젤리만큼의 무게였다.

엄마에게 전화를 걸었다. 근처 놀이터로 나를 데리러 나올 수 있겠냐고 물었고, 엄마는 흔쾌히 승낙했다.

얼마 지나지 않아 차 두 대가 거의 동시에 놀이터 앞에 도착했다. 먼저 문을 열고 나온 엄마가 내게 달려왔다. 진의 엄마는 진을 찾으며 두리번거리다 나를 보았다. 나 역시 진의 엄마를 보았다. 또 잠깐의 정적이 흘렀다. 젤리가 되기 전 진에게서 보였던 느낌이 그대로 났다. 나는 그네에서 일어나 진의 엄마에게 다가가 진을 내밀었다. 진이에요. 당혹스러워하는 얼굴을 보며 무슨 말을 할까 생각하다,

"잘 돌봐 주세요."

쌀쌀맞게 말하고는 그녀를 지나쳐 차로 향했다. 뒷좌석 차 문을 열자 담요에 쌓인 언니가 옆자리에 놓여 있었다. 탁한 색이지만 그래도 크기가 많이 작아진 것도 같았다. 조금씩 움직이고 있는 것 같다는 생각이 들기도 했는데, 정말로 언니는 조금씩 꿈틀

거리고 있었다. 심장이 뛰는 것처럼 말이다. 나는 언니를 꼭 끌어 안았다. 따뜻하고 말랑말랑했다. 무슨 일인데? 엄마의 물음에 나는 안전벨트를 매며 고개를 저었다.

아침 교육 방송에서 들었던 말이 생각났다. 인간은 작은 것에도 무너지는 약한 존재입니다. 때문에 스스로 사람으로 돌아올 의지가 생길 때까지 주변에서 계속 신경 써 주고 돌봐 주어야 합니다. 그렇지만 말이야.

이제는 그렇게 말하고 싶었다. 내가 아무리 진에 대해 생각해도, 우리는 그 어떤 문제도 해결할 수 없다고. 특히 타인의 문제일수록.

"신경 쓰지 마."

각자의 문제니까, 일일이 신경 써 줄 필요가 없는 거라고.

Wiki

안양예술고등학교 3
태수인

박민지. 위키 사이트에 들어가 내 이름을 검색하자 동명이인의 정보가 저장된 파일 189건이 내 시야에 들어왔다. 그 사람들 사이에서 내 항목을 발견하고 나서야 나는 마우스 스크롤을 내리던 손가락을 멈췄다. '1. 개요' 항목에는 나에 대한 간략한 정보들이 적혀 있었다. '2. 생애'라고 적힌 부분에는 생년월일과 출생지, 졸업한 학교와 다니고 있는 학교, 가족 관계 등의 기본 정보가 보였다. 나는 바뀌지 않은 항목들 사이에서 '논란 및 사건 사고'가 새로 추가되지는 않았는지 확인했다. 학원이 끝나고 집에 돌아오면 빼놓지 않고 하는 일과 중 하나였다. 다행스럽게도 아직 새로 생긴 항목이 보이지 않았기에 나는 안도의 한숨을 내쉬며 노트북 화면을 닫았다.

나는 인플루언서도 연예인도 아닌 그저 평범한 학생이다. 그럼에도 위키 사이트에는 내 이름, '박민지'로 된 항목이 개설되어 있다. 물론 나만 그런 건 아니다. 동명이인 189건, 그리고 내 친구, 내 친구와 이름이 같은 사람들, 등 모두 각자의 항목을 하나씩 가지고 있었다. 누가 만들었는지는 몰랐다. 특정할 수 없는 주변인 들에 의해 항목이 생성되고 끊임없이 정보가 보충됐다. 체육대회 같은 행사가 있을 때마다 학교 홈페이지나 알림 마당에 사진이 하 나씩 추가되듯이.

처음부터 모두가 위키 사이트에 자신의 항목을 가지고 있던 것 은 아니었다. 그저 연예인이나 정치인과 같이 유명한 사람들의 항 목만 나열되어 있을 뿐이었다. 불과 몇 년 전만 해도 사람들은 위 키 사이트에 자신의 정보가 적힐 것이라고는 꿈에도 생각하지 못 했다. 나 또한 마찬가지였다. 그리고, 아마 그때쯤이었을 것이다. 모두가 위키 사이트에 자신의 항목을 하나씩 가지게 된 사건이 발 생한 시점이.

'음주 운전 차량에 치여 숨진, 올해 7살이 된 제 아이의 억울함 을 풀어 주세요. 내년이면 학교에 간다고 좋아하던 딸아이의 미소 가 눈앞에 아른거립니다. 부디 도와주세요……'

한순간에 딸을 잃었다는 아이 엄마의 외침은 인터넷 여기저기 로 퍼져 나가면서 시민들의 분노를 증식시켰다. 사람들은 아이의 문제에 대해서라면 발 벗고 나섰다. 나도 함께 사는 가족이 엄마 한 명뿐이기에 뉴스에 나오는 모녀의 일이 더욱 안타깝게 느껴졌 다. 나는 조용히 뉴스 기사 하단의 추천 버튼을 눌렀다. 사건이 많 이 알려질수록 아이 엄마에게, 억울하게 목숨을 잃은 아이에게 도 움이 될 수 있지 않을까 하는 생각이었다. 각종 사이트에 청원에 동의해 달라는 글이 봇물 터지듯 쏟아져 내렸다. 그중 눈에 띄는 글이 보였다. 가해자의 신상 정보를 알 수 있는 항목을 만들자는 말이었다.

사람들은 그 말에 모두 같은 생각이었다는 양 입을 열기 시작했고, 사회도 '가해자'에 대한 항목을 만들지 않으면 안 되는 분위기로 흘러갔다. 얼마 후, 위키 사이트에는 유명인이나 정치인뿐 아니라 일반인에 포함되는 가해자의 항목이 생겨났다. 하지만, 사람의 욕심은 끝이 없다고 했던가. 음주 운전 가해자를 비롯해 폭행, 절도 등 누군가에게 피해를 주었던 사람들의 신상 정보와 얼굴이 사이트에 나열됐다. 그러다 특정 대상으로 항목을 만드는 범위가 넓어져 결국 모두에 대한 항목이 개설된 것이었다. 장마철 반지하의 벽지에 곰팡이가 피어나듯이 말이다. 물론 개중에는 위키 사이트에 자신의 정보가 드러나는 것이 싫다며 동의를 하지 않는 사람도 있었다. 위키 사이트 자체를 폐쇄하자는 주장이 제기되자, 경찰은 공식 입장을 발표했다. '사이트 폐쇄를 위한 방법을 조사했지만, 서버가 해외에 있어서 수사 진행이 어렵고 현재로서는 당장 할 수 있는 것이 없다'라는 게 전부였다. 서버가 해외에 있어서, 라고 말했지만, 분명 또 다른 이유도 있었다. 가해자들로부터 사회가 안전해졌다는 여론이 있기에 위키 사이트의 폐쇄 시도들은 매번 흐지부지될 뿐이었다.

노트북을 닫고 마른세수를 하던 그때. 나와서 저녁밥을 먹으라는 엄마의 부름이 들렸다. 나는 거실로 발걸음을 옮겨 의자에 앉으며 식탁 위에 차려진 음식을 보았다. 저녁은 소고기뭇국이야. 밥에 김을 싸 입에 넣으며 엄마가 웅얼거리듯 말했다. 응. 내 대답을 끝으로 우리의 대화는 마무리되어 가는 듯싶었다. 소고기뭇국의 건더기를 먹고 싶어 냄비 속에 든 국자를 들었지만, 하염없이 국물만 퍼졌다. 한숨을 내쉬며 국자를 내려놓으려는데 엄마가 내 손에 든 국자를 가져가며 말했다. 국그릇 이리 줘 봐. 소고기와 무가 가득 담긴 국그릇을 엄마에게서 건네받으며 나는 살짝 머금은 미소와 함께 고개를 숙였다. 고맙다는 의미였다. 이외에도 학교생활은 어떠냐, 공부는 잘돼 가냐, 와 같은 인사치레나 다름없는 형식적인 대화만이 오갔다. 엄마와 예전부터 이랬던 것은 아니었다. 아빠와 이혼한 엄마를 따라와 단둘이 살게 되면서부터 우리 사이의 대화는 부쩍 줄어 있었다.

2년 전. 전 국민에 대한 위키 사이트의 데이터베이스화가 완료되었다는 공지가 내려온 시기가 있었다. 물론 엄마와 아빠 또한, 위키 사이트에 각자의 항목이 개설되었는데 그 안에 담긴 내용이 문제가 되었다고 했다. 어른들의 일에는 끼는 것이 아니라며 자세히 설명해 주지 않은 탓에 그것이 어떤 내용인지는 현재까지도 정확하게 모른다. 그저 이혼 준비 과정에서 매일같이 술을 먹고 늦게 들어와 소리를 지르는 아빠와 등을 돌리고 우는 엄마를 보며 아빠의 잘못이 더 크다고 생각해 엄마를 선택한 것뿐이었다. 오빠는 무언갈 아는 눈치인지 아빠와 함께 살 것이라고 했다. 그렇게 우리는 2년 전부터 흩어져 살게 되었다. 서로에 대한 의문과 슬픔을 감춘 채. 시간이 흐른 지금도 나는 두 분 다 무엇을 그렇게까지 잘못한 건지 잘 모르겠다는 생각뿐이었다.

식사가 끝난 뒤, 나는 싱크대 앞에 서서 분홍색 고무장갑을 끼는 엄마의 뒷모습을 바라보다 조용히 방에 들어와 문을 닫았다.

핸드폰 알림음에 눈을 반쯤 뜨고 시간을 확인하던 나는 침대에서 황급히 일어나 교복을 찾았다. 6시에 일어나야 했지만, 어젯밤 늦게까지 숭숭한 마음을 끌어안고 뒤척인 탓인지 30분이나 더 잔 것이었다. 6시 35분. 시간은 속절없이 흐르고 있었고, 나는 손놀림을 재촉하며 가방 안에 교과서를 쑤셔 넣었다. 7시에는 집에서 나가야 했기에 머리 감을 시간조차 없었다. 나는 새 둥지처럼 엉킨 머리카락을 빗어 한데 모아 높이 올려 묶었다. 어깨에 가방을 메며 엄마가 잠들어 있는 안방 문을 조용히 열었다. 다녀오겠습니다. 내가 속삭이듯 말하자 엄마는 잠결에 눈을 반쯤 뜨곤 고개를 끄덕였다.

다행히 제시간에 도착했다. 내가 자리에 앉아 책상 위에 문제집을 꺼내는 동시에 담임이 들어와 출석을 불렀다. 1번 김미연, 2번 김정민, …… 9번 박민지. 나는 문제를 풀던 펜을 내려놓고 손을 들었다. 담임은 나와 눈을 맞추고는 다시 출석을 불렀다. 그때였다. 15번 박지연. 그 어떤 대답도 돌아오지 않았다. 곳곳에서 아이들이 수군거리는 소리가 들렸다. 조용히 하라며 교탁을 두어 번 두드린 담임이 인상을 찌푸리며 다시 물었다. 15번, 박지연. 아까보다 한 톤 높아진 목소리였다. 박지연, 학교 안 왔어? 모두가 박지연의 자리로 시선이 쏠렸다. 나 또한 아이들을 따라 그녀의 빈자리로 시선을 옮겼다. 박지연. 나와 반에서 1, 2등을 다투는 아이. 현장 체험 학습도 잘 쓰지 않는 데다가 결석은커녕 지각 한 번을 한 적 없는 얄미운 녀석이었다. 그런데 그런 박지연이 연락 한 통 없이 학교를 나오지 않았다. 심지어 무단결석이라니.

친구 일에 관심 끄고 수업 준비나 잘하라며 담임이 급하게 나가자 몇몇 아이들이 핸드폰을 꺼내 들었다. 무얼 하려는 걸까. 나는 애써 관심 없는 척, 문제집 속 수학기호에 시선을 고정하면서도 아이들의 말소리에 귀를 기울였다.

"이럴 줄 알았어. 지연이 '논란 및 사건 사고' 항목 생겼는데?"

그때였다. 핸드폰 화면을 들여다보던 남자아이가 자리에서 소리쳤다. 아이들은 믿기지 않는다는 반응을 하면서도 모두 남자아이 자리로 모여 다 같이 박지연의 '논란 및 사건 사고' 항목을 보았다. 나도 문제집을 풀다 말고 자리에서 일어나 아이들의 어깨너머로 핸드폰을 흘끔거리며 박지연에 관한 사이트의 항목을 확인했다. 그녀의 논란은 가히 충격적이었다. 박지연이 지금으로부터 2년 전. 그러니까 고등학교 1학년 때 원하지 않게 아이를 가졌었다가 임신 중절 수술을 했다는 것이었다. 나는 전혀 뜻밖의 이야기에 놀라 벌어진 입을 다물려 애쓰며 자리로 돌아가 앉았다. 수업 종이 치자 아이들도 하나둘씩 흩어졌다.

국어 수업이 시작된 후에도 아이들이 수군거리는 소리는 끊이지 않았다. 나는 칠판 위에 선생이 적어 내려가는 시를 보며 박지연이 수시모집으로 대학에 들어가는 건 어렵게 되었다고 생각했다. 그때. 지난번 상담에서 담임에게 들은 정보가 내 뇌리에 스쳐 지나갔다. 민지야, 이거 아무한테도 이야기하면 안 된다. 담임은 내게 각 대학이 서류 평가에서 위키 사이트에 등록된 항목을 심사에 활용한다고 말하며 공공연한 비밀이기에 입 밖으로 내면 안 된다고 강조했다. 사실, 나도 어느 정도는 짐작하고 있었기에 놀랍다기보다는 추측이 사실이 되었다는 것이 신기할 따름이었다. '논란 및 사건 사고' 항목이 생긴 수험생들이 1차 평가를 통과한 사례는 단 한 번도 보지 못했다. 그냥 넘길 수 있는 아주 사소한 것이라도 마찬가지였다. '논란 및 사건 사고' 항목이 평소 학생의 행실과 태도를 보여 주는 것이라고 믿고 있기에 더 그런 듯했다. 그런데 박지연은 이제 어떻게 한단 말인가. 임신 중절 수술이라니. 나는 대입이 고작 6, 7개월 남은 시점에서 끝까지 언행을 조심해야겠다고 다짐했다.

어느새 점심시간이었다. 이런저런 생각을 하다 보니 어느새 시간은 많이 흘러 있었다. 친구들이 내 자리로 와 오늘 점심에 순대가 나오는데 아주 맛있을 것 같냐며 행복한 미소를 지었다. 나는 친구들과 함께 교실을 나서며 여전히 비어 있는 박지연의 자리를 바라보았다. 순간, 무어라 형용할 수 없는 복잡한 감정이 내 안에서 소용돌이치는 것이 느껴졌다. 나 또한 박지연의 위치가 될 수 있다는 긴장감, 한때 경쟁을 하며 함께했던 친구가 더는 학교에 나오지 않을 것 같다는 쓸쓸함, 그리고 중절 수술을 했다는 사실을 2년 넘게 숨기고 살아온 박지연에 대한 안쓰러움, 이 모든 것이 한데 얽혀 섞인 감정이었다. 친구들은 안 나오고 왜 서 있냐며 복도에서 나를 기다렸다. 지금 간다, 가. 나는 그렇게 말하며 친구들과 함께 급식실로 향했다.

식판을 들고 조금 기다리니 곧 내 차례가 다가왔다. 나는 식판에 순대를 담고는 주위를 두리번거렸다. 왜, 무슨 일 있어? 옆에서 한가득 순대를 담은 친구가 내게 말을 걸어왔다. 아니, 나 원래 순대 초장에 찍어 먹는데 초장이 안 보여서. 그때, 뒤를 지나가던 영양사 선생님이 내게 장난 섞인 말을 걸어왔다. 알겠어, 다음부터는 초장도 같이 넣어 줄게. 나는 멋쩍게 웃으며 고개를 저었다. 그러던 중 한 아이와 눈이 마주쳤다. 황급히 시선을 돌리기는 했지만, 그 아이 외에도 몇몇 아이들이 나를 잠시 흘긋거리는 것이 느껴졌다. 나는 영문 모를 일이라고 생각했지만, 별것 아니었기에 대수롭지 않게 여겼다.

급식실에서 나와 반으로 들어가려는데, 친구 중 한 명이 머리도 식힐 겸 매점에 가 아이스크림을 하나씩 사 먹으면 어떻겠냐고 물었다. 나는 학원 숙제가 많이 남아 반에 먼저 가려 했지만 정신을 차리고 보니 친구들의 손에 이끌려 매점에 들어와 있었다. 예상대로 매점에는 급식을 먹은 뒤 디저트 겸 후식을 먹으려는 아이들이 많았다. 모두 각자 원하는 맛, 원하는 종류의 아이스크림과 과자를 골랐다. 나는 그런 아이들 틈에 섞여 아이스크림 냉장고에서 자두 맛 하드를 골랐다. 그러자 옆에 있던 친구가 내게 초록 봉지의 아이스크림을 가리키며 물었다. 야, 민지야, 너 저거 안 먹어 봤지? 그렇다며 고개를 끄덕이는 나를 팔꿈치로 툭, 치며 친구가 말했다. 저게 민트초코 맛이거든, 근데 매력에 한번 빠지면 헤어 나올 수 없을 정도로 맛있으니까 한번 먹어 봐. 나는 장난스럽게 인상을 찌푸리며 말했다. 으, 말 그대로 민트랑 초코 합쳐진 거잖아. 그런 건 왜 먹냐? 그러자 친구는 나에게 네가 뭘 모르네, 하고 말하며 계산대 앞으로 향했다.

수업 시작을 알리는 종이 쳤다. 급식과 디저트를 먹고 난 뒤 오후의 나른한 햇살까지 받으니 졸음이 물밀 듯 쏟아졌다. 나는 손으로 입을 가리고 하품을 하며 수업인지, 자장가인지 모를 선생님의 목소리를 들었다.

"반장, 선생님이 잠깐 오라는데?"

시간이 얼마나 지났을까. 누군가 나를 흔들어 깨우는 소리에 짜증스럽게 일어나 물었다. 왜. 나를 깨운 사람은 부반장이었다. 그는 선생님이 부른다며 종례하기 전에 빨리 내려가 보라고 말했다. 눈 깜짝할 사이에 하루 중 모든 수업이 끝나 있었다. 언제 시간이 이렇게 지나 있었지, 생각하며 담임을 보러 교무실로 내려갔다. 부르셨어요? 내가 묻자 담임은 나를 오랫동안 기다렸다는 듯 다급하게 이리 와 보라며 자신의 옆에 놓인 간이 의자를 두드렸

다. 내가 자리에 앉자 담임은 주위를 두리번거리더니 가까이 다가
와 말했다. 지연이 아마 당분간 학교에 나오지 못할 것 같다는 말
이었다. 이미 알고 있던 내용이었으나 이러한 사실을 처음 알게
되었다는 듯 최대한 영혼을 실어 아, 그래요? 하고 대답했다. 담임
은 더 할 말이 있는 듯 잠시 망설이며 입술을 달싹였다. 얼마 뒤,
무언가를 곰곰이 생각하더니 내게 내 가방에 달린 배지에 대한 이
야기를 꺼냈다. 가방 지퍼에 달린 노란 리본 배지를 이야기하시는
게 맞냐고 묻자 담임은 그래, 그거 때문에 할 말이 있다며 내게 당
부의 말을 전해 왔다.

　그 리본 배지 같은 거 달고 다니면 네 의도랑은 다르게 특정 이
데올로기나 사상을 지지하는 것처럼 비쳐질 수 있어. 담임은 그
렇게 말하며 내 손을 맞잡았다. 그러니까 앞으로는 가방에 아무
것도 붙이고 다니지 마. 가방 꾸미는 건 대학 가서 해, 지민아. 알
았지? 볼펜을 들고 출석부에 무언가를 적던 담임이 무언가 더 할
말이 남은 듯 다시 나에게로 시선을 옮겼다. 아, 그리고 곧 총선
이잖아. 너도 잘못하면 한순간에 '논란 및 사건 사고' 항목 생긴
다. 대학 가고 싶으면 조심해야지. 말이 끝났는데도 내가 아무런
반응이 없자 담임은 알았냐고 다시 한번 내게 물었다. 사실 나는
반응을 하고 싶지 않은 것이 아니라, 당황해서 아무런 말도 할 수
없었다. 잠시 담임의 말을 곱씹던 내가 조심스럽게 물었다. 그게
왜 논란이 될 수 있는 거예요? 사실 선생님이 하신 말씀이 이해
가 안 가요.

　"반대편에 있는 사람들은 원래 서로를 그렇게 바라보니까. 그
리고 논란이 될 수 있는 일은 가급적 만들지 않는 게 좋지. 이제
종례해야 하니까 나가 봐."

쫓기듯 교무실을 나오면서도 담임이 남긴 말이 내 귓가를 떠나지 않았다. '반대편에 있는 사람들은 원래 서로를 그렇게 바라본다.' 그 말이 이해가 가지 않았지만, 왜인지 들어야만 할 것 같은 기분이 들었다. 아니, 그 순간 어쩌면 박지연의 얼굴과 '논란 및 사건 사고' 항목이 겹쳐 보였기 때문이었다.

교실로 돌아온 나는 교탁 앞에 서서 종례 후 남아 청소를 해야 할 사람의 명단을 부르는 담임을 바라보다 가방에 있는 배지를 떼어 냈다. 좀만 참고 버티면 돼, 그러면 되는 거야. 나는 아무도 듣지 않을 말을 작게 읊조리며 주먹을 둥글게 말아 쥐었다.

창틈 사이로 초여름 바람이 고개를 내밀었다. 오늘은 학원이 휴강이었기에 늦게까지 잘 수 있었다. 주말에 이렇게 늦게까지 자 본 적이 언제였던가. 나는 양팔을 쭉 펴고 가볍게 스트레칭을 했다. 그때, 핸드폰에서 알림음이 울렸다. 누구지? 연락 올 사람이……. 나는 문자메시지의 첫 문장을 읽자마자 짧은 탄식을 내뱉었다. 아, 오늘 오빠 만나는 날이지. 오빠와 만나는 날을 잊어버린 것은 처음이었다. 복잡한 감정을 꾹꾹 누를 때 오빠와 만나는 날도 함께 삼켰나. 다행히 약속 시간까지 시간이 조금 남아 있었다. 나는 화장실로 무거운 발걸음을 옮겨 외출 준비를 했다.

오랜만이네. 집 앞 카페에서 만난 오빠와 나는 서로 어색한 탓에 동시에 멋쩍은 웃음을 지었다. 간단한 인사 후 둘 사이에 감돌던 무거운 침묵을 깨고 오빠가 음료를 주문하러 가자고 내게 먼저 말을 걸어왔다. 그래. 내가 대답했다. 잠시 후. 우리가 주문한 음료와 케이크가 나왔다. 오빠는 자기가 들고 올 테니 앉아 있으라며 자리에서 일어났다. 오빠의 뒷모습을 바라보고 있자니 미묘한 감정이 들었다. 남매인 우리가 왜 떨어져 살아야 하는지, 와 같은 의문이 담긴 감정이었다. 오빠가 주문한 아이스아메리카노와 내가 주문한 딸기라떼, 그리고 레드벨벳케이크가 테이블 위에 올려졌다. 우리는 각자 시킨 음료를 한 모금씩 마시곤 맞춘 것처럼 동시에 부모님의 안부를 물었다. 오빠의 물음에 내가 먼저 입을 열었다.

"엄마는 잘 지내고 계셔. 그리고 사실 나는 여전히 의문이야. 도대체 왜 부모님이 이혼하셔야만 했는지. 우리 가족이 왜 이렇게 떨어져 살아야 하는지. 그리고……. 나는 두 분이 재결합하셨으면 하는 바람이야."

내 이야기를 듣던 오빠는 잠시 무언갈 생각하는 듯싶더니 곧 말을 이었다. 나도 네 생각과 다르지 않아. 나는 오빠에게 레드벨벳케이크 조각을 포크로 집어 건네주며 물었다. 그런데도 우리 2년이나 이러고 있는 거야? 오빠와 나는 실없는 웃음을 터뜨렸다. 그러다가 오빠가 사뭇 진지해진 얼굴로 내게 무어라 말했다. 나는 아빠한테, 너는 엄마한테 재결합 관련해서 말씀드려 보자. 우리는 의견이 나오면 서로에게 문자 하자고 말했다.

이 외에도 오빠의 취업 준비와 내 학업에 관해서 고민을 나누고 오랜 시간 동안 이야기를 해서 그런지 어느새 저녁을 먹을 시간이 되었다. 엄마 기다리시겠다, 나 들어가 볼게. 자리에서 일어나며 내가 말했다. 그래, 조심히 들어가라. 오빠가 내게 손을 흔들며 대답했다.

집에 들어가니 익숙한 냄새가 풍겨 왔다. 식탁 위에는 또 소고기뭇국이 올려져 있었다. 소고기뭇국은 엄마가 제일 자신 있게 할 수 있는 요리이자 아빠가 좋아하던 음식이기도 했다. 엄마도 아빠

를 그리워하지는 않을까. 나는 국을 한입 떠먹는 엄마를 바라보며
신중하게 물어보았다. 엄마, 아빠랑……. 내 부름에 고개를 들던
엄마는 아빠의 이야기에 멈칫했다. 재결합에 대해서 어떻게 생각
해? 내가 말을 마저 마치자 엄마는 잠시 뜸을 들이는가 싶더니 크
게 동요하지 않는 듯한 말투로 담담하게 대답했다.

"지민아, 엄마는 자신이 없어. 네 아빠랑 20년 넘게 살았지만
정말 한순간 인연이었던 것처럼 끝나게 됐고, 이제 잘잘못을 따지
며 서로 이야기를 하는 건 아무런 의미가 없어. 그런 건 중요한 게
아니야."

엄마의 말을 끝으로 나는 더 이상 무어라 입을 열 수 없었다.
그저 국그릇 안에 든 소고기와 무를 휘휘 저을 뿐이었다. 엄마도
불편했는지 밥을 얼마 먹지 못하고 자리에서 일어났다. 나는 식탁
의자에 앉아 엄마의 뒷모습을 바라보았다. 한데 쌓인 그릇이 서로
부딪치며 내는 날카로운 소리는 유연하게 흐르는 물소리와 쉽게
섞이지 않았다.

나는 방에 들어와 침대에 누웠다. 내 입술 사이로 흘러나온 한
숨이 허공에서 금세 부서져 내렸다. 나는 머리끝까지 이불을 끌
어 올렸다. 그러다 카페에서 나서기 전, 오빠에게 들었던 말이 떠
올랐다. 부모님이 이혼하게 된 원인도 위키 사이트에 있다는 것까
지는 알고 있었지만, 자세한 이야기까지 들어 본 적은 없었다. 두
분이 범죄를 저질렀다든지 혹은 사회규범에 크게 어긋나는 일을
했다든지 한 적은 없었다고 카페에서 헤어질 때쯤 오빠가 발걸음
을 돌리는 나를 불러 말했다. 그런데 위키 사이트에 엄마와 아빠
의 항목이 만들어지고 정보가 추가되면서 부모님의 관계에는 금
이 가기 시작했다고 했다. 거기에는 부모님이 서로를 만나기 전,

누구와 어떻게 연애했는지에 대한 내용이 담겨 있었다. 부모님은 지난 일이니 신경 쓰지 않는다고 했지만, 그 이후로 사소한 다툼이 잦아졌고 다툴 때마다 서로의 연애사를 끌어들이기 시작했다. 결국, 그해를 넘기지 못하고 부모님은 갈라서고 말았다고, 오빠는 내게 첨언했다.

그때 전화벨 소리가 울렸다. 나는 머리맡을 더듬거리며 찾은 핸드폰을 이불 속으로 가지고 들어왔다. 작은 핸드폰 화면 속에는 오빠라는 이름이 자리하고 있었다. 전화를 받자마자 내가 내쉰 한숨의 의미를 알아들은 걸까. 수화기 너머로 오빠가 입을 열었다. 아빠도 지금 와서 이러는 게 의미가 없다고 답했다는 것이었다. 결국, 엄마와 아빠의 마음은 크게 다르지 않은 것 같았다. 오빠는 아무래도 포기하는 것이 낫겠다고 말하며 요즘 왜 이렇게 되는 일이 하나도 없냐고, 혼잣말을 내뱉었다. 20대의 끝자락에 선 오빠는 번번이 취업에 실패하고 있다고 했다. 언젠가 친구들은 다 취직해서 연애도 하고 잘 사는데 왜 내 인생만 이렇게 되는 거냐는, 술에 의지한 오빠의 말을 들은 적이 있었다.

오빠는 이 모든 것이 다 위키 사이트에 나열된, 자신의 '논란 및 사건 사고' 항목 때문이라고 말했다. 자신이 고등학생 때 여자 친구와 낙태에 관련해 산부인과에 다녀왔다는 것. 대학에 들어가고 나서야 위키 사이트에 항목이 생겨서 그나마 다행인가, 하고 오빠가 물었다. 나는 잘 모르겠다며 피곤하다고 대답했다. 지금은 아무 생각도 하고 싶지 않았다. 다음에 다시 통화해. 내가 말했다. 그 말을 끝으로 우리의 전화는 끊겼다. 나는 혹시라도 엄마가 듣지 않았을까, 이불을 걷고 침대에서 일어나 방문을 열어 보았다. 하지만 엄마는 방에 들어간 것 같았다. 텅 빈 거실에는 시계 초침

소리만이 떠돌고 있을 뿐이었다.

며칠 뒤. 학원이 끝나고 아파트 단지 안으로 향하는데, 주머니에 넣어 둔 핸드폰에서 알림음이 울렸다. 나는 대수롭지 않게 문자메시지를 클릭했다. 모르는 번호로 나에게 링크가 와 있었다. 위키 사이트에 대한 링크였다. 나는 깜짝 놀라 집 앞 놀이터 벤치에 앉아 핸드폰 밝기를 낮췄다. 타고 들어간 링크는 나의 '논란 및 사건 사고' 항목을 가리키고 있었다. 정확히는 나의 음식 취향에 관련된 것이었다. '박민지는 민트초코를 좋아하지 않는다. 그리고 급식 시간에 순대에 초장을 찍어 먹어야만 한다는 이야기가 있었음. 이것을 미루어 보아 특정 지역색을 갖고 있을 것이다. 순대에 초장을 찍어 먹는 지역이 많지 않기 때문이다.' 어느새 취향과 습관 또한 논란의 영역으로 퍼져 있었다. 순간, 무언가 아주 깜깜하고 큰 무언가가 나를 옥죄어 오는 기분이 들었다.

앞으로도 이렇게 살아가야 하는 건가, 그럼 얼마나 더 큰 용기가 필요하다는 말인가. 나는 형용할 수 없는 두려움을 떨쳐 내려 옥상으로 다급하게 발걸음을 옮겼다. 높은 곳의 시원한 공기를 마시지 않으면 안 될 것 같이 가슴이 조여 왔다. 밑을 내려다보니 거리는 한산했다. 늦게까지 불이 켜져 있던 가게는 눈 씻고도 찾아볼 수 없었고, 자유롭게 길거리를 돌아다니던 사람들은 이제 더는 보이지 않았다. 언제부터 이렇게 된 걸까. 아니면 아주 오래전부터 이랬던 것일지도 몰랐다. 나의 항목이 추가되지는 않을까, 급급해서 눈여겨 바라보지 않았던 것일 수도 있었다. 이유가 어찌 됐든 땅거미가 낮게 깔린 거리에는 몇몇 사람들을 제외하곤 아무도 보이지 않았고, 불 켜진 가게 또한 없었다.

적막하고 정적인 거리는 마치 뉴스에서 보았던 평양 시내를 연상하게끔 했다. 이제 나는 어떻게 되는 걸까. 위키 사이트에 '논란 및 사건 사고' 항목이 생겼다. 학교는, 사회는, 세상은 내게 무얼 더 원하는 걸까. 나는 끝내 답을 찾지 못할 질문을 되뇌며 조용히 눈을 감았다. 내가 할 수 있는 일이라고는 논란을 낳지 않도록 가만히 있는 것뿐이었다.

도화지 양

인천해송중학교 1
구혜인

도화지 양의 여행은 뭣 모르는 장난꾸러기들에 의해 그녀가 살고 있던 하얀 도화지가 찢어진 것이 그 시작이었다. 도화지 양, 그녀는 태어난 순간부터 줄곧 아무것도 그려지지 않은 흰 도화지 속에서 살아왔다. 왜인지 우비를 입고 우산을 쓰고 있었지만, 하얀 도화지였기에 먹구름도 비도 보지 못했다. 하얀 풀밭에서 하루 종일 뛰어놀고, 하얀 구름을 이불 삼아 그 위에서 잠드는 것이 도화지 양의 매일이었다. 도화지 양이 그런 생활에 질려 할 때쯤, 그녀의 세계에 특별한 일이 일어났다. 새하얀 풀밭 사이로 작은 틈이 생기더니 이내 도화지가 완전히 반으로 찢어지고 만 것이다. 도화지 양은 갑자기 나타난 난생처음 보는 다채로움과 밀려드는 호기심에 망설임 없이 도화지 밖으로 뛰어내렸다. 쿵! 다행히 도서관의 그 누구도 그 작은 소음을 듣지 못한 것 같았다. 도화지 양은 거대한 사람들의 발을 피해 책장 위로 뛰어 올라갔다. 사람들에게 다가가 인사하는 것이 아직 조금 낯설었을 뿐, 절대로 그들을 두려워 한 것이 아니었다. 아무튼 그녀는 책장의 가장 높은 곳에서 아래를 내려다보았다. 지금껏 느끼지 못했던 수많은 색들에 그녀는 눈을 돌릴 틈이 없었다. '세상은 도화지보다도 멋진 곳이었구나!' 그녀가 생각했다. 그러던 도중, 그녀의 예리한 눈에 저 아래 유독 빛나는 책이 들어왔다. 글자 사이사이로 하얀빛이 새어나오는 그 책은 도화지 양의 호기심을 자극했다. 아니나 다를까, 그녀는 조금이라도 더 그것을 빨리 보고 싶은 마음에 우산을 펼치고 책장에서 폴짝 뛰어내렸다. 아까처럼 바람을 가로지르고, 공중에서 빙글빙글 돌며 사뿐히 그 책이 있는 칸에 착지했다. 도화지 양은 책에서 새어 나오는 빛에 눈을 찌푸리면서도 더 가까이 다가갔다. 책에 귀를 대자, 소란스러운 말소리가 들렸다. '저 안에도 사람이 있는 걸까, 하지만 저 안이라면 아까 봤던 사람들만큼 크지는 않을 거야.' 그러면서 도화지 양은 빛이 새어 나오는 글자에 손을 뻗었다. 그 순간, 그녀는 누군가 그녀의 팔을 끌어당기기라도 한 것처럼 그 속으로 빠지고 말았다.

도화지 양이 떨어진 곳은 북적이는 홀의 한가운데였다. 갑자기 나타난 그녀를 사람들이 에워싸고 수군거렸다. 그녀는 당황스러움에 잠시 얼어 있다 이내 사람들 틈을 비집고 달아나기 시작했다. '다들 날 이상하게 생각하나 봐!' 한참을 달리던 그녀는 겁에 질려 기둥 뒤에 숨어 버렸다. 도화지 양은 다시 책 밖으로 나가려 위를 바라보았지만, 그녀가 들어온 책 틈은 온데간데 없고 그 대신 아주 화려한 조각들과 샹들리에가 천장을 장식하고 있었다. 도화지 양이 자신의 앞날에 대해 걱정하던 그때, 어디선가 훌쩍거리는 소리가 들려왔다. 도화지 양은 또다시 호기심에 그 소리의 주인을 찾고자 조심스럽게 살금살금 극장 안을 돌아다녔다. 그리고 곧 그 흐느낌이 무대 뒤에서 나고 있다는 것을 알아챘다. 무대에는 아까보다 많은 사람들이 있었다. 그녀는 무서웠지만, 그래도 용기를 내어 사람들 시선이 다른 곳에 가 있는 틈에 무대 커튼 뒤로 뛰어들었다. 털썩! 도화지 양이 넘어지고 말았다. 우산을 짚고 천천히 일어나자 보이는 것은 온통 새까만 세상이었다. 커튼 밖과는 전혀 달랐다. 그런 와중에 이젠 그 흐느낌이 바로 옆에서 들려 도화지 양을 공포에 떨도록 만들었다. 이윽고 무언가 그녀의 다리에 걸렸다. 그녀는 너무나 무서운 나머지 비명도 지를 수 없었다. 그것은 부드럽고 축축했으며, 호박 같은 눈은 어둠속에서도 분명하게 빛났다. 도화지 양이 몸을 움츠리고 두 팔로 머리를 감싸자, 그것은 어리둥절한 듯 그녀를 응시했다. 그녀는 곧 그것이 자신을 해치지 않을 것임을 알고는, 그것에게 자신의 오해를 사과했다. 축축하고 앙증맞은 손이 그녀에게 악수를 청했다. 그리고 그것은 도화지 양을 무대 뒤 더 깊숙한 곳으로 이끌었다.

도화지 양이 그것을 따라가며 본 것은 다름 아닌 아까 보았던 사람들과 같은 평범한 여자였다. 그녀는 나무 상자에 몸을 기대고 쓰러져, 짙은 눈 화장이 모두 번져서 흘러내릴 정도로 훌쩍훌쩍 울고 있었다. 도화지 양이 그녀에게 다가가자, 여자는 소스라치게 놀라 한 손으로 부채를 들고 얼굴을 가리며 그녀를 밀어냈다.

"다가오지 마!"

여자가 소리쳤다.

"누구세요? 왜 여기서 울고 있어요?"

도화지 양이 여자의 옆에 함께 쭈그려 앉았다.

"나는 가수야, 세상에서 가장 아름다운 목소리를 가진 가수. 그런데, 그래야만 하는데, 목소리가 전혀 나오지 않아! 지난번에도 이래서 내 출연을 취소해야 했어. 이번 공연에도 목소리가 안 나오면 난 끝장이야! 오, 역시 내겐 그가 필요했어…….”

“목소리가 나오지 않는다니, 저랑 이렇게나 잘 얘기하고 있잖아요!”

도화지 양이 어리둥절해서 물었다. 가수는 답답한 듯 그녀를 쏘아보며 말했다.

“그 목소리가 아니야! 노랫소리, 내 자랑인 천사의 목소리가 나오지 않아.”

그러고선 자리에서 일어나 목을 가다듬고 공연을 하는 것처럼 자세를 잡으며 노래를 시작했다. 도화지 양이 듣기에도 처음 초반은 정말 아름다운 목소리였다. 그러나 후반부로 갈수록 점점 목소리가 갈라지더니, 마지막엔 끔찍한 괴물과도 같은 목소리로 변해 버렸다. 노래를 마친 그녀는 도화지 양의 놀란 표정을 보곤 주저앉아 아까보다 더 큰 소리로 울기 시작했다.

“역시나! 나는 끝났어, 이젠 다 끝이라고! 아, 지금 내 곁에 성가신 꼬마가 아닌 그이가 있었더라면 얼마나 행복했을까…….”

“그이?”

“그래, 나의 멋진 왕자님, 사랑하는 렘! 그날 내가 조금만 더 상냥하게 굴었더라면, 그이를 조금이라도 더 이해하려고 했다면 이런 일은 없었을 텐데! 나는 정말 형편없는 사람이야, 천사 같은 그이를 내쫓은 건 바로 나니까!”

그녀가 다시 서럽게 울기 시작했다. 도화지 양은 그녀에게 위로의 말을 건넸다. “당신의 목소리는 잠깐이라도 정말 아름다웠어요! 후반부의 목소리는 원래 당신 목소리와는 달랐지만, 그래도 멋지다고 생각해요. 그러니 당신이 무대에 나서지 못할 이유는 없어요. 단지 안 좋은 일 때문에 머뭇거리고 있을 뿐이에요."

"그렇지만 이 상태로 노래했다간 관객들이 모두 떠나고 말 거야."

"아니에요! 사람들이 당신을 좋아하는 이유는 그거 말고도 더 있을 거예요!"

"예를 들자면?"

"노래하는 동안 당신은 무척 빛났어요. 목소리가 변해도 계속 반짝거렸죠. 저는 당신의 목소리만큼 그 점도 좋아요! 그리고 그건 아마 저뿐만이 아닐 거예요."

가수는 그 말을 듣곤 또 울기 시작했다. 도화지 양은 자신이 실수한 게 아닐까 걱정했지만, 가수는 그녀를 꼭 안아 주었다.

"셸린! 곧 무대 시작이니 준비해!"

그녀의 동료의 목소리에 가수, 셸린은 도화지 양에게 작별 인사를 하곤 서둘러 무대로 나갔다. 잠시 뒤, 커튼 너머에서 들려오는 노랫소리는 방금 전과 같았지만, 그녀는 평소보다 더 반짝였기에 사람들은 그녀의 목소리에 크게 신경 쓰지 않았다. 아니, 오히려 그 독특한 매력에 열광하기까지 했다. 도화지 양은 축축한 그것의 도움으로 커튼 뒤에서 다시 밝은 곳으로 나왔다. 축축한 그것이 커튼 너머로 나가길 고집스레 거부하는 바람에 그녀는 그것을 들고 안간힘을 다해 간신히 그것을 밖으로 빼내 왔다. 그것, 고양이가 도화지 양을 노려보았지만, 그녀는 신경 쓰지 않았다.

"아까 셸린에게 물어보지 못한 게 있어."

고양이의 도움으로 셸린의 책을 나오며, 도화지 양이 말했다.

"고양아, 너는 비가 뭔지 알고 있니?"

고양이는 그런 걸 왜 궁금해하느냐는 듯이 귀를 쫑긋 세웠다.

"나는 우비를 입고, 우산을 썼는데 한 번도 비를 본 적 없어. 비는 흰색이 아니라 내 도화지에 없었거든. 그래서 왠지 여기서는 비를 볼 수 있을 것 같아!"

도화지 양은 우산을 펼치고 책에서 뛰어내렸다. 그녀는 이번엔 책장 아래쪽에 위치한 두껍고, 오래된 책들을 살폈다. 그녀의 눈에 길고 긴 항해 일지가 들어왔다. '저렇게 두꺼운 책에는 뭐가 있을까, 내 도화지보다도 지루한 건 아닐까?' 그때였다. 고양이가 갑자기 도화지 양의 다리에 엉겨 붙는 바람에 그녀는 중심을 잃고 책 속으로 넘어지고 말았다.

그녀가 도착한 곳은 파도가 출렁거리는 바다 위의 배 갑판이었다. 도화지 양은 눈부신 햇살과 아름다운 바다에 눈길을 빼앗겨 한참 동안이나 멍하니 바다를 바라보았다. 바로 뒤에서 사람들의 말소리가 들리고 나서야 고양이와 함께 후다닥 선실 안으로 들어가 숨었다. 그녀는 이번에야말로 사람들에게 예의 바르게 인사하며 친구가 되겠다는 다짐을 하고, 당당히 앞 갑판으로 나가 선원들에게 말을 건넸다.

"안녕하세요! 저는……."

선원들은 극장 홀에서 그랬듯 도화지 양을 보곤 수군거리기 시작했다. 당황한 도화지 양은 사람들 사이에서 빠져나가려 했지만, 한 선원이 그녀의 어깨를 붙잡곤 손에 양동이를 쥐여 주었다.

"바보 같은 놈들, 척 보면 모르나? 잡일 처리로 새로 들어온 신입이잖아! 거기 너, 한눈팔지 말고 가서 청소나 하도록. 곧 선장님께서 갑판에 나오실 거야."

그의 말에 선원들은 정신없이 웃기 시작했다. 도화지 양은 청소부 취급을 당한 것에 화가 났지만, 묵묵히 갑판을 닦았다. '열심히 하다 보면 친해질지도 몰라!' 그녀가 생각했다. 고양이는 주방에서 생선 요리를 훔쳐 먹고 있는지 보이지 않았다. 금세 갑판 청소를 끝낸 그녀는, 이번엔 선실 내부와 지하 창고까지 청소하기 시작했다. 창고에 들어가자 다시 주변이 어두컴컴해졌다. 그녀는 선실에서 챙긴 빨간 촛불과 빗자루를 들고 창고 바닥을 쓸었다. 쾅! 그녀의 빗자루질 탓에 먼지가 날리자 누군가 벽을 세게 쳤다. 도화지 양은 겁이 났지만, 이번엔 밝은 촛불이 있으니 무섭지 않다며 스스로를 달래곤 그 소리가 나는 곳을 찾아다녔다. 소리는 일정한 간격으로 계속 이어졌다. 이윽고 그녀는 감옥처럼 보이는 음산한 곳에서 아까 본 선원들보다 화려한 옷을 입은 사람이 벽을 치고 있는 것을 발견했다.

"누구지?"

남자가 지친 목소리로 말했다. 그에게서 고약한 냄새가 났다.

"나는 도화지 속에서 왔어요."

"그런 건 궁금하지 않아. 중요한 건 네가 그 자식의 잔당인지 아닌지지."

"난 누군가의 부하가 아니에요! 도화지가 찢어져 밖으로 나와 비를 찾고 있을 뿐이라고요!"

"그래, 다행이군, 도화지 양. 안타깝지만 여기에 비는 없어. 바다는 있지만 말이야."

그의 말에 그녀는 실망했다. 하지만 지금은 그 남자가 왜 여기에 있는지에 대해서 호기심이 생겼다.

"아저씨는 왜 여기에 있어요?"

"배신당했다. 망할 부하 녀석이 나와 내 선원들을 해적에게 넘겼어. 나는 오늘 자정이 지나면 나의 충성스러운 부하들과 함께 상어 밥이 되겠지. 빌어먹을 항해사!"

그가 다시 벽을 주먹으로 쳤다. 멍들고 깨진 그의 주먹에서 피가 흘렀다.

"불쌍한 아저씨. 제가 도울 수 있는 방법은 없을까요?"

"나는 내 부하가 아닌 사람의 도움은 받지 않아. 이대로 명예롭게 내 선원들을 따라가겠다."

"그렇다면 제가 아저씨의 부하가 될게요!"

"왜 그렇게까지 날 도우려는 건지는 모르지만, 이건 애들 놀이가 아니야."

"알고 있어요! 하지만 위기에 처한 사람을 보고만 있으면 안 되잖아요! 자, 어서 아저씨를 배신한 못된 악당을 함께 혼내 줘요!"

도화지 양의 말에 남자는 다시 한번 희망을 가졌다. 그가 소리 내어 웃었다.

"좋다, 그럼 이제부턴 날 '선장'이라 부르도록. 네게 내 오른팔 칭호를 내려 주마. 목숨을 걸고 나를 위해, 조국을 위해 싸워라!"

도화지 양은 신이 나서 만세를 부르며 빙글빙글 돌았다. 선장은 도화지 양에게 이 감옥 문을 열 열쇠 가져오기를 부탁했다.

"열쇠는 붉은 머리에 얼굴과 팔에 큰 흉터가 있는 사람이 들고 있을 거야, 꼭 조심하도록."

"네! 선장님!"

도화지 양은 촛불을 챙기고 서둘러 다시 갑판으로 돌아갔다. 선원, 아니 해적들은 잠깐 사이에 파티를 즐기며 흥겹게 노래를 부르고 있었다. 그녀는 사람들 사이에 둘러싸여 있는 빨간머리 흉터를 발견했다. 그는 선장의 말대로 허리춤에 열쇠 꾸러미를 차고 있었지만, 사람들 탓에 가까이 갈 수 없었다. 도화지 양은 문득 한 가지 꾀를 생각해 내고 갑판에 굴러다니던 돌 하나를 우비 소매에 숨긴 채 빨간 머리를 중심으로 한 무리 가운데에 끼어들었다.

"저기, 궁금한 게 있습니다!"

갑자기 나타난 그녀에 그가 의아해하자 주변에 있던 해적이 그녀가 신참이라며 귀띔해 주었다. 그는 그녀가 질문하는 것을 허락했다.

"얼굴과 팔에 있는 그 멋있는 흉터는 어쩌다가 생기신 건가요?"

도화지 양의 말에 그는 신이 나서 자신의 과장된 무용담을 자랑스럽게 늘어놓기 시작했다. 그녀는 물론 그것을 듣지 않았다. 그가 길고 긴 이야기를 끝내자 도화지 양은 그의 눈치를 살피곤 그의 허리춤에 열쇠 꾸러미에 대해 이야기했다.

"역시 배 위는 놀 거리가 없네요. 무용담도 재밌었지만, 제가 더 해 달라고 계속 조르면 귀찮아지실 것 같아요. 그래서 혹시 허리에 차신 그 열쇠 꾸러미를 잠시만 가지고 놀아도 될까요? 짤랑짤랑거리는 게 정말 예쁘거든요!"

한창 기분이 좋아진 빨간 머리는 흔쾌히 열쇠 꾸러미를 도화지 양에게 내밀었다. 그녀는 그 열쇠를 달빛에 비추어 보겠다며 난간 가까이 다가가서는 실수로 열쇠를 떨어뜨린 척 소매에 숨기곤, 대신 소매에 넣어 둔 돌을 떨어뜨려 퐁당 소리가 나게 만들었다. 그녀는 곧바로 놀라 주저앉으며 우는 시늉을 했다.

"정말 죄송합니다, 그만 바다에 빠뜨리고 말아서……."

도화지 양이 울먹거리자 마음이 약해진 그는 철창쯤 열쇠가 없어도 부숴 버리면 그만이라며 그녀를 용서했다. 도화지 양은 더 이상 심기를 건드리지 않고 반성하는 것을 핑계로 서둘러 지하실로 내려가 열쇠를 건넸다.

"훌륭해! 정말 내 선원으로 들어와도 되었겠어. 하지만, 네 역할은 여기까지란다. 나머진 내 몫이야. 너 같은 어린애에게 이 이상 더 위험한 일을 시키는 것은 해군 선장으로써 용납할 수 없다. 못 볼 꼴을 보여 주긴 싫으니 어서 이 책을 빠져나가라, 명령이다."

도화지 양은 진짜로 울먹거리기 시작했다. 선장은 감옥에서 나와 그녀의 어깨를 두드리며 지금까지의 용기를 칭찬했다.

"나중에 이 모든 일이 끝나거든 달라진 결말을 보러 오도록. 수고했다, 도화지 양."

작별 인사를 마치자마자 고양이가 그녀를 데리러 왔다. 선장은 그녀에게 손을 흔들며 배웅했다. 책을 나가는 길, 뒤에선 '마르코 선장이 돌아왔다!'라고 소리치는 소리가 어렴풋이 들렸다.

도화지 양이 책에서 나와 다른 책장으로 이동하려던 그때, 갑자기 도서관 내부의 빛이 모두 꺼지고 말았다. 도서관이 문을 닫은 것이다. 이 사실을 모르는 도화지 양은 축축한 고양이를 끌어안고 어둠 속에서 몸을 움츠렸다. 그러나 곧 책들의 맨 앞장에서 셀린의 책과 같은 빛이 나오더니, 이내 각 책들의 저자들이 자신의 프로필 밖으로 나와 돌아다니기 시작했다. 도화지 양은 또다시 많은 사람들에 둘러싸였지만, 이번엔 그들은 그녀를 두고 수군거리거나 하지 않았다. 그녀에게 상냥하게 말을 걸고, 갖가지 이야기를 들려준 덕에 그녀는 즐거운 시간을 보낼 수 있었다. 문득 그녀는 셀린의 책과 마르코 선장의 책의 저자를 만나고 싶단 생각이 들어 작가들에게 수소문해 보았지만, 이상하게도 그에 대해 물을 때면 사람들은 얼굴을 찌푸리거나 질문을 무시해 버렸다. 그러던 와중에, 어느 점잖은 종교인 출신 작가가 도화지 양을 그 작가가 있는 곳으로 데려다주었다. 가는 동안에도 그는 그녀에게 그 책들의 저자를 만나지 않는 것이 좋다며 수도 없이 설교를 늘어놓았지만, 그녀의 굳센 의지에 결국 그녀를 그 작가에게로 데려다주고 떠나 버렸다. 도화지 양이 도착한 곳은 도서관의 구석이었다. 한참 동안이나 청소를 안 한 탓에 먼지가 산을 이루고 있었다. 주위를 두리번거리던 도화지 양은 누군가 짙은 알코올 냄새를 풍기며 그 위에 늘어져 자고 있는 것을 발견했다. 그가 바로 셀린과 마르코를 만든 저자였다. 도화지 양은 코를 손으로 막고 그에게 다가갔다.

"저기요?"

대답이 없었다.

"저기요!"

그는 몸을 조금 뒤척였을 뿐 여전히 대답하지 않았다.

"저기요!!"

그녀는 이번엔 그의 귀에다가 소리를 질렀다. 작가는 화들짝 놀라 먼지 언덕에서 굴러 떨어지고 말았다.

"시끄러운 꼬마군. 날 좀 내버려 둬!"

"당신이 셀린과 마르코 선장님의 저자인가요?"

"셀린, 마르코……. 아! 우리 어머니와 동생 이름이군! 그래, 내가 그 책들의 저자이자, 네 피해자야!"

그가 갑자기 공격적으로 도화지 양을 몰아붙였다.

"피해자라니, 저는 그 사람들을 도왔을 뿐이에요!"

"그래, 그래. 아주 주인공들을 구원해 주셨지. 하지만! 그게! 내 결말을! 망쳤어!"

작가가 바닥을 주먹으로 내려치며 소리쳤다. 도화지 양은 뒤로 물러서며 무엇이 잘못된 것인지 그의 말을 들어 보기로 했다.

"셀린은 원래라면 연인에게 차인 후 목소리가 끔찍하게 변해, 사람들에게 비웃음과 멸시를 받고 절망해야 했어. 마르코는 동료의 배신으로 바다에 던져지는 비참한 결말을 맞이해야 했고! 내가 원하던 것은 그들의 행복이 아니야, 사람들이 내 책을 읽으며 느끼는 것은 같잖은 교훈이 아닌 현재에 만족하고 감사하는 안도감이어야 해. 그게 내 목표고, 글을 쓰는 이유였어!"

도화지 양은 그의 말에 적잖은 충격을 받았다. 작가가 하는 말이 도무지 이해되지 않았다. 그때, 축축한 고양이가 그에게 달려들었다. 그것은 작가를 물어뜯고, 할퀴며 만신창이로 만들었다. 도화지 양이 서둘러 고양이를 떼어 내려 했지만, 이미 그의 얼굴엔 발톱 자국투성이였다.

"조금 예민하지만, 누구보다 여렸던 셀린은 목소리가 변했어도, 자신의 다른 장점으로 용기를 내 다시 한번 무대에 서서 찬사를 받았어요. 정의로운 마르코 선장님은 힘든 상황에서도 희망을 잃지 않고 끝까지 싸워 내 명예를 지켰고요. 이렇게나 멋진 인물들을 만들었는데, 왜 그들을 괴롭히는 건가요? 셀린과 마르코, 그리고 모두는 비참한 결말을 맞이하기엔 너무나 좋은 사람들이었어요. 작가님은 그것들을 누구보다 잘 알고 계시잖아요! 그런 슬프고 허무한 이야기는 이 다채로운 세상을 흑백으로 만들 뿐이에요. 생각해 보세요, 셀린과 마르코, 이 둘의 불행이 다른 사람들에게 대체 어떤 행복을 전하는 건가요?"

도화지 양의 호소에 작가는 아무 말도 하지 못했다. 그는 여태껏 자신이 추구해 온 것이 이뤄 낸 무언가가 있는지 떠올렸다. 그의 머릿속은 흰 백지뿐이었다.

"……도화지 양, 부탁을 하나 하지. 도서관의 폐도서함 맨 아래쪽에 있는 책에 들어가 줘."

"작가님이 그것으로 모두를 행복하게 만들어 주신다면 할게요."

도화지 양은 마침내 그에게 약속을 받아 냈다. 그러곤 다시, 책장의 맨 위로 뛰어올라 우산을 펼치고 뛰어내렸다.

폐도서함, 워낙 손상이 심해 버려지는 책들의 무덤과도 같은 곳이었다. 도화지 양은 잠시 머뭇거렸지만, 이내 그 속으로 들어가 작가가 말한 맨 밑바닥에 있는 책을 마주했다. 그녀는 조심스럽게 그 책의 페이지로 몸을 밀어 넣었다. 쾨쾨한 곰팡이 냄새가 났다.

그 책 속은 지금껏 그녀가 들어갔던 어느 책보다도 고요했다. 낡은 마을엔 사람이 전혀 보이지 않았다. 그 책 속을 겁 없이 누비는 것은 고양이뿐이었다. 고양이는 이 책에 들어온 이래로 몸이 부쩍 커지고, 노란 털은 보송보송하게 말라 윤기가 흘렀다. 고양이는 도화지 양을 데리고 마을을 몇 바퀴나 돌고 나서야 그녀를 제대로 안내했다. 고양이를 따라 그녀가 간 곳은 사람이 살 것 같지 않아 보이는 낡은 빌라였다. 담장이며 지붕이며 거의 다 허물어진 탓에 폐가로 보일 지경이었다. 고양이는 복도를 따라 계속 걸어갔고, 마침내 304호 앞에 멈춰서 야옹야옹 울어 댔다. 도화지 양이 노크를 하자, 누군가 인기척을 내긴 했지만, 대답도, 나오는 사람도 없었다. 그녀는 하는 수 없이 그냥 문을 열고 들어가기로 했다. 문은 잠겨 있지 않았다. 도화지 양이 문을 열자마자 고양이가 그 안으로 뛰어 들어갔다.

"실례합니다, 안에 누구 계시나요?"

그녀가 물었다. 잠시 뒤, 작고 힘없는 대답이 들려왔다.

"여기 있네, 부엌 옆에 있는 방."

집 안은 온통 쓰레기투성이였다. 도화지 양은 쓰레기를 밟지 않으려고 조심하면서 천천히 부엌 옆 방 쪽으로 향했다. 그녀는 마침내 방문을 열고, 방 안으로 들어왔다. 침대에 머리가 하얗고 수염이 덥수룩하며, 깨진 안경을 쓰고 있는 노인이 누워 있었다. 그는 수십 장의 담요를 위에 덮고 있었는데, 모두 오랫동안 세탁하지 않았는지 더럽고 냄새가 났다.

"반갑네, 얼마 만의 손님인지. 분명 그 친구가 보낸 거겠지? 그래도 고맙네, 덕분에 비가 다시 집으로 돌아왔어."

"비요?"

그녀는 고개를 들어 천장을 응시했다. 어디에도 먹구름은 없었다. 노인은 그녀의 엉뚱한 행동에 미소를 지었다. 그러곤 그녀에게 설명했다.

"이 고양이 이름이 '비'라네. 장마가 오는 와중에 혼자 그 속에서 떨고 있던 게 첫 만남이라 그렇게 붙였지. 정말 영리한 아이야. 비가 잠시 산책하고 오는 동안 내 다리가 망가져 문을 열어 줄 수 없었는데, 그걸 알고는 자네를 데리고 와 문을 열어 달라고 한 게지."

"그렇다면 할아버지는 진짜 비를 본 적 있으세요?"

"물론. 나만큼 오래 살면 비는 수백, 수천 번도 더 보고 느낀단다. 어릴 땐 나도 비가 올 때면 우비를 입고 나가 비 냄새를 맡고, 물웅덩이에 뛰어들었는데, 그립구나."

"저도 비를 보고 그 속에서 뛰어놀 수 있을까요?"

도화지 양이 눈을 반짝이며 말했다.

"아쉽지만, 네 몸으론 비에 닿았다간 젖고 말테지. 그래도 고양이 비와는 마음껏 놀 수 있을 게다."

"그렇지만 비는 저보다 할아버지를 더 좋아하는 것 같아요."

그녀의 말에 노인은 덤덤하고, 씁쓸한 표정으로 고양이를 쓰다듬었다.

"나는 내 결말을 알고 있단다, 너무나 잘 알지! 지금도 그것을 느낄 수 있어. 그렇지만, 작가가 널 내게 보냈다는 건 내게도 희망이 있단 뜻이겠지."

"할아버지는 어떤 결말을 원하시는데요?"

노인은 눈을 감았다. 그러곤 자신의 미래에 대해 생각했다.

"죽음."

"그건 해피엔딩이 아니잖아요!"

"모든 책이 그렇게 끝날 순 없지."

"작가님은 제게 모든 책을 해피엔딩으로 끝내겠다고 약속했어요!"

"내게는 이게 해피엔딩이란다. 나는 늙었고, 지쳤어. 책의 결말대로라면 이대로 영원을 고독하게 보내야만 하지. 하지만, 너와 비가 와 주었어! 그것만으로 내 결말은 바뀔 거란다. 너는 아직 어려서 죽음에 익숙하지도 않고, 두렵고 무서운 것으로만 느껴지겠지만, 나이가 들면 죽음은 차츰 내 인생의 일부가 된단다. 영원히 사는 것을 바라는 노인은 없어. 단지, 어떻게 죽느냐가 무서울 뿐이지. 이 빌라의 노인들은 전부 가족과 연락이 닿지 않아 쓸쓸히 여생을 보내는 사람들이란다. 친구도, 자녀들도 찾아오지 않지. 나처럼 반려동물이라도 키우면 모를까, 그것마저도 없는 노인들이 대부분이야. 가장 멋진 죽음은, 가족과 친구들로 둘러싸인 침대에서, 가장 사랑하는 사람과 손을 맞잡고, 그렇게 동시에, 행복한 미소를 띠며 죽는 것이고, 나도 그것을 선망한단다."

노인의 말에 도화지 양은 눈물을 흘렸다. 참고, 참으면서도 결국 눈물의 냄새와 함께 눈에서 방울방울 비가 내렸다. 그녀의 우비 덕분에 그녀는 젖지 않았다.

"너는 내 결말을 해피엔딩으로 바꿔 주기 위해 왔다고 했지? 그렇다면 부탁을 하나 하마. 내가 죽을 때, 비와 함께 그것을 지켜봐 다오. 어린 네게 가혹한 부탁을 해서 미안하구나."

도화지 양은 조용히 고개를 끄덕였다.

도화지 양은 그 이후 노인의 죽음을 표현하는 책의 마지막 빈 페이지에서 살게 되었다. 그녀는 전과 다를 바 없이 백지에 있었지만, 그곳은 결코 백지가 아니었다. 그녀는 노인과의 약속대로 그의 임종을 지켜보기로 했다. 그렇기에 매일 알록달록한 꽃을 따서 노인에게 가져가고, 그의 상태를 확인했다. 쓰레기로 찬 집을 청소하고, 노인의 옷가지나 담요, 이불을 세탁했다. 지금껏 깨끗한 도화지에서 살았기 때문에, 청소에는 누구보다 자신 있었다. 이따금 그녀는 노인의 책에서 나와 셀린과 마르코, 그리고 그들의 작가를 보러 가기도 했다. 셀린은 예전보다 더 빛나는 스타가 되어 도화지 양이 찾아갈 때면 그녀만을 위한 노래를 불러 주었다. 무사히 배신자와 해적들을 무찌른 마르코는 고국으로 돌아가 다시 가족들을 볼 수 있었고, 그녀에게 늘 재미있는 항해 이야기를 들려주었다. 작가를 만날 땐 여러 가지 잔소리를 했다. 그는 그녀와의 약속대로 행복한 결말의 이야기를 써 지친 독자들의 마음을 위로했다. 도화지 양의 이야기는 이것으로 끝이 아니다. 그녀는 얼마 뒤, 비와 함께 노인의 임종을 지켜보았다. 마지막 순간까지 웃는 얼굴로 그는 평온하게 세상을 떠났다. 그것으로 작가의 책들은 모두 해피엔딩을 맞았지만, 아직 그 도서관에는 그렇지 못한 책들이 많았기에, 도화지 양은 멈추지 않았다. 지금도 분명 어디선가 비극적인 결말을 맞을 주인공들을 희망과 행복으로 이끌어 가고 있을 것이다.

검은 모자 씨

해송중학교 1
구혜인

진저는 그의 쌍둥이 형제인 리스의 생일 파티를 준비하던 와중에 큰 실수를 저지르고 말았다. 너무 들뜬 나머지 마을 사람 모두에게 초대장을 보내, 리스를 끔찍하게 싫어하는 이웃까지 초대한 것이다. 리스는 벌써부터 겁에 질려 있었지만, 이미 파티는 세 시간도 채 남지 않았기에 곧 이웃들이 몰려올 터였다. 진저는 리스를 잘 알고 있었고, 그가 절대 자신이 저지른 일에 대해 제대로 사과할 수 없을 거라고 확신하고 있었다. 하지만, 영리한 진저는 곧 좋은 방법을 떠올렸다. 그러곤 리스에게 말했다. "네가 받을 선물 하나를 내게 양보한다면, 내가 널 도와줄게." 리스는 못마땅했지만, 어쩔 수 없이 그의 형제의 제안에 응했다.

12시를 알리는 종이 울리기도 전에 손님들이 집 앞을 가득 매웠다. 진저는 창문을 통해 리스가 사과해야 할 사람, 검은 모자 씨를 지켜보았다. 그는 그날도 늘 그렇듯 검은 모자를 푹 눌러쓰고 있었다. 진저는 이미 리스에게 들어 리스가 그에게 어떤 원한을 샀는지 잘 알고 있었고, 앞으로 자신이 할 일이 쉽지 않을 것 또한 잘 알고 있었다. 하지만 진저는 자신의 형제와 그의 선물을 위해 용기를 내어 마침내 12시를 알리는 종이 울리자, 당당히 문을 열었다. "저와 진저의 생일 파티에 와 주셔서 감사합니다!" 리스는 그 말을 듣곤 진저의 영리함에 감탄했다. 진저는 그날 하루 동안 자신이 리스가 되어 그에게 사과할 작정이었던 것이다.

리스를 연기하는 진저는 수많은 사람들 틈을 손쉽게 지나갈 수 있었다. 소문을 들은 사람들은 진저를 피하고, 그날 하루 진저가 된 리스에게만 축하 인사를 전했기 때문이다. 덕분에 사람들 틈에서 빠져나오는 것은 손쉬웠지만, 진저는 리스를 따돌리는 마을 사람들에게 서운한 감정을 느꼈다. 그런 와중에 진저는 검은 모자 씨가 홀로 계단에 기대어 쉬고 있는 것을 보곤, 잡생각은 잠시 접어 두고 그곳으로 향했다. "안녕하세요, 꼭 드리고 싶은 말씀이 있어요." 검은 모자 씨는 그를 보곤 얼굴을 찡그렸다. "필요없다." 진저는 그의 동굴 같은 목소리에 자신도 모르게 겁을 먹고 말았지만 그럼에도 사과를 계속했다. "정말 죄송했습니다. 하지만 실수였어요!" 그 말에 검은 모자 씨는 더욱 격분했다. "실수? 실수로 그 덩치 큰 개를 강에 빠뜨리다니! 밴을 해친 것도 모자라 이젠 거짓말까지 하는 거냐? 됐다, 실수는 내가 한 것 같군. 애초에 여기 오는 게 아니었어." 검은 모자 씨는 이윽고 형제의 집 밖으로 나가 버렸다. 이를 본 리스는 진저가 머뭇대는 사이 사람들 틈을 비집고 그를 향해 뛰어나갔다. "기다려요!" 그는 리스의 부름에도 멈추지 않고 매정하게 계속 나아갔다. 리스는 계속해서 뛰었다. 검은 모자 씨가 영영 자신을 미워하게 될까 두려워 소란스러운 생일 파티 소리가 들리지 않는 곳까지 검은 모자 씨를 쫓았다. 검은 모자 씨는 그런 리스를 피하던 와중, 그의 개가 빠졌던 그 깊은 강 위 절벽에서 멈춰 섰다. "나는 아직도 이곳에 서기만 하면 다리가 부들부들 떨린다. 밴이 얼마나 괴로웠을까! 너는 여기서 심심하단 이유로 그 아일 밀었겠지. 난 말이다, 힘없는 동물을 괴롭히는 너 같은 꼬마가 제일 싫어." 그가 리스를 향해 증오의 말을 쏟아 내는 사이, 리스는 그 커다란 개가 그랬듯이 그의 발밑이 흔들린다는 것을 눈치 챘다. 리스는 망설임 없이 검은 모자 씨에게 달려가 그의 옷자락을 잡았지만, 이미 그의 발밑은 무게를 견디지 못하고 부서진 후였다. 리스는 간신히 검은 모자 씨의 손을 붙잡고, 그를 위로 끌어올리려 안간힘을 썼지만 역부족이었다. 팔에 힘이 빠지고, 당장 자신도 그와 함께 깊은 강 속으로 떨어질 수 있었지만, 리스는 손을 놓지 않았다. 그때, 누군가 리스의 뒤에서 힘을 보탰다. 바로 그의 형제인 진저였다. 형제는 힘을 합쳐 검은 모자 씨를 벼랑 위로 끌어당겼다. 마침내, 그들은 기진맥진한 채 무사히 그곳에서 빠져나올 수 있었다. 진저와 리스는 주인공 없는 생일 파티가 한창인 집으로 돌아가는 내내 아무 말이 없었다. 파티로 돌아와서, 검은 모자 씨는 모든 사람들이 보는 앞에서 자신이 그간 했던 오해와, 형제의 영웅적인 행동을 모두 털어놓았다. 생일 파티는 곧 그 어느 때보다 시끄러워졌다. "아직 너희에게 생일 선물을 주지 않았구나. 뭐든지 날이 밝는 대로 주마." 그의 말에 형제는 싱긋 웃으며 말했다. "이미 최고의 선물을 주셨는걸요."

그날 밤, 진저가 자는 사이 리스는 자신의 선물 중 가장 큰 것을 진저의 책상에 두었다.

새빛의 졸업식

용인한빛중학교 3
김윤서

사실을 마주한다는 것보다 두려운 것이 뭐가 있을까. 난 그저 극심한 공포에 사로잡혀 도망치지도 못하고 식은땀을 흘리며 눈물을 흘려보내는 것밖에 할 수 없었다. 정확히 세 시간 전이었다.

"정의중 졸업생들, 다들 졸업 축하한다! 고등학교 가서도 열심히 공부하고 각자의 꿈을 잘 찾아가길 바란다. 이 잘생긴 교장 선생님도 잊지 말고. 이상!"

"그동안 감사했습니다!"

학생들이 한목소리로 교장 선생님께 마지막 인사를 건넸다. 길고 지루했던 훈화 말씀이 끝나자 여기저기서 졸업을 축하하는 커다란 환호성과 카메라 셔터음이 웅성거리며 운동장을 가득 메웠다. 드디어 끝이구나. 후련한 기분이 들었음에도 오실 부모님이 한국에 없다는 것에 아쉬운 마음을 감출 수가 없었다. 나는 빈손으로 조용한 곳을 찾아 운동장을 떠나려 했다. 그때 누군가가 달려와 내 목에 팔을 둘러 감았다.

"한새빛, 졸업 축하한다!"

"으악! 둘 다 나 좀 그만 놀리랬지."

내 절친 둘, 강찬빈과 민태혁이었다. 둘은 내가 죽을 듯이 힘들 때 유일한 의지가 되어 준 소중한 친구들이다. 나는 웃으며 둘의 장난을 받아주었다. 오늘따라 장난이 버겁지만 그래도 졸업식이니까 많이 들뜬 것은 이해해 주기로 했다.

"잠깐만 얘들아, 나 챙기러 갈 게 있어."

"그래? 그럼 같이 가자."

나는 친구들과 함께 강당으로 걸음을 옮겼다. 아무도 없이 휑한 강당으로 들어가니 괘종시계 하나가 구석에 자리 잡고 있었다. 체육 시간에 피구를 하다가 시계를 맞춰 금이 간 유리마저 그대로였다. 예전에는 고풍스럽게 금칠된 테두리와 온 학교를 가득 울리던 종소리가 참 신비해 보였는데 이제는 겉모습에서 세월의 흔적이 적나라하게 드러난다. 낡은 괘종시계의 유리문을 여니 삐걱거리는 소리가 났다. 그 안에는 내가 예전에 넣어 두었던 상자가 있었다. 먼지가 두껍게 덮여 있었지만 예상 외로 전혀 낡아 보이지 않았다. 먼지를 털어 내고 보니 상자는 여전히 깔끔한 하얀색이었다. 옛날에 유행하던 예능 프로, '추억의 타임캡슐'에서 나의 소중한 물건을 담아 몰래 숨겨 두면 기적이 찾아온다는 말을 했었다. 어린 난 그 미신을 믿었던 것이다. 중학교에 입학할 때 나는 그 프로를 따라 멋져 보이던 괘종시계 안에 내 타임캡슐을 몰래 보관해 두었더랬다.

비록 상자가 너무 오래되어 그런지 열리진 않았지만 그래도 안전하게 있어 준 것에 안심할 때였다. 고장 난 줄 알았던 시계에서 갑자기 뎅 하고 종소리가 크게 울려 나왔다. 나는 너무 놀라 뒤로 넘어졌고 내 친구들은 그런 나를 보고 다시 깔깔 웃어 댔다. 뒤에서 들려오는 친구들의 놀림 섞인 웃음소리를 피해 난 홧홧하게 붉어진 얼굴을 숙이곤 밖으로 앞장서 갔다.

그런데 강당을 나서자 이상한 분위기가 감돌았다. 사람들의 시끄러운 웅성거림이 사라지고 그저 적막만이 남아 있었다. 묘한 분위기에 소름이 돋은 나는 빨리 학교를 나가려 학교 정문을 힘껏 잡아당겼다. 문제는, 그 문이 열리지 않았다는 것이다. 남학생 세명이 달라붙어서 아무리 문고리를 잡아당기고 세게 밀어 보아도 문은 굳게 잠겨 미동도 하지 않았다. 졸업식 날에 벌써 학교 문을 잠가 놓을 이유가 없을 텐데 말이다. 내가 당황하자 친구들은 교무실에 문을 열어 줄 선생님들이 계시지 않겠냐며 나를 앞장세워 교무실로 향했다.

하지만 교무실에서도 사람의 형상은 보이지 않았다. 모두가 사라진 것 같다는 공포 영화스러운 생각이 스쳐 지나가며 심장이 빠르게 뛰기 시작했다. 쥐 죽은 듯 불안한 고요함이 서린 복도 한복판에서 우리는 어떻게 하면 학교를 빠져나갈 수 있을지 고민했다. 나는 이 상황이 무서워 친구들과 함께 있고 싶었지만 둘은 흩어져 정문의 열쇠나 도와줄 사람을 찾아보는 것이 좋을 것 같다는 결론을 내렸다. 내가 가지 말라고 해도 겁쟁이처럼 굴지 말라며 둘은 멋대로 내 손을 뿌리치곤 각각 화장실과 미술실 쪽으로 몸을 돌렸다. 나는 자리에 가만히 서서 벌벌 떨다가 마지못해 타임캡슐을 품에 꼭 안고 우리 반 교실로 무거운 걸음을 옮겼다. 복도가 다른 때와 다르게 유난히 어두웠다.

'무슨 일 없겠지⋯⋯?'

차오르는 두려움을 삼켜 가며 불이 꺼져 깜깜한 교실 문을 열고 들어갔다. 우리 반 학생 중에 전교 회장이 있었으니 그 애 책상에 열쇠가 있을 수도 있다고 생각했다. 불행하게도 난 항상 반의 맨 앞자리에 앉았으므로 그 친구의 자리가 어디인지 알 수가 없었다. 저 많은 책상을 다 뒤져 봐야 한다니, 자연스럽게 미간이 찌푸려졌다. 이 교실은 그리 좋은 기억이 있는 장소는 아니었기에 빨리 뒤져 보고 친구들에게 향하려 했다. 나는 조심스레 몸을 숙여 서랍 안을 하나하나씩 살펴보았다. 구겨진 기말고사 시험지, 사탕 껍질 쓰레기들, 한 달이 안 되어 잃어버리던 지우개들이 보였다. 그러다 내 눈에 띄었던 것은 찬빈이의 서랍 속에서 발견한 한 노란색 메모지였다. 구겨진 메모지를 꺼내 펼쳐 보니 지워져서 살짝 흐릿해진 두 사람의 대화가 쓰여 있었다. 주고받은 대화를 읽어 내려가다 보니 무엇인가가 이상했다.

─야 수업 언제 끝나지?

─개빡친다, 아직 10분 남음.

─야 앞에 빛새끼 좀 봐 봐! 또 울먹인다.

─겁 많은 새끼가 계집애같이 좀 맞았다고 찡찡대네.

─ㅋㅋ 다음시간엔 제대로 정신교육 시켜 줘.

─근데 강찬빈 넌 왜 저런 애랑 놀고 다니냐?

─재밌잖아, 경계심 하나 없이 지 뒤통수치는 놈 바짓가랑이 잡는 꼴이.

─미친 인성 쓰레기 ㅋㅋㅋ

글자가 흐릿했지만 그 내용만은 선명하게 뇌리에 박혔다. 눈을 비비고 다시 봐도 내가 본 내용이 맞았다. '빛새끼'라는 잊고 싶은 별명이 두 동공을 비집고 눈 안으로 아프게 파고들었다. 머릿속이 하얘지고 메모지를 쥔 손이 전율했다. 한 치의 의심도 없이 내 절친의 글씨체임을 확신할 수 있었다. 짙은 배신감이 덮쳐 올수록 울컥하는 눈물을 입술을 깨물며 억지로 참았다. 아니야, 설마 아닐 거야. 그저 짓궂은 찬빈이의 농담 일거고 시력이 나쁜 나의 오해일 거라고 생각하며 메모지를 구겨 주머니에 쑤셔 넣었을 때였다.

등 뒤에서 낮게 으르렁거리는 소리가 들렸다. 순간 난 공포에 질려 굳어 버렸다. 환청일 거라는 나의 믿음을 가볍게 비웃는 듯 다시 한번 낮은 그르렁거림이 길게 울렸다. 끔찍한 울음소리에 온몸에 소름이 돋아 올랐다. 마른침을 한 번 꿀꺽 삼키곤 뒤를 돌자, 처음 보는 괴생물체가 존재하고 있었다. 검은 안개에 둘러싸인 그것은 교실 의자의 부품들이 조각나 이어 붙여진 모습을 하고 있었다. 네모난 몸통에 다리 두 개가 달려 있었는데 덩치가 어찌나 커다란지 내가 그것이 드리운 그림자 안에 파묻힐 정도였다. 몸뚱이를 괴상하게 비틀며 기다란 두 다리를 절뚝이던 괴물은 먹잇감을 찾아 하나뿐인 붉은 외눈을 번뜩였다. 나는 최대한 숨을 죽인 채 그것을 피해 뒷걸음질 쳐서 책상 아래로 몸을 숨기려다 그만 책상을 뒤로 넘어뜨리고 말았다. 쿵 하는 굉음과 함께 책상이 교실 바닥으로 내려앉자 공포심으로 얼룩진 내 심장도 함께 저 밑바닥으로 내려앉았다. 소리를 듣고 다리를 굽혀 내려다보는 괴물과 나의 시선이 맞닿자 그것은 날카로운 이빨들이 잔뜩 솟아오른 커다란 입을 벌리더니 고막이 찢어지도록 날카로운 웃음소리를 토해 냈다. 촉수처럼 긴 남색 혀를 날름거리며 진득한 침을 바닥으로 뚝뚝 떨어뜨리던 그것은 날 보고 구미가 당긴다는 듯 입맛을 다셨다. 그 태도는 절대 호의적이라고는 말할 수 없었다. 나는 겨우 굳어 버린 몸을 일으켜 교실 앞문으로 내달렸지만 이미 고장 나 있던 앞문은 아무리 당겨도 열리지 않았다. 망할, 학생회에게 고쳐 놓으라고 말한 지가 언젠데 아직도 이러는 거야! 나는 문을 열려

애쓰다 실패하자 절망하여 자리에 털썩 주저앉고 말았다. 식은땀
이 척추를 따라 교복 셔츠를 적셨다. 괴물은 쓰러진 날 보곤 비릿
한 미소를 지으며 더더욱 빠르게 다가오고 있었다. 그것에게 밟히
자 하나씩 으스러져 조각이 나는 책상들을 바라보며 마지막은 나
의 차례일 것이라 확신했다. 교실 구석에 처박힌 채, 창백해진 얼
굴 위로 눈물이 흘러내렸다. 전에도 이런 적이 있었다.

　기억해 내기 싫었지만 그 순간 나의 숨소리마저 전부 떠오른
다. 종소리가 울리면, 쇼가 시작된다. 위에서부터 나를 내려치던
의자. 나를 둘러싼 채로 눈꼬리를 잔뜩 휘어 대며 나를 동물원 원
숭이처럼 쳐다보던 시선들. 구원의 눈빛을 보내도 고개를 돌리던
다른 아이들. 귓바퀴를 맴돌던 혐오스러운 웃음소리를 난 기억한
다. 의자는 그때도 나에게 괴물이었다. 의자가 한 번 들렸다 내려
쳐질 때마다 나는 외마디 비명을 내지르며 무너져 내렸다. 아이
들은 나에게 종이 뭉치나 학용품을 던져 대며 일어나라고 소리쳤
다. 바닥에 납작 엎드려 눈물과 코피로 범벅이 되어 가는 내 얼굴
을 보고 박수 치던 아이들에게서, 나는 박수의 의미에는 축하만이
담긴 것이 아니라는 것을 배웠다. 온몸의 뼈가 으스러지는 고통을
고스란히 받아 내던 내가 기절하고 나서야 의자는 움직임을 멈췄
다. 흥미를 잃은 아이들은 내 위에 이불을 덮어 날 가리곤 교실 맨
뒤쪽 청소도구함 안에 나를 방치했다. 중간에 깨어나 소리라도 칠
까 봐 입에는 자기들이 신던 양말을 욱여넣은 채로 나는 점심시간
내내 그 안에 감금되었다. 정신이 들어도 고통스러운 몸을 일으킬
수 없어 꺼내 달라고 청소도구함의 문만 긁어 대느라 항상 그곳에
는 피딱지가 묻어 있었다.

　굶주린 괴생물체는 어느새 코앞까지 다가와 입을 벌렸다. 커다

란 검은 그림자가 날 덮쳐 왔다. 나는 반사적으로 안고 있던 타임 캡슐을 들어 내 얼굴을 가리곤 눈을 꼭 감았다. 괴물이 교실을 울리도록 높은 신음 소리를 낸다. 끝이다.

"뭐, 뭐야……?"

아무런 고통도 느껴지지 않아 눈을 떠 보니 내 눈 앞에는 그 어떤 괴생물체의 흔적도 남아 있지 않다. 그저 평범한 교실 의자들이 널브러져 있을 뿐이었다. 내 손에 들린 하얀 타임캡슐 상자만 가만히 빛을 내고 있었다.

긴장이 풀려 그 자리에 멍하니 앉아 있다가 화들짝 정신이 들었다. 일단 친구들과 만나기 위해 찬빈이가 향한 화장실로 급하게 뛰어갔다. 복도는 아까보다 더 어두워진 느낌이 들었다. 무슨 일이 벌어진 건지 아직도 어안이 벙벙했다. 정말 그저 환상일 뿐이었을까? 그렇다고 하기엔 괴물의 모습이 너무나 선명했었는데…… 생각을 다 마치기도 전에 어느새 나는 남자 화장실 문 앞에 서 있었다.

"강찬빈……혹시 안에 있어?"

혹시나 또 괴생물체가 나올까 봐 조심스레 문을 밀자 끼익 하는 음산한 소리와 함께 남자 화장실 문이 열렸다. 불이 꺼진 화장실을 습하고 불쾌한 냄새가 덮고 있었다. 애들이 또 담배를 피우고 갔는지 구석에 쌓인 담배꽁초들에서 솟아오른 매운 연기들이 코를 찔렀다. 가쁘게 기침을 해 대며 화장실 불을 켜고 찬빈이를 찾기 시작했다. 떨리는 몸을 진정시키며 앞으로 나아가자 청소도구함 칸의 문이 삐걱거리며 움직이고 있는 것이 보였다. 왜 하필 저기일까. 트라우마들이 의도적으로 나를 노리고 접근하는 것처럼 느껴졌다.

종소리가 울리고, 체육복을 갈아입으러 들어간 화장실 칸. 난 아직까지도 내 머리 위로 퍼부어진 구정물의 악취를 잊을 수가 없다. 물에 젖은 생쥐 꼴이 된 나의 머리 위로 연이어 쓰레기통 속 불쾌한 내용물들이 퍼부어졌다. 역겨운 냄새가 너무 심해서 난 차마 눈을 뜰 수도 없었다. 내가 쿨럭대며 더러운 악취로 괴로워하자 밖에서는 또 웃음소리가 들리더니 누군가가 내가 잠근 문을 억지로 열었다. 그 무리는 나를 그대로 끌어당겨 바닥에 눕혀 버리더니, 젖은 옷을 갈아입혀 준다는 명분으로 내 몸을 구속하고 억지로 옷을 찢어 벗겼다. 벗어나려 발버둥 쳤지만 다섯 명이 넘는 아이들의 힘을 혼자 이겨 내는 것은 역부족이었다. 내가 소리를 지르려 하자 한 아이는 시끄럽다며 구정물 안에 담겨 있던 대걸레를 내 입에 쑤셔 넣었다. 그 애는 웃음소리를 내 몸 위로 잔뜩 떨어뜨리며 내 입을 '걸레빨이'라고 불렀다. 내가 괴성을 내며 놓아 달라고 애원해도 그들은 끝까지 내 속옷까지 전부 벗겨 버리곤 내 옷은 구정물에, 나는 청소도구함 칸에 처박았다. 나는 학교가 끝날 때까지 눈물과 구정물, 그리고 여러 번 구토하여 토사물이 온몸에 묻은 채 나체인 상태로 청소도구함 칸 안에 갇혀 있었다. 벗겨져 드러난 멍든 몸이 수치스러워 차마 나갈 수 없어서였다. 그러다 결국 얼굴도 모르는 한 학생에게 엎드린 채로 간절히 빌어서야 그 안을 빠져나올 수 있었다. 화장실에 계시던 선생님마저 내 모습을 보곤 미간을 찌푸리고 나가 버렸다. 그때 내 옷을 벗기며 그 무리가 지껄인 말들은 떠오르는 것만으로도 나에게 심한 구토감을 불러일으킨다.

난 혐오스러운 회상을 그만두고 발걸음 소리를 죽여 가며 한 걸음 한 걸음 청소도구함 쪽으로 다가갔다. 너무 긴장한 나머지 온몸의 신경이 곤두서는 기분이었다. 결국 너무나 심한 반감과 속에서 역류하는 것들 때문에 그 안을 보는 걸 포기했을 때, 갑자기 회색 구정물이 화장실 한가운데에 있는 하수구에서 역류하기 시작했다. 콸콸콸 쏟아져 나오며 역류하던 물은 금세 내 발목까지 차올랐다. 내가 당황해하던 순간, 역류하던 구정물이 잠시 멈추더니 곧 화장실 바닥이 크게 진동했다. 엄청난 양의 구정물과 함께 하수구 안에서 불쑥 튀어나온 것은 짙은 검은색으로 얼룩진 커다란 촉수였다. 그것이 하수구를 뚫고 나와 완전히 모습을 드러내니 괴생물체는 대걸레의 걸레 부분과 닮은 모습을 하고 있었다. 벌레가 꿈틀대는 것처럼 움직이며 빠른 속도로 나를 잡아끌고 가려는 수많은 촉수들을 미친 듯이 차오르는 구정물 속에서 피하는 것은 불가능 그 자체였다. 한번 촉수가 바닥을 내려칠 때마다 엄청난 굉음과 동시에 벽면에서는 시멘트 가루가 떨어졌다. 내가 진동에 휘말려 휘청거릴 동안 부서진 환풍구에선 회색빛 담배 연기가 끝도 없이 밀려 들어와 눈앞을 따갑게 가렸다. 나는 촉수에게서 필사적으로 몸을 피했다. 잠깐 긴장을 놓았다간 어느새 허리까지 차오른 구정물의 강한 물살에 그대로 휘말려 버릴 것이 분명했다. 뒤를 돌아보니 거울 속 겁에 질린 나의 모습 뒤로 화장실 벽면을 타고 검은 점액을 흘리며 다가오는 두꺼운 촉수들이 보였다. 이미 화장실의 출구는 진득거리는 촉수들이 뒤덮어 다가갈 수조차 없었다. 결국 중심을 잃은 나는 물살에 휩쓸려 질척이는 촉수들에 몸이 감겨 버리고 말았다. 날 파고드는 불쾌감에 이번에는 진짜 죽겠다고 확신했다. 그런데 물살에 휩쓸릴 때 떨어뜨린 타임캡슐에서 급작스레 하얀빛이 나기 시작하더니 곧 엄청나게 밝은 빛이 괴물을 둘러쌌다. 괴생물체는 마치 감전된 것처럼 그 눈부신 하얀

빛에 휘말려 심하게 전율했다.

"으, 으악!"

난 그것에게 들려 잔뜩 흔들리다 바닥으로 툭 떨어졌다. 괴물이 있던 자리에는 낡디낡은 젖은 대걸레만이 남아 있었다. 마치 악몽을 꾼 듯이 젖은 옷도 말끔히 말라 있었다. 하지만 하얀빛을 내며 반짝이는 타임캡슐 상자는 그것이 나의 꿈이 아니라는 것을 확실히 증명하고 있었다. 저 타임캡슐은 날 노리는 괴생물체를 물리칠 수 있는 힘이 있는 것처럼 보였다. 그리고 지금 있는 이곳은 절대 내가 알던 평범한 학교가 아니라는 것도 확실해졌다. 나는 친구들을 찾아 품 안에 타임캡슐을 소중히 안아 들고는 화장실 밖을 나섰다. 마음 한구석에 조용히 자리를 잡고 피어오르는 의구심을 무시한 채로.

'아까 태혁이가 미술실로 간다고 했었지.'

나는 날 기다리는 사람도 없었으면서 진작 학교를 나가지 않은 것을 후회했다. 미술실. 그곳 또한 내가 심한 괴롭힘을 당한 곳이다. 그렇다면 앞선 두 차례가 그랬던 것처럼 이번에도 내 기억 속 끔찍한 물체의 모습을 한 괴생물체가 다시 한번 튀어나올 것이라는 말이다. 예상이 가도 오금이 저리는 것은 어쩔 수가 없었다. 지금 당장이라도 자리에 털썩 주저앉아 내 신세를 한탄하며 펑펑 울어 버리고 싶었지만 지금 이곳엔 나를 지킬 사람이 나뿐이다. 그리고 내 눈으로 직접 확인하고 싶어진 진실 또한 생겼다. 허울뿐인 용기와 약해 빠진 의지로 이루어진 나는 어느새 제 발로 괴물의 소굴로 향하고 있었다. 너무 이상한 것을 연속해서 마주한 나머지 미쳐 버린 것이 확실했다. 층계참을 내려가는 나의 발소리가 웅웅대며 울렸다. 어느새 복도에는 어둠이 내려앉았고 기둥 틈 사이로 들어오는 알 수 없는 붉은빛만이 내리쬐고 있었다. 으스스한 분위기에 나도 모르게 압도되었다.

미술실로 향하는 길에 그 안에서 무슨 일이 벌어졌었는지를 생각했다. 어떤 괴생물체가 날 덮치려 하고 있는지 조금이라도 예측해 볼 계획이었지만 기억을 회상하는 것은 날 더욱 불안하게 만들 뿐이었다. 그때도 종소리가 울렸고, 미술 시간이 시작되었다. 그날은 미술 수행평가가 있는 날이었다. 그 수행평가는 내 고등학교 진학에 꽤 큰 비중을 차지하고 있었으므로 난 일부러 눈에 띄지 않게 제일 구석진 곳에서 그림을 그려 나갔다. 내 두 절친들도 그림을 칭찬하며 날 응원해 주었지만 불행히도 나는 또다시 애들의 눈에 띄었다. 선생님이 나가자마자 애들은 내 등에 뭐가 묻었다며 털어 준다는 명분으로 등에다 붓으로 온갖 욕설을 써 놓는 것으로 괴롭힘을 시작했다. 그다음에는 내 미술 도구들을 빼앗아 갔다. 키가 작은 편인 내가 미술 도구를 다시 되찾으려 낑낑댈 때 홀로 방치된 내 그림 위에는 조화롭지 못한 다른 색들이 어지럽게 칠해지고 있었다. 그것을 알아차렸을 때는 이미 내 그림은 원래의 형체를 알아볼 수 없을 정도로 완전히 뭉개져 있었다. 이게 현대미술이라며, 재능 없는 나에게 자기들이 축복이라도 내려 준 것마냥 말하던 그들. 나는 더 이상 참지 못하고 뭐하는 거냐며 눈물 섞인 악을 썼지만 처절한 나의 절규가 우습다는 듯 애들은 놀라는 기색 하나 없이 낄낄댔다. 절망한 내 얼굴에는 물통이 끼얹어져 붉은 물이 들었고 아이들은 이제 나를 팔레트로 삼아 온몸을 파란색 멍으로 하나하나 물들여 갔다. 나에게서 흐르는 붉은 액체가 물감 물인지, 아니면 내게서 뿜어져 나오는 피인지 더 이상 구분할 수 없었다. 마지막으로, 망쳐진 내 작품을 보고 이딴 쓰레기를 제출

할 생각을 했냐며 반 아이들 앞에서 종이를 갈기갈기 찢어 버리시
던 선생님은 나를 완전히 검은색으로 칠해 덮어 버리셨다.

'아냐 괜찮을 거야, 할 수 있어 한새빛.'

끔찍한 생각을 날리려 고개를 양옆으로 흔들었다. 미술실 앞에
도착한 나는 문고리를 잡고 잡아당겼다. 곧바로 내 머리 위로는
붉은 물감물이 쏟아졌다. 얼음장같이 차가운 물에 놀란 나는 외마
디 비명을 내질렀다. 축축하게 젖은 나의 머리에서 붉은 물감 물
이 마치 피를 흘리는 듯 뚝뚝 떨어졌다. 겁이 든 나는 타임캡슐을
더욱 꽉 쥐곤 똑바로 눈을 떠 정면을 응시했다. 그곳에는 이미 찢
겨 버려져 있어야 할 나의 그림이 이젤 위에 멀쩡히 놓여 있었다.

"저건…… 내 그림이잖아!"

그토록 다시 되찾고 싶었던 그림을 보곤 급박해진 내가 그림을
잡으려 가까이 다가간 순간, 괴생물체는 곧바로 본모습을 드러냈
다. 갑자기 그림이 내 눈 앞에서 스스로 조각나며 찢어지더니 회
오리바람을 일으키기 시작했다. 그 회오리는 점점 커지더니 어느
새 날카로운 붓 끝 촉을 나에게 들이대며 위협을 가했다. 회오리
가 미친 듯이 회전하면서 미술 도구들이 휘말려 들어 여기저기로
물감이 튀었고 날카로운 나무조각칼들이 날아들었다. 나는 최대
한 몸을 낮추곤 그 폭풍에게로 가까이 다가갔다. 하지만 내가 괴
물에게 타임캡슐을 가져다대려던 순간 괴물은 날쌔게 방향을 틀
어 눈 깜짝할 새에 교실 반대편으로 가 버렸다. 내가 무기를 가지
고 있다는 걸 눈치챘는지 괴물은 내가 예측 불가능한 빠르기로 교
실 이곳저곳을 옮겨 다녔다. 바람은 서서히 미술실을 가득 채울
정도로 몸집을 불려 나가고 있었다. 이대로라면 나도 창문 밖으
로 날아가 버릴 것 같았다. 교복 재킷이 펄럭이다 바람을 못 버티

고 폭풍 속으로 날아가 버렸다. 폭풍 속? 그래, 폭풍의 눈! 천재적인 아이디어가 떠올랐다. 나는 목표를 노리는 강한 눈으로 폭풍을 응시했다. 나는 내 등을 타고 오르는 검은 두려움을 끊어 내고 몸을 커다란 폭풍 속으로 내던졌다. 커다란 폭풍에 휘말려 몇 바퀴나 돌았을까. 속에 있는 것을 전부 게워 내기 전에 나는 폭풍의 한가운데로 나가 떨어졌다. 후들거리는 다리로 겨우 중심을 잡고 선 나는 하얀빛을 내는 타임캡슐 상자를 품 안에서 꺼내 폭풍 속으로 던졌다. 바람 속으로 사라진 타임캡슐은 곧이어 밝은 빛을 냈고 나를 삼켜 버리려던 폭풍은 속수무책으로 사라졌다. 폭풍이 사라진 자리에는 찢어진 내 그림의 조각들만이 남아 있었다.

헝클어진 머리를 추스르며 상자를 꼭 안아 들고 미술실을 걸어 나오다 아까는 보지 못했던, 깜깜한 복도에 떨어져 있는 민태혁의 핸드폰을 보았다. 아니, 정확히 하자면 태혁이가 급하게 핸드폰이 필요하대서 빌려 주었다가 졸업식 때까지 못 받아 낸 내 핸드폰이었다. 그것은 나에게 진실을 알려 주려는 듯 어두운 복도에서 라이트가 켜진 채 깜박이고 있었다. 잠금이 풀려 있는 핸드폰을 집어 드니 태혁이 무리의 단체 문자 방이 켜져 있었다.

— 애들아, 나 이번에 생기부에 잘 적혀야 하는데 한 번만 도와줘.

— 또 뭘 도와달라는 거임?

— 우리 반에 조용한 한새빛이라는 아싸놈 있잖아.

— 어, 근데 걔가 뭐.

— 걔 좀 괴롭혀 봐라, 도와주는 척하고 이용해 먹게.

— ㅋㅋㅋ 재밌겠다.

— 이게 일석이조지, 빵셔틀도 만들고 생기부에도 소외된 학생 도와준 놈으로 적히고.

―존나 웃기네, 민태혁 넌 진짜 약아 빠진 새끼다.

대화를 보곤 맥이 뚝 끊겨 걸음을 휘청였다. 멀쩡한 나의 두 눈을 의심하고 싶었다. 내가 연 판도라의 상자는 내가 감당할 수 있는 수준 이상의 진실을 토해 낸다. 서러운 감정이 북받쳐 눈가에 눈물이 맺혔다. 찬빈이에 이어 태혁이까지. 평생을 의지할 수 있으리라 믿었던 친구들의 이면은 너무나 냉랭했다. 쓸쓸한 기분이 들었지만 나는 과거를 잊고 나아가야 했다. 속이 부글거리며 끓었지만 나는 침착히 라이트를 비추어 어두운 복도를 걸어 나갔다. 직감적으로 두 사람이 어디 있는지 알 수 있었다. 강당으로 향하는 내 발걸음은 확고한 목적지를 가리켰다. 살짝 열린 강당의 문틈으로 위선자들의 비열한 목소리가 들려왔다.

"빛새끼는 왜 안 오냐?"

"몰라, 어디서 귀신한테 먹혀 죽었나 보지."

"진짜 그랬으면 좋겠다! 고등학교 올라갈 때 연 끊기 편하게."

"그러니까, 내 말이 그 말이야."

나는 강당의 문을 활짝 열어젖혔다. 갑자기 내가 등장하자 찬빈이와 태혁이는 당황한 내색을 감추지 못했다. 아까 내 이야기를 하며 지은 표정과는 확연히 다른, 환히 웃으며 반기는 손을 나는 차갑게 내쳤다. 갑자기 달라진 내 태도에 둘은 멈칫했다. 나를 위하는 척하면서 뒤에서는 자기 재미와 이익만 챙기려고 했던 그 이면성에 역겨움을 넘어 환멸이 났다. 난 차오르는 분노를 참아 낼 수가 없었다. 나는 들고 온 핸드폰과 주머니에 쑤셔 넣었던 쪽지를 그들 앞으로 내던졌다. 서러움에 눈물샘이 터진 것처럼 방울방울 흐르는 눈물은 멈추지 않았다. 한참을 울다 눈물로 가려져 흐릿해진 시선으로 둘을 바라보았다. 두 사람 모두 창백한 얼굴이었다. 하지만 그것은 자신들의 행동에 대한 후회가 아니었다. 질척이며 내 뒷목을 적셔 오는 것 또한 배신감만이 아니었다.

괘종시계가 울렸다. 커다란 종소리가 강당을 울렸다. 불길하다. 항상 나를 향한 괴롭힘은 종이 치면 시작되었다. 역시나 불길한 예감은 한 번을 틀리는 일이 없다. 종소리가 잦아들자 그 소리가 신호탄이라도 되는 것처럼 강당이 급격하게 어두워지기 시작했다. 갑자기 강당의 벽과 천장에선 충혈된 눈알들이 튀어나왔다. 여기저기서 쉴 새 없이 깜박이는 그 시선들은 총구인 마냥 정확히 나를 조준했다. 뒤이어 입술이 찢어진 붉은 입들이 튀어나왔다. 그것들은 하나같이 내가 가장 두려워하는 비웃음소리를 뱉기 시작했다. 강당을 온통 어지럽게 울리는 소음이 고막을 찢고 들어와 금방이라도 뇌혈관을 펑 터뜨릴 것 같았다. 이번에는 그르륵거리는 소름 돋는 소리가 내 바로 앞에서 들려왔다. 꾹 닫았던 눈을 슬그머니 떠 본다. 찬빈이와 태혁이의 모습이 사라지고 두 눈이 달린 채 섬뜩한 미소를 띤 커다란 괘종시계가 내 코앞에 와 있다. 길게 늘어진 그것의 그림자는 날 삼켜 온다. 이질감으로 얼룩진 머릿속, 시계의 아래쪽을 쳐다보니 내가 처음 타임캡슐 상자를 넣어 둔 곳에 또 다른 나의 형상이 갇혀 있다. 멍과 피로 얼룩진 그 내가 구해 달라는 눈빛을 보내며 시계의 유리문을 간절하게 두드리고 있다. 내가 그 말도 안 되는 현상을 확인하자마자 괴물은 큰 종소리와 함께 촛불을 끄듯 순식간에 온 강당을 한 치 앞도 보이지 않는 암흑으로 몰아넣었다. 차마 버티기 버거운 적이다.

나는 앞이 보이지 않는다. 더 이상 스스로 할 수 있는 것이 없다. 공포감으로 숨이 잘 쉬어지지 않는다. 캑캑대며 몸을 움츠려 도망가곤 있지만 종소리는 점점 더 가까워져만 온다. 전속력으로 도망쳐도 변하는 것이 없다. 그것이 한 번 종소리를 낼 때마다 온 강당이 지진이 난 듯 진동했다. 벽에 달린 눈은 계속 나를 쫓고 있고 입은 계속 시끄러운 웃음소리를 짜내고 있다. 정신이 혼미해진다. 내 바로 뒤까지 다가온 괴물의 기운이 느껴진다. 그것은 내가 학교 밖으로 나가는 것을 평생 허락하지 않을 거다. 만약 저것에게 잡힌다면 나는 어떻게 되는 걸까. 가쁜 숨을 쉬다 보니 금방이라도 피를 토할 듯 아프게 달아오른 목이 쓰리다. 목에서 피가 섞인 침이 넘어왔다. 비릿한 맛이 입안을 적셨다. 심장이 미친 듯이 요동쳐서 금방이라도 피부를 찢고 튀어나올 것만 같았다. 결국 난 떨리는 몸을 가누지 못하다 제 발에 걸려 넘어졌다. 묵직한 종소리가 쓰나미처럼 몰려와 나를 집어삼키려 했다. 온갖 괴상한 것들이 한데 뭉쳐 질척이는 소리가 내 바로 위에서 들려왔다. 공포에 질려 퍼렇게 뜬 입술이 파르르 떨려 왔다.

모든 것을 포기하려 했을 때 갑자기 타임캡슐에서 생전 처음 보는 밝은 빛이 반짝였다. 빛과 함께 주변은 마치 시간이 멈춘 듯 고요해졌다. 그 빛은 암흑 속에서 프로젝터처럼 깜박거리며 점멸하다 옥상 계단을 오르는 과거의 나를 보여 주었다. 나를 계속 외면하는 학교를 더 이상 버텨 낼 자신이 없던 난 극단적인 선택을 하려 한 적이 있었다. 도착한 옥상 바닥에는 어제 내린 비로 물웅덩이가 고여 있었다. 물웅덩이에 비친 내 몸 여기저기에 남은 상처들과 피딱지들, 그리고 멍 자국이 초라해 보였다. 반사된 텅 빈 눈동자가 힘없이 날 올려다본다. 깊은 한숨을 내쉬고 옥상 난간을 넘으려던 난 운동장에서 들려오는 아이들의 웃음소리를 들었다. 난간을 붙잡은 손에 힘이 들어갔다. 저렇게 다 행복해 보지도 못해 보고 내가 날 스스로 놓아 버리기엔 이 삶이 죽도록 억울했

246

다. 발돋움을 망설이는 나의 귓가에 종소리가 울렸다. 학교 안에서는 온 교실을 울리는 것처럼 컸던 종소리가 높은 곳에서는 귓가를 간질이는 자그마한 울림에 지나지 않았다. 높은 곳에서 내려다본 철장으로 둘러진 학교는 그렇게 좁아 보일 수가 없었다. 끝내 나는 발걸음을 돌렸다. 내가 밟은 물웅덩이가 흔들리며 내 초라한 모습이 흐릿해졌다. 타임캡슐이 전한 나의 회상은 그렇게 끝이 났다. 내 중학교 생활의 시작과 같은 이 타임캡슐은 나를 이 지옥에서 완전히 졸업하게 해 주려 하고 있어 왔던 것이다. 끝까지 스스로를 포기하지 않은 날 축복해 주는 빛이 아스라이 피어오른다.

시간이 다시 흐르는지 다시금 비웃음소리가 들려온다. 하지만 이제는 다르다. 타임캡슐의 빛이 강렬하게 빛나자 내 위에서 나를 노리던 괴물이 괴로워하며 조금 바스러졌다. 눈먼 나의 등불이 되어 준 타임캡슐을 쥔 나는 더 이상 두려워 할 필요가 없었다. 용기를 내어 시선을 가리는 눈물을 소매로 훔치곤 스스로 몸을 일으켰다. 나는 밝게 빛나는 나의 타임캡슐을 높게 들어 올렸다. 상자에서는 강렬한 밝은 빛이 새어나온다. 괴물이 내린 암흑보다 밝은 빛이다. 괴물은 점점 커지는 빛을 피해 보려 구석까지 몰려 몸부림치지만 낡아 빠진 괘종시계는 강한 빛과 함께 서서히 바스러졌다. 오래된 나무조각들이 내 눈 앞에서 부서져 내린다. 내가 중학교 생활 내내 두려워해야 했던 그 종소리의 주인공이 무너져 내린다. 뜨거운 희열이 불타듯 나를 감쌌다.

"난 두려움에 허우적대는 약해 빠진 인간이 아니야!"

"나는 한새빛이야, 그 자체로 빛이라고!"

진심을 담은 나의 외침을 마지막으로 빛이 어둠을 덮었다. 내가 마지막으로 본 것은 바스러져 소멸하는 괘종시계와, 시계의 유리문을 깨고 나오는 갇힌 또 다른 나였다. 시계에서 탈출한 또 다른 나는 행복한 얼굴로 나에게 웃어 주었다. 찬란한 빛 안에서 나는 나 자신을 꼭 안아 주었다. 그것은 오로지 나만을 위한 위로였다. 정신을 차리니 익숙한 학교의 모습이 눈에 들어왔다. 괘종시계는 사라져 있었다. 대신 사라졌었던 강찬빈과 민태혁, 그리고 평범한 상자로 돌아온 나의 타임캡슐이 보였다. 나는 나를 상처 입힌 두 사람을 뒤로하고 타임캡슐을 안아 든 채로 학교 정문으로 향했다. 문은 그동안 애쓴 것에 비해 너무 쉽게 열렸다. 나는 문을 열고 학교를 나선다. 어느새 뒤를 쫓아와 열리지 않는 문을 잡아당기며 처절하게 매달리는 겁먹은 찬빈이와 태혁이가 보인다. 하지만 나는 문을 두드리는 두 사람에게 가볍게 미소를 지어 보이고 뒤돌아 학교 밖으로 걸음을 옮겼다. 저 둘은 아직 중학교를 졸업하지 못한다. 성숙한 사람이 아니니까. 다시금 주변에서 사람들의 웅성거림이 서서히 들려왔다. 온통 헝클어진 머리, 잃어버린 교복 재킷, 찢어진 넥타이. 그리 멋진 모습으로 끝마치는 졸업식은 아니다. 그래도 여전히 아름다운 끝맺음이다. 나는 품에 소중히 안은 나의 타임캡슐 상자 뚜껑을 열어 보았다. 열리지 않던 상자는 내 손길이 닿자 부드럽게 열렸다. 그 안에는 내가 중학교에 처음 입학할 때 찍은 사진이 들어 있었다. 사진 속 어린 난 어색한 교복을 입었음에도 환하게 웃고 있었다. 교복을 입은 채로 웃는 내 모습이 실로 오랜만이었다. 그래, 원래 학교는 행복한 곳이어야 하는 거였어. 웃지 못해 왔던 것에 내 잘못은 없어. 나는 그동안 속으로만 참아 왔던 모든 눈물을 웃음과 함께 왈칵 터트렸다. 두 볼 위로 흐르는 투명한 눈물 사이로 후련한 나의 웃음소리가 하늘에 가득 울려 퍼졌다.

"졸업 축하해, 새빛아."

환상 렌털 숍

의림여자중학교 3
손은혜

― 현지 님이 스토리를 게시했습니다! 지금 바로 확인해 보세요.

제일 먼저 현지의 페이스북 스토리를 본 사람은 나였다. 나와 현지는 가장 친한 친구다. 스토리에는 300만 원이 훌쩍 넘는 패딩 사진이 올라와 있었다. 그런데 3분 후 또 스토리에 게시물을 올렸다는 알림이 왔다. 새로 올린 스토리에는 빨간 글씨로 '대완'이라고 적혀 있었다. '대완'이라는 뜻은 '대여 완료'의 줄임말이다. 현지는 학교에서 친구들에게 명품 옷을 대여해 주며 돈을 벌고 있다.

현지가 친구들에게 옷을 빌려 주고 그 대가로 돈을 받기 시작한 건 3개월 전부터였다. 현지는 그렇게 모은 돈으로 새로운 명품을 샀다. 현지는 옷을 빌려 주고, 돈을 벌고, 새 옷을 사는 방식으로 학교 공식 장사꾼이 되었다. 처음엔 현지가 하는 행동이 이해가 가지 않았다. 빌리는 친구들도 없을 거라고 생각했다. 하지만 생각 외로 현지의 대여 숍은 인기가 많았다.

중학생이라 용돈을 많이 받지 않았다. 요즘 인기 있는 고가의 옷들은 중학생이 가진 용돈으로 사기 어려웠다. 그래서 학생들은 현지한테 인기 있는 옷을 자주 빌려 사용했다.

옷을 빌리는 친구들은 SNS 메시지로 이름과 빌릴 날짜를 말하고 계좌로 돈을 보냈다. 현지가 새로운 옷을 스토리에 올릴 때마다 서로 빌리려고 난리였다. 웃돈을 주고 원하는 날짜에 빌려 가는 친구들도 많았다.

대여업을 시작한 후로 현지의 책가방은 고가의 옷들로 가득 찼다. 현지는 수업 시간 내내 엎드려 잤다. 쉬는 시간에만 옷을 대여해 주기 위해 깨어났다. 쉬는 시간 종이 치면 대여 예약을 한 친구들이 현지에게 다가갔다. 현지는 가방에서 옷을 꺼내 친구에게 건네줬다.

그러다 사건이 터졌다. 현지에게 옷을 빌린 민지는 빌린 옷들을 돌려주었다. 그런데 흰색 명품 셔츠에는 파운데이션과 립스틱 자국이 번져 있었다. 화장하고 입었다 벗기를 반복했는지 목 부분에는 살구색과 빨간색이 여러 갈래로 색칠되어 있었다. 현지는 민지에게 화장품 자국에 대한 배상을 요구했다. 하지만 민지는 원래부터 이랬다며 돈을 줄 수 없다고 했다.

사실 현지가 기분이 나빴던 건 옷에 대한 배상 문제도 있지만 민지의 태도에도 있었다. 민지는 옷을 빌릴 때면 이 옷이 진품이 아닌 것 같다는 등 옷이 짝퉁 같다는 등 항상 불만을 일삼았다. 그럴 때면 현지는 옷을 빌려 주지 않겠다고 했다. 민지는 못 이기는 척 아니꼽게 빌려 가곤했다. 그런 민지의 태도는 현지에겐 항상 스트레스였다. 민지가 솔직하게 말했다면 현지도 배상 문제를 크게 문제 삼지 않았을 것이다. 화장품을 묻혀 놓고 원래부터 그랬다며 이야기하는 뻔뻔한 민지의 태도를 고쳐 주고 싶었다. 그래서 현지는 민지에게 더 화를 내며 큰 소리로 이야기했다. 민지 또한 그런 현지가 못마땅한지 언성을 높였다. 둘은 서로에게 상처 주는 말을 반복하며 싸웠다. 옷 배상 문제에서 시작해 서로의 태도를 지적하던 현지와 민지는 결국 크게 싸우게 되었다. 현지는 그 사건 이후로 대여 장사를 그만두려고 했다. 옷을 버려 가며 친구를 버려 가며 운영하고 싶지 않았기 때문이다. 하지만 다른 친구들의 렌털 숍 운영 요청은 계속되었다, 결국 현지는 다시 렌털 숍 운영을 시작했다.

민지와의 사건이 친구들 사이에서 화젯거리가 되었고, 현지의 렌털 숍은 더욱더 유명해졌다. 친구들, 선배들뿐 아니라 다른 학교 친구들도 현지의 렌털 숍 운영을 알게 되었다. 현지의 렌털 숍의 인기가 오를수록 사고는 더 잦아졌다. 김칫국부터 흙탕물 등 깨끗했던 옷을 더럽힌 후 돌려주는 일, 또는 옷을 빌린 후 빌린 적 없다며 시치미를 떼는 친구들 등 여러 사건 사고가 잦았다. 그럴수록 현지는 스트레스를 받았다. 여러 변명으로 옷에 대해 변상을 해 주지 않는 친구들이 많았다. 현지는 사건이 빈번해지자 자신만의 해결책을 찾아야겠다고 생각했다. 현지가 생각한 방법은 사진 찍기였다. 현지는 쉬는 시간에 친구가 찾아오면 옷과 얼굴을 사진 찍었다. 그렇게 옷이 깨끗했던 증거와 친구가 옷을 빌려 갔다는 증거를 만들었다. 확실한 증거가 생긴 후부터 옷을 더럽혀 오는 친구들은 많이 줄었다.

현지의 대여 장사는 점점 체계적으로 이루어져 갔고 잘되면 잘될수록 현지의 기분은 더 좋아졌다. 한편으로 현지는 불안해하기도 했다. 장사가 잘될수록 선생님께 들킬 위험성이 높기에 불안한 마음도 컸다. 현지는 부모님께 걱정 끼치는 일은 하고 싶지 않았다. 솔직히 말하면 부모님보다 할머니께 걱정 끼치는 일을 하고 싶지 않았다. 현지는 등굣길과 하굣길을 항상 같이 다녔던 나에게 떡볶이를 사 주거나 내가 옷이 필요할 땐 아무 때나 빌려 줬다. 그렇게 수다를 떨고 나면 현지의 스트레스는 조금 풀린 듯했다. 현지는 더 이상 더럽혀진 옷을 보고 스트레스 받아 하지 않겠다고 나에게 이야기했다. 그렇게 현지는 등굣길과 하굣길에 나와 이야기하며 자신의 기쁨과 불안한 마음을 나에게 털어놓기도 했다. 나는 그런 현지가 대단하다고 느끼기도 하고 부럽기도 했다.

내가 현지를 처음 알게 된 건 2년 전이었다. 2년 전 나는 현지와 짝꿍이 되었다. 처음 짝꿍이 되었을 땐 말도 안 하고 어색한 사이였다. 소심했던 나보다 더 소심했던 현지에게 나는 먼저 말을 건넸다. 현지는 쑥스러워했다. 처음 현지를 봤을 땐 소심하고 조용했지만, 막상 친해지고 나니 현지는 생각보다 밝고 시끄러운 친구였다. 우리가 친해지게 된 건 짝피구 시간부터였다. 짝피구는 한 명이 한 명을 방어해 줘야 살 수 있는 피구 게임이다. 우리는 제비뽑기로 짝을 뽑았다. 그렇게 짝이 된 나와 현지는 짝피구 게임에서 1등을 했다. 그 이후로부터 더 친해졌다. 급식도 같이 먹고 화장실도 같이 갔다. 사는 곳도 가까웠던 나와 현지는 주말마다 만나기도 했고 하루 종일 전화를 한 적도 있었다. 그 정도로 우리는 웃음 코드가 잘 맞고 좋아하는 것도 같아서 친한 친구 관계를 유지할 수 있었다. 현지는 늘 말했다. 내가 없었으면 학교생활을 못 했을 것이라고. 나에게 고마움을 느꼈던 현지는 나에게 더 적극적으로 다가왔다. 그리고 지금은 현지가 더 나를 잘 챙겨 준다. 그렇게 지금까지 쭉 같은 반인 나와 현지는 가장 친한 친구가 되었다.

얼마 후, 더럽혀진 옷에 대해 배상을 하고 싶다며 민지는 현지에게 사과했다, 현지 또한 그 사건이 후 사이가 불편해진 게 마음에 걸렸다. 싸우면서 민지의 태도를 지적하며 인신공격했던 본인의 태도에도 문제가 있었기 때문이다. 학교생활에 민지와 마주칠 때면 내내 마음이 불편했다. 현지는 민지의 사과를 받아주었다. 민지의 진심 어린 사과와 함께 또 다른 부탁의 문자가 왔다.

　—현지야. 저번 일은 내가 정말 미안해. 그때는 나도 너무 화가 나서 너에게 너무 심한 말을 한 것 같아 이해해 줄 수 있겠니? 내 사과를 받아줘. 그리고 내 친구들이 너한테 옷 빌리고 싶은데 어떻게 연락해야 할지 모르겠다고 해서 연락해 봤어. SNS 아이디 보낼 테니까 메시지 오면 받아 줘. 내가 다시 한번 사과할게. 미안해.

　현지는 민지의 메시지를 보고 친구들에게 연락했다. 그 친구들은 현지의 대여점에서 제일 비싼 옷 2개와 가방 1개를 대여했다.

　그리고 또 한 번의 사건이 다시 터지고 말았다. 민지는 현지에게 찾아와 그 친구들이 약속했던 대여 기간이 끝나서도 자신에게 돌려주지 않았다며 자신 또한 그 친구들에게 연락해도 받지 않는다며 불안하다고 했다. 현지는 곧바로 그 친구들에게 문자를 보냈다.

　—대여 기간 지났어. 내일 1교시 쉬는 시간까지 옷이랑 가방 안 가져오면 이자 붙일 거니까 꼭 가지고 와.

　대여 장사는 한 번 기간이 밀리면 예약된 다른 친구와의 계약까지 계속 밀렸다. 그래서 현지는 항상 대여 기간에 신경 썼다. 대여 기간 하루 전에 문자로 다 알려 줬고 항상 최선을 다했다. 하지만 친구들은 문자를 보고도 옷과 가방을 돌려주지 않았다, 결국 현지는 이자를 더 붙이겠다고 다시 연락했고 돌아온 답장은 충격

적이었다.

—민지가 안 돌려줬어? 그 옷이랑 가방 다 민지한테 있어. 우리가 대여하고 싶어서 대여한 게 아니라 민지가 우리한테 대여해 달라고 부탁했어. 그래서 대여한 거였는데.

친구들의 답장을 보고 현지는 민지가 거짓말한 것을 알았다. 현지는 민지에게 배신감을 느꼈고, 머리카락이 삐쭉삐쭉 설 만큼 화가 났다. 현지는 곧바로 민지에게 메시지를 보냈다.

—김민지, 너 왜 친구들을 이용해서 들킬 거짓말을 하는 거야?

—내가 뭘? 너야말로 왜 마음대로 이자를 붙여. 그게 더 잘못된 거 아니야?

민지는 오히려 더 뻔뻔했다.

—김민지, 너 진짜 너무한다. 너 옷이랑 가방 내일까지 안 가지고 오면 이자 두 배로 붙일 거니까 알아서 해.

현지는 민지를 차단했다. 그 후 현지는 자신의 렌털 숍 계정에 당분간 대여 장사를 쉰다고 공지했고 학생들은 모두 아쉬워했다.

다음 날 아침 현지는 학교에 등교했고, 모든 친구는 대여 장사를 쉬는 것에 대해 궁금해했다. 현지는 사정이 있다며 대충 말을 넘겼다. 현지는 온종일 민지가 옷을 가져다주기를 기다렸다, 현지의 기다림이 계속되어도 민지는 보이지 않았다. 결국 민지는 현지에게 옷을 가져다주지 않았고 아무런 연락도 하지 않았다. 민지에게 화가 많이 난 현지는 결국 SNS 스토리에 민지를 저격하는 글을 올렸다,

—2학년 3반 김민지, 내일까지 옷이랑 가방 안 주면 이자 10배로 붙임.

현지 가격 이 스토리를 올리자 SNS는 난리가 났다. 다른 친구

들은 무슨 일인지 궁금해서 현지에게 디엠을 보냈다. 그리고 몇 분 후 민지에게 답장이 왔다.

—이자 못 줌. ㅋㅋㅋ

현지는 이 답장을 캡처해서 또 스토리에 올렸다.

—돈 없으면 없다고 말을 하지.

민지는 이 스토리에 답장하듯이 자신도 스토리를 올렸다.

—선생님 몰래 학교에서 장사하는 주제에 말 많네.

스토리를 올리려는 현지를 본 나는 현지에게 당장 그만하라고 했다. 엉망진창 흙탕물이 되어 버린 SNS 스토리에서 현지를 건져 오고 싶은 마음이었다.

그 후 현지가 올렸던 스토리를 삭제하고 더 이상 올리지 않자 조금 조용해졌다.

다음 날 학교에 갔을 때 이미 학교엔 이상한 소문이 다 퍼져 있었다. 현지와 민지와의 스토리를 보고 친구들은 서로 말을 하기 시작했다. 그러면서 정확하지 않은 소문은 꼬리에 꼬리를 물고 퍼졌다. 친구들은 나한테까지 달려와 무슨 일인지 물었다. 난 그런 현지가 더욱더 걱정되었다, 한 명이 한 명을 서로 방어해 줘야 살 수 있는 짝피구처럼 나는 현지를 보호하고 있었다.

점심시간이었다. 반으로 민지가 찾아왔다. 민지는 가방 하나를 던지면서 말했다.

"이자는 못 준다."

그러자 현지는 소리쳤다.

"야, 나머지 옷이랑 가방은 안 주고 가냐?"

"네가 이자 붙여서 안 줄 거니까, 그렇게 알고 있어."

민지의 행동이 이해가 안 갔다. 결국 화를 못 참지 못한 현지는 다시 한번 SNS에 스토리를 올렸다.

—2학년 3반 김민지, 내일까지 옷이랑 가방이랑 이자 포함한 대여료 들고 와라.

현지가 이렇게 스토리를 올리자 몇 분 후 알림이 왔다.

—민지 님이 회원님의 스토리에 대한 답장을 공유했습니다.

현지의 스토리에 대한 민지의 대답은 정말 어이가 없었다.

—자꾸 협박하면 쌤한테 이를 것임. XX.

민지에게 욕을 들은 현지는 더 이상 참을 수 없어서 똑같이 욕을 올렸다. 현지와 민지는 SNS 흙탕물 속에서 서로 물고 뜯는 악어 싸움처럼 서로를 저격하는 글을 올렸고 그렇게 SNS 싸움은 계속되었다.

싸움은 다음 날 학교에서도 계속됐다.

다음 날 학교 복도는 우왕좌왕 아이들이 움직이고 있었고 무슨 볼거리라도 있는지 신이 난 아이들은 소리를 지르기도 했다. 나 또한 무슨 재미난 일이 있는지 궁금해서 아이들이 몰려 있는 곳으로 향했다. 나는 너무 놀라 살짝 뒷걸음쳤다. 복도에는 현지와 민지가 서로의 머리채를 잡고 있었다. 둘은 미워하고 증오하는 만큼 서로의 머리카락이 잡고 있었다. 바닥에는 주인을 잃은 실내화와 책가방이 나뒹굴고 있었다. 누구 하나 밀리지 않은 채 서로의 힘을 겨냥하듯 어깨는 서로 맞부딪혀 있었다. 서로를 바라보는 눈빛은 표독스러웠다.

"야, 놔라! 김민지, 너 나 잘못 건드렸어!"

"야 사기꾼, 네가 먼저 놔라. 어디서 짝퉁을 빌려 주고 돈을 받아!"

"뭐? 짝퉁 네 눈이 짝퉁이니 짝퉁으로 보이나 본데."

그런 둘을 말리기엔 내 힘으론 역부족이었다. 다른 친구들은 싸움을 말리지는 않고 오히려 동영상을 찍으며 좋아하고 있었고, 어떤 친구들은 누가 이길지 예측하며 돈을 걸기도 했다. 내 힘으로 이 싸움을 멈출 수 없다는 사실을 안 나는 결국 선생님을 불러서 이 싸움을 멈추게 했다.

"서로 안 놓아! 그만하지 못해! 그리고 너희들 모두 교실로 들어가! 어서!"

선생님은 현지와 민지를 교무실로 데리고 갔다. 복도에 있었던 아이들은 무슨 서커스가 끝나 우르르 나오는 아이들처럼 이런저런 이야기를 하며 무질서하게 움직였고, 선생님들은 안전 요원이라도 된 듯 아이들을 각자의 교실로 넣기에 바빴다. 나 또한 떨리는 마음과 손을 진정시킬 새 없이 교실로 향했다.

현지는 교무실로 가서 한참 있다가 교실로 왔다. 나는 현지에게 무슨 일이 있었던 건지 묻지 않았다. 내가 현지의 눈을 보자 현지는 나를 보며 하염없이 눈물을 흘렸고 나는 우는 현지를 어떻게 달래 줘야 할지 몰라 당황해했다. 난 그냥 현지의 어깨를 토닥이며 말없이 바라만 보았다. 현지는 마음이 조금 진정됐는지 울먹이며 말하기 시작했다,

민지가 빌린 가방과 패딩 2개는 현지의 렌털 숍에서 제일 비싼 것들이었다. 민지는 약 500만 원을 주고 산 현지의 패딩과 가방을 친구들을 이용해 빌려 갔다. 대여 기간을 지나서도 옷과 가방을 돌려주지 않자 현지는 계속해서 이자를 붙였다. 민지는 옷과 가방을 계속 돌려주지 않았고 이자 또한 주지 않았다. 현지는 계속해서 민지에게 옷과 가방을 달라고 했지만, 현지는 가방 하나만 던져 주면서 나머지 것들은 줄 수 없다고 말했다. 결국 현지는 이

사실을 선생님께 모두 말했고, 현지가 학교에서 대여 장사를 하는 것을 선생님 모두가 알게 되었다, 그리고 나는 현지에게 위로하며 물었다,

"네가 잘못한 건 아니야. 많이 다치지 않아서 다행이다. 너도 많이 놀랐지? 선생님들은 뭐라셔?"

"선생님들 다 안 좋게 생각하시는 것 같아. 오히려 내가 선생님께 혼났어. 학교에서 그런 장사를 왜 했냐고 물어보시더라. 비싼 패딩들을 왜 학교에 가져왔냐고 물어보셨어. 그래서 어쩔 수 없이 이야기했어. 내가 대여 장사하는 것을 말하니까 선생님들 전부 놀라셨어."

이번 상황은 생각보다 심각했다. 학교에선 고가의 옷을 입지 말라는 가정통신문도 왔고 안내 방송도 나왔던 적도 있었다. 현지는 맨날 교무실로 가 선생님과 상담을 했다. 교무실에서 현지는 진술서를 쓰고 선생님과 대화하면서 지금까지 있었던 일을 말했다. 선생님께선 이번 일 절대로 쉽게 안 넘어가신다고 하셨다. 그 후로부터 반으로 들어오는 현지의 얼굴을 항상 울상이었다. 금방이라도 울 것 같은 표정으로 교실로 들어와 의자에 앉아 맨날 엎드려 있었다. 나는 그런 현지에게 항상 어깨를 토닥여 주었고 아무 말도 할 수 없었다.

현지는 자신의 SNS에 올린 대여 장사 관련 게시물을 다 없앴고 더 이상 스토리를 올리지도 않았다. 단지 남아 있는 건 이제 대여 장사를 하지 않는다는 공지뿐이었다. 난 이런 현지가 걱정되었지만, 함부로 다가갈 수 없었다. 내가 할 수 있는 건 현지가 괜찮아질 때까지 기다리는 일이었다. 나는 점심을 안 먹는 현지를 위해 매점에서 간식을 사서 현지의 책상 위에 올려놓았다. 시간이

지날수록 현지는 전보다 괜찮아지는 것처럼 보였다.

내가 책상에서 멍 때리고 있을 때 현지가 먼저 말을 걸었다.

"점심시간에 잠깐 운동장으로 나갈래?"

우리 학교 운동장 구석엔 작은 돌로 만든 테이블과 의자가 있다. 그곳은 운동장에서도 구석진 곳이라 아이들이 잘 찾지 않는 곳이다. 현지와 나는 이성 또는 성적 등 우리들만의 고민이 있을 때면 그곳에서 이야기를 나누기도 했다. 현지와 나의 작은 아지트 같은 곳이었다.

"네가 사 준 초콜릿이랑 빵 잘 먹었어, 계속 챙겨 줘서 고마워."

나에게 먼저 말을 걸어 준 현지를 보며 다행이라고 생각했다.

"아무래도 내일 할머니가 학교에 오셔야 할 것 같아. 이번 일 때문에……. 선생님이 사건에 대해 아무에게도 말하지 말라고 하셨는데 너한텐 말하고 싶었어."

"네가 왜? 넌 큰 잘못 없어. 잘못한 건 민지지, 그러니 너무 걱정하지 마! 그리고 잘 해결될 거야. 현지야."

다음 날 현지의 할머니랑 민지 부모님들은 학교에 오셨다. 선생님을 만난 후, 민지의 부모님은 민지가 잘못한 게 없다고 소리쳤다. 민지의 부모님은 오히려 학교에서 고가의 물건들을 가지고 장사를 한 현지가 잘못이라고 했다. 애초에 현지가 대여 장사를 시작하지 않았으면 이런 일도 벌어지지 않았을 것이라며 민지를 감싸기 바빴다. 정말 그 부모님의 그 딸이었다, 반면 현지의 할머니는 고개를 숙였다. 할머니는 현지가 잘못했으니 한 번만 봐달라는 말만 계속했다. 할머니는 본인이 칫값을 치를 테니 제발 현지만은 용서해 달라며 눈물을 훔치셨다.

선생님들과 상담했던 내용과 진술서를 보고 민지를 대신해서 옷을 빌려 간 친구들은 경고 조치를 취했다. 그리고 선생님은 민지가 빌려 간 옷과 가방을 모두 현지한테 주었다. 하지만 민지가 돌려준 현지의 패딩은 정말 더러웠다. 패딩의 형태를 찾아볼 수 없을 정도로 찢어져 있었고 안에 들어있는 털은 모두 빠진 상태였다. 결국 현지와 민지는 재발 방지를 막기 위해 일주일 동안 집에서 보호조치를 취하기로 했다. 일주일 동안 그 둘은 학교에 나오지 않았다. 그 후 현지의 패딩에 대한 배상을 민지 부모님이 해 주는 걸로 결론이 났다. 그리고 민지와 현지는 징계를 받았다.

일주일 뒤 현지는 학교에 왔고 현지는 민지에게 패딩값도 변상받았다고 했다.

나는 현지에게 어떻게 대여 장사를 할 생각을 했냐고 물어봤다. 현지는 그냥 재미로 했다고 했다. 내가 진짜 재미로 하는 것이 맞냐고 물어봤을 때 현지는 잠시 생각하더니 말했다.

"사람들이 나를 찾는 게 좋았던 것 같아. 관심받는 것 같잖아."

현지의 부모님은 8년 전 이혼했다. 어릴 때부터 현지 부모님은 싸움이 잦았다고 했다. 현지의 아버지는 교수였고 엄마는 치과 의사였다. 서로 본인 일이 최고라며 자기 이야기하기 바빴다. 그래서 가족 일은 항상 뒷전이었다. 늘 본인 일이 최선이었고 최고가 되기 바빴다고 했다. 하지만 현지에게는 최고의 부모님도 최고의 사랑도 아니었다. 부모님이 이혼하는 과정에선 서로 현지의 양육권을 맡지 않겠다고 했다. 다른 부모들은 서로 양육권을 갖기 위해 싸웠지만, 현지 부모님은 반대였다. 그래서 결국 양육권은 아버지가 갖게 되었고 현지는 어쩔 수 없이 할머니 손에서 자랐다. 현지 아버지는 대학에서 총장이 되기 위해 여러 가지 일을 맡아 하셨다. 접대하기에 바빴고 대학 강의를 하기에도 바빴다. 현지에게 사랑을 줄 사람이 없어서 늘 외로웠다고 했다. 현지 엄마는 특별한 일이 있거나 생일에는 사랑의 대가를 항상 돈으로 해결하려고 했다. 현지 엄마는 SNS에 이혼녀여도 잘살고 있다는 걸 보여 주기 위해서인지 항상 명품 사진을 올렸다. 가끔 자신의 운동하는 모습을 올리며 몸매를 강조하는 사진을 올려 사람들의 관심을 받기도 했다. 현지는 그런 엄마가 미웠지만, 한편으론 관심받으며 잘살고 있는 엄마가 부럽기도 했다. 현지는 그런 엄마를 증오하며 닮고 싶지 않아 했다. 하지만 현지는 그런 엄마를 닮아 가기 시작했다. 관심받기 위해 명품을 사기 시작했고, 그 명품을 아이들에게 빌려 줘 더 많은 사랑과 관심을 받기를 원했다고 했다. 어쩌면 현지는 이혼한 부모님께 돈을 받을 때면 더욱더 외로웠을지 모른다. 왜냐하면 돈을 받는 날은 현지에게 특별한 날이기 때문이다. 용돈이 늘어나 명품이 하나씩 늘어날 때면 현지의 외로움은 더욱더 늘어났는지도 모른다. 그런 현지의 외로움을 달래 준 사람이 나였다고 했다. 현지는 말했다.

"네가 내 첫 친구야. 그래서 항상 고마워. 엎드려 있는 나의 어깨를 토닥여 줄 때 난 알았어. 난 너만 있으면 충분해. 그리고 이제 대여 장사 안 할 거야."

"넌 대여 장사를 시작해서 네가 원했던 관심을 많이 받았잖아. 그리고 명품이 늘어날 때면 좋아했고 이제 그 사랑과 관심 안 받아도 괜찮겠어?"

"처음엔 관심을 많이 받고 명품이 늘어나면 좋을 줄 알았는데, 내가 신경 써야 할 것도 많고 사실…… 선생님께 들킬까 봐 걱정도 했어. 나도 많이 힘들었어."

"그래 잘 생각했어. 현지야."

"그리고 몸도 마음도 너무 지친 것 같아. 그리고 관심 안 받아도 잘 지낼 수 있을 것 같아. 나에겐 네가 있잖아!"

"네가 그렇게 날 생각해 주니 내가 더 고맙다."

"그리고 렌털 숍은 너에게만 운영할 거야. 그러니까 옷이 필요하면 언제든지 빌려 가."

"와, 그럼 난 VIP 손님인 거야?"

"당연하지, 넌 나의 최고의 친구이자 최고의 손님인걸."

"그럼 뭘 먼저 빌릴까?"

현지는 이제 렌털 숍을 운영하지 않기로 했다. 현지는 SNS에 이제 더 이상 대여 장사를 안 한다는 게시물을 올리고 계정도 삭제했다. 나는 더 이상 현지에게 대여점 운영에 관해 질문하지 않았다. 현지도 렌털 숍을 운영하기 위해 명품을 사지 않았다. 현지는 SNS 세상보다 현실에 더 집중했다.

제30회 대산청소년문학상 수상 작품집

나는 행복한 얼룩말입니다

1판 1쇄 찍음 2022년 11월 25일

1판 1쇄 펴냄 2022년 12월 2일

지은이 고은결, 이서희 외

발행인 박근섭, 박상준

펴낸곳 (주)민음사

출판등록 1966. 5. 19. 제16-490호

주소   서울시 강남구 도산대로 1길 62(신사동)

강남출판문화센터 5층 (우편번호 06027)

대표전화 02-515-2000 ｜ 팩시밀리 02-515-2007

www.minumsa.com

www.daesan.or.kr

© 재단법인 대산문화재단, 2022. Printed in Seoul, Korea

ISBN 978-89-374-2763-3 (03810)